Tres asesinos

Crimen y Misterio

Kotaro Isaka

Tres asesinos

Traducción de Julio Hermoso

DESTINO

Título original: *Grasshopper*

Publicación original en japonés bajo el título *Grasshopper*

Ediciones Destino es un sello editorial de Editorial Planeta, S. A.
Avda. Diagonal, 662-664, 08034 Barcelona (España)
www.edestino.es
www.planetadelibros.com

Adaptación de la cubierta: Booket / Área Editorial Grupo Planeta a partir de la idea original de Penguin Random House UK
Fotografía de la cubierta: © Jarmo Piironen / EyeEm / Gettyimages
Primera edición en Colección Booket: marzo de 2025

Depósito legal: B. 3.643-2025
ISBN: 978-84-233-6576-0
Impresión y encuadernación: QP Print
Printed in Spain - Impreso en España

Biografía

Kotaro Isaka, autor superventas y ganador de múltiples premios en su país —entre otros, el Premio Shincho de Misterio, el Premio de Escritores de Misterio de Japón y el Premio de los Libreros de Japón—, es un referente dentro de la novela negra y la ficción contemporánea japonesas. Su debut internacional, *Tren bala*, ha sido traducido a más de una veintena de idiomas y llevado al cine por David Leitch, con Brad Pitt y Sandra Bullock como protagonistas, alcanzando un destacado éxito de taquilla. *Tres asesinos* es la precuela autoconclusiva de *Tren bala*, que mantiene la fuerza narrativa de su predecesora.

Suzuki

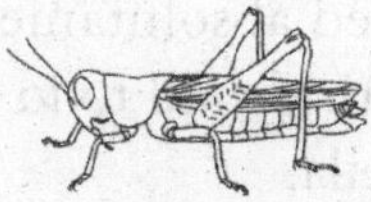

Suzuki observa el panorama de la ciudad y piensa en insectos. Es de noche, pero las vistas resplandecen con la luz chillona de los neones y las farolas. Hay gente por todas partes, como una marabunta contorsionista de insectos de colores llamativos. Le provoca inquietud, y piensa en aquello que le dijo una vez un profesor en la facultad:

—La mayoría de los animales no viven tan encima los unos de los otros, en semejantes cantidades. En algunos aspectos, los seres humanos tienen más de insectos que de mamíferos. —Al profesor se le veía complacido con su conclusión—. Como las hormigas o la langosta.

—He visto fotos de pingüinos que viven en grupo, todos pegados los unos a los otros —le respondió aquel día Suzuki para pincharle un poco—. ¿Los pingüinos también son como los insectos?

El profesor se puso rojo.

—Los pingüinos no tienen nada que ver con eso.

Su voz sonó tan infantil que despertaba ternura, y Suzuki pensó que él querría ser así cuando se hiciese mayor. Aún se acuerda.

Acto seguido, como un fogonazo, se le pasa por la cabeza el recuerdo de su mujer, que murió hace dos años y solía reírse de aquella anécdota del profesor.

—Se supone que lo único que deberías responder es «Tiene usted absolutamente toda la razón, profesor», y a partir de ahí todo va rodado —acostumbraba a decir ella.

Era cierto a más no poder que su mujer disfrutaba de lo lindo siempre que él coincidía con ella y le decía: «Tienes absolutamente toda la razón, querida».

—¿A qué estás esperando? Mételo en el coche.

Suzuki se sobresalta con la insistencia de Hiyoko, niega con la cabeza para disipar aquellos recuerdos y le da un empujón al joven que tiene delante. El tipo se desploma sobre el asiento trasero del sedán. Es alto, rubio y está inconsciente. Lleva una cazadora de cuero negro sobre una camisa negra con estampado de pequeños insectos, un diseño desagradable a juego con la sensación general del mismo corte que desprende este joven. Además de él, hay una chica en el asiento de atrás, en el otro lado. Suzuki también la ha metido a la fuerza en el vehículo. Cabello largo y negro, abrigo amarillo, veintipocos años. Tiene los ojos cerrados y la boca entreabierta mientras duerme despatarrada.

Suzuki mete las piernas del chico dentro del coche y cierra la puerta.

—Sube —dice Hiyoko.

Él monta en el asiento del acompañante.

El coche está aparcado justo a las puertas de la entrada más al norte de la estación de metro de Fujisawa Kongocho. Delante de ellos hay un cruce ancho con un paso de cebra muy concurrido.

Son las diez y media de la noche de un día lectivo, pero allí, tan cerca de Shinjuku, hay más bullicio al anochecer que durante el día, y aquella zona está abarrotada. La mitad de la gente va borracha.

—Qué fácil ha sido, ¿no? —Hiyoko suena totalmente relajada.

Su piel blanquecina tiene un lustre similar al de la porcelana, como si levitara en la oscuridad del interior del vehículo. Tiene el cabello castaño y corto, le llega justo por encima de las orejas. Hay un aire de frialdad en su expresión, tal vez por los párpados simples. Destaca el rojo de su carmín reluciente. Tiene la camisa blanca abierta hasta la mitad del pecho, y la falda no le llega ni de lejos hasta las rodillas. Se diría que está cerca de los treinta, igual que Suzuki, pero suele hacer gala de una desenvoltura propia de alguien mucho más mayor. Tiene pinta de ser la típica chica que vive de fiesta en fiesta, aunque Suzuki puede dar fe de que es lista, con la ventaja añadida de una formación en condiciones. Lleva tacones negros, y tiene un pie sobre el pedal del freno. «Es asombroso que pueda conducir con eso», piensa él.

—No ha sido fácil ni difícil. Quiero decir que lo único que he hecho ha sido meterlos en el coche. —Suzuki frunce el ceño—. He cargado con estas dos personas inconscientes y las he metido en el asiento de atrás. —«Y no me hago responsable de nada que no sea eso», le entran ganas de decir.

—Si este tipo de cosas te sacan de quicio, no vas a llegar muy lejos. Ya casi ha terminado tu periodo de prueba, así que más te vale acostumbrarte a esta clase de encargos. Aunque seguro que jamás te imaginaste secuestrando a nadie, ¿eh?

—Por supuesto que no. —Pero lo cierto es que Suzuki no está tan sorprendido. Nunca se le había ocurrido pensar que la empresa para la que trabajaba se dedicase a nada legal—. *Fräulein* significa «señorita» en alemán, ¿no?

—Muy bien. Por lo visto, fue el propio Terahara quien le puso el nombre a la compañía.

Suzuki se tensa ante la mención de Hiyoko.

—¿El padre? O sea, el consejero delegado.

—Obviamente. Al idiota de su hijo jamás se le ocurriría un nombre para una compañía.

Por un segundo, a Suzuki le asalta una imagen de su esposa muerta y le hierve la sangre. El estómago se le cierra en un puño, pero él finge calma. El idiota del hijo, el hijo de Terahara... Cada vez que piensa en él, es casi incapaz de contenerse.

—Es solo que jamás habría pensado que una compañía cuyo nombre significa «señorita» se dedicaría en realidad a aprovecharse de mujeres jóvenes —consigue decir, aunque no sabe muy bien cómo.

—Sí que parece raro.

Hiyoko podrá ser de la misma edad que él, pero lleva mucho tiempo con la compañía, y tiene un rango acorde. Suzuki lleva bajo su mando el mes que ha transcurrido desde que se unió como colaborador externo.

En cuanto a su cometido durante ese mes, se limitaba a plantarse en las galerías comerciales y tratar de atraer a las mujeres que andaban por allí.

Se colocaba en los lugares más concurridos y llamaba a las mujeres que pasaban para que se acercasen. Le decían que no, le ignoraban, le insultaban, pero él continuaba intentándolo. Casi todas se apartaban y se alejaban sin más, y eso no tenía nada que ver con su manera de expresarse, con sus esfuerzos, su técnica ni su habilidad. Le ponían mala cara, le miraban con desconfianza, le evitaban, pero él lo seguía intentando con todas las que pasaban.

Ahora bien, cada día solía encontrar una mujer que sí mostraba interés, quizá una entre un millar. Suzuki se la llevaba a una cafetería y le soltaba una charla sobre productos de maquillaje y bebidas dietéticas. Tenía un guion básico: «No notarás los efectos de inmediato, pero verás unos cambios tremendos más o menos dentro de un mes». Improvisaba y decía cualquier cosa, lo que le pareciese más apropiado, y después le mostraba los panfletos. Estaban impresos en color, llenos de datos y de gráficos, pero ni una sola palabra de cuanto allí se decía era cierta.

Las chicas crédulas firmaban un acuerdo allí mismo. Las más suspicaces le decían que se lo iban a pensar y se marchaban, y si a él le daba la sensación de que aún podía tener una oportunidad, salía detrás de ellas y las seguía. Entonces tomaba el relevo otro grupo mucho más persistente que comenzaba a abordarlas de manera ilegal. Se metían a la fuerza en casa de la mujer y se negaban a marcharse, o la mantenían bajo constante vigilancia hasta que ella cedía por fin y firmaba el acuerdo. O eso tenía entendido Suzuki, pero toda esa parte continuaba siendo solo un rumor para él.

—Bueno, ya llevas un mes con nosotros. ¿Damos el siguiente paso? —le había dicho Hiyoko una hora antes.

—¿El siguiente paso?

—No esperaba que tuvieras pensado tirarte el resto de tu vida abordando a mujeres en la calle.

—Pues, a ver —había respondido él de forma vaga—, el resto de mi vida es mucho tiempo.

—El trabajo de hoy es diferente. Cuando te lleves a alguien a la cafetería, yo iré contigo.

—No es tan fácil conseguir que alguien te escuche —le dijo él con una sonrisa compungida al pensar en el último mes.

Sin embargo, para bien o para mal, en apenas treinta minutos Suzuki había encontrado a dos personas dispuestas a escucharle, los chicos que ahora mismo estaban inconscientes en el asiento de atrás del coche.

La chica fue la primera en mostrar interés.

—Oye, ¿tú crees que si pierdo un poco de peso podría ser modelo? —preguntó al chico con toda naturalidad.

—Ya te digo, claro que podrías ser modelo, fijo que sí. Podrías ser, yo qué sé, supermodelo —respondió él para darle ánimos.

Suzuki llamó a Hiyoko, se llevó a la pareja a una cafetería y comenzó a presentarles los productos tal y como solía hacer. Ya fuese porque eran jóvenes y estúpidos o simplemente crédulos, la pareja mostraba una disposición casi cómica a seguir el juego a Suzuki e Hiyoko en lo que fuera que estos tratasen de venderles. Se les iluminaba la cara con el más mínimo cumplido y asentían con entusiasmo ante todos aquellos datos falsos de los panfletos.

La absoluta falta de escepticismo de la pareja bastó para que Suzuki se preocupara por qué iba a ser de ellos. Le asaltó un aluvión de recuerdos de sus alumnos, de cuando él aún era profesor. Por alguna razón, lo primero en lo que se detuvo su mente fue en un chaval díscolo. Recordaba a aquel chico diciendo: «Mire, señor Suzuki, yo también puedo hacer buenas obras». Siempre estaba dando guerra, y no caía demasiado bien entre sus compañeros, pero una vez sorprendió a todo el mundo al atrapar a un tironero que se dedicaba a robar bolsos en una zona comercial de la ciudad. «Yo también puedo hacer buenas obras», le había dicho a Suzuki con una sonrisa a un mismo tiempo de orgullo y de vergüenza. Acto seguido añadió un «No me dé por imposible, profe» con el aspecto de un crío mucho más joven.

Y, ahora que lo piensa... El joven que tenía delante hojeando el panfleto, con esa cara picada de cicatrices del acné, le recordaba en cierto modo a aquel alumno. Sabía que jamás se había cruzado con esta persona antes, pero el parecido resultaba sorprendente.

Entonces se percató de que Hiyoko se había acercado a la barra a pedir otra ronda de cafés. Volvió a fijarse en ella, vio que estaba haciendo algo con las manos justo sobre las tazas y cayó en la cuenta: estaba echando droga en los cafés.

La pareja no tardó en tener los ojos vidriosos, comenzaba a pesarles la cabeza.

—Me llaman Amarillo —dijo la chica—, y él es Negro, pero solo son apodos, ya sabes, ¿no? Por eso llevo un abrigo amarillo y él va vestido de negro. Oye, qué sueño me está entrando —masculló, y se quedó dormida.

—Sí, pero yo tengo el pelo rubio, y el tuyo es negro —dijo el chico a su lado, arrastrando las palabras de un modo casi ininteligible—. Por eso... —Y perdió también el conocimiento.

—Muy bien —dijo Hiyoko—. Vamos a llevarlos al coche.

—Dependiendo del uso que les demos, con este par de bobos podemos sacar un buen pico —dice Hiyoko con voz de hastío.

«¿Les harías esto a mis alumnos?», tiene que decirse Suzuki para sus adentros con tal de no preguntarlo en voz alta.

—Entonces, ¿vamos... a quedarnos aquí sin más?

—En condiciones normales, ahora nos marcharíamos —su voz se vuelve brusca—, pero esta noche es diferente.

Un mal presagio le asciende a Suzuki por la espalda.

—Diferente, ¿en qué sentido?

—Tengo que ponerte a prueba.

—¿Qué es lo que quieres comprobar? —le tiembla un poco la voz.

—No confiamos en ti.

—¿Que no confiáis en mí? —Traga saliva—. ¿Por qué no?

—Si me estás preguntando qué tienes tú de sospechoso, pues mira, tienes de sobra. Estabas empeñado en unirte a nuestra compañía, y pareces un tío bastante mojigato. ¿A qué te dedicabas antes?

—Era profesor —responde Suzuki, que no ve ningún motivo para ocultarlo—. Trabajaba en un instituto, dando clases de matemáticas.

—Eso es. Sí que tienes pinta de profesor de mates. Por eso no confiamos en ti, desde el minuto uno. Está claro que no encajas en esto. Un profesor de instituto que da clases de matemáticas va y hace lo imposible con tal de tener trato con una compañía como la nuestra. A ver, que nos dedicamos a timar a chavales... ¿A ti te parece que es un trabajo que haría jamás un profesor?

—Qué más da lo que hiciese la mayoría de los profesores, aquí estoy yo haciéndolo.

—Te estoy diciendo que eso es algo que no pasaría jamás.

Hiyoko tiene razón. Por supuesto que no pasaría jamás.

—Puede que a vosotros no os afecte, pero estamos metidos en una recesión, y es muy difícil encontrar trabajo. Por eso, cuando oí hablar de que una compañía llamada Fräulein estaba buscando gente para subcontratar trabajos, me presenté.

—Y una mierda.

—Es cierto.

Era mentira. Suzuki no había oído hablar de Fräulein por casualidad; los había estado buscando. Advierte que le está empezando a costar respirar, nota los movimientos acusados del pecho. «Esto no es una charla informal, es un interrogatorio.»

Mira por la ventanilla. Hay un grupo de jóvenes reunido delante de una fuente en la puerta de un hotel. Apenas están a primeros de noviembre, pero ya hay adornos navideños en las hileras de árboles de ambas aceras y en los carteles que cuelgan de los edificios. Es como si el aire se llenara con el clamor de los cláxones y las risotadas de los jóvenes, que se mezclan con la cortina que forma el humo del tabaco.

—Estoy segura de que tú ya sabías que no somos una empresa del todo limpia, pero ¿sabes exactamente hasta dónde llega lo turbio?

—No sé ni por dónde empezar a responderte. —Suzuki fuerza una sonrisa al tiempo que niega con la cabeza—. A ver, esto es lo que yo me imagino...

—Sí, perfecto, a ver qué te imaginas. Adelante.

—Bien, he pensado que a lo mejor lo que yo vendo no son productos saludables, sino más bien otra cosa. Algo que crea dependencia, algo que es, mmm, ¿cómo decirlo...?

—¿Ilegal?

—Justo. Eso.

A lo largo del último mes se había encontrado con varias de las mujeres que utilizaban los productos de la marca Fräulein. A todas ellas se las veía temblorosas, con los ojos inyectados en sangre. La mayoría le habían suplicado con una inquietante urgencia que les enviara más. Tenían la piel cuarteada y la garganta tan seca que les dolía. Era mucho más creíble que estuvieran consumiendo drogas en vez de estar a régimen.

—Correcto. —El color de Hiyoko no varía un ápice.

«Ni que me estuviera examinando», piensa Suzuki, y hace una mueca.

—Pero ¿de verdad es eficaz abordar a la gente por la calle como hacemos nosotros? Es como pescar con caña en lugar de echar una red; me refiero a que la relación entre el esfuerzo y el beneficio está muy descompensada.

—No te preocupes, que tenemos chanchullos mucho más ambiciosos.

—Ambiciosos, ¿cómo?

—Como cuando celebramos un seminario de belleza en alguna sede e invitamos a montones de chicas. Son como los grandes eventos de promoción comercial, y vendemos una gran cantidad de productos.

—¿Y la gente se traga el anzuelo?

—La mayoría de las mujeres son ganchos. Si vienen cincuenta, cuarenta de ellas son nuestras, las que inician la fiebre de las compras.

—¿Y las demás van y se unen? —Ya había oído hablar de timos similares dirigidos a las personas mayores.

—¿Sabes quiénes son los Intérpretes?

—¿Los Intérpretes? ¿Te refieres a un grupo de teatro?

—Qué va. Los Intérpretes trabajan en nuestro sector.

Suzuki está empezando a hacerse una idea de a qué se refiere ella con «nuestro sector»: gente que se dedica al negocio de las actividades ilegales, delictivas. Cuanto más le revelan, más inverosímil se le antoja todo. Según parece, en el mundo de los profesionales del delito todos tienen un apodo excéntrico.

—Hay un grupo que se llama los Intérpretes: no sé cuántos son, en realidad, pero tienen todo tipo de actores. Básicamente, puedes contratarlos para que interpreten cualquier papel. ¿Recuerdas hace un tiempo, cuando mataron a un funcionario del Ministerio de Exteriores en una bolera en Yokohama?

—Mmm, esa me la perdí.

—Todos los que estaban en esa bolera eran miembros de los Intérpretes. Estaban todos en el ajo, pero nadie lo descubrió jamás.

—¿Y?

—Que nosotros también los contratamos para que vengan a nuestros eventos promocionales. Así es como conseguimos a nuestros ganchos.

—De modo que los de nuestro sector se ayudan los unos a los otros.

—Bueno, siempre hay alguna que otra desavenencia.

—¿Desavenencia?

—Si se ha pagado esto, si no se ha pagado lo otro, eso se convierte en un problema.

—Ya veo. —Suzuki no tiene el menor interés.

—Y después está el negocio de los órganos.

—Perdona, ¿qué?

—Corazones, riñones —dice Hiyoko como quien recita un listado de productos. Pulsa el botón del climatizador del coche y gira el mando de la temperatura.

—Ah, ese tipo de órganos. —Suzuki hace lo que puede por transmitir una imagen de calma: «Claro, órganos humanos, por supuesto que lo sabía, naturalmente».

—¿Sabes cuánta gente hay en Japón a la espera de un trasplante de órgano? Mucha, lo que significa que hay mucho negocio. La verdad es que nos forramos con eso.

—Quizá tenga una idea equivocada al respecto, pero estoy bastante seguro de que en Japón no es legal la compraventa de órganos humanos.

—Eso tengo entendido yo también.

—Lo cual significa que no podéis tener una empresa que se dedique a eso.

—Eso no es un problema.

—¿Por qué no?

Hiyoko adopta un tono indulgente, como si se hallase ante un alumno ingenuo y le estuviese explicando cómo funciona el mundo.

—Digamos, por ejemplo, que cierto banco se hubiera ido a pique hace unos años.

—Cierto banco.

—Pero al final lo rescatan con una inyección de billones de yenes.

—¿Y?

—O tomemos otro ejemplo: una estafa de un plan de pensiones corporativo en el que han invertido todos los empleados de la compañía. ¿Sabías que se han utilizado cientos de miles de millones de esos yenes en proyectos de construcción de infraestructuras que son innecesarias?

—Es posible que haya oído algo de eso en las noticias.

—Edificios que nadie necesitaba, que han costado cientos de miles de millones, un gasto que jamás se ha reembolsado. Suena extraño, ¿verdad? Y entonces van y dicen que el fondo de pensiones de los trabajadores no tiene lo suficiente para cubrir lo necesario. ¿No te cabrea eso?

—Sí, me cabrea.

—Pero el responsable de ese gasto innecesario sale impune. Pueden tirar cientos de miles de millones de yenes, billones en impuestos, y no tener el más mínimo problema. Y no solo eso, sino que además se llevan una pasta gansa en primas cuando se jubilan, libres como el viento. Es un disparate. ¿Y sabes por qué sucede?

—¿Quizá porque la ciudadanía japonesa es tan amable y comprensiva?

—Porque los que están arriba del todo comparten una forma de ver el mundo. —Hiyoko levanta un índice admonitorio—. La vida no tiene nada que ver con el bien y el mal. Es la gente que está en el poder quien hace las reglas, y si están de tu parte, no tienes nada que temer. Eso es lo que pasa con Terahara. Los políticos y él tienen una relación de toma y daca; trabajan juntos como si fueran siameses, son básicamente inseparables. Si un político dice que alguien estorba, Terahara se encarga de él. A cambio, los políticos nunca van a por Terahara.

—No he llegado a conocer al señor Terahara.

Hiyoko ajusta el ángulo del espejo retrovisor y se

retoca las pestañas antes de clavar en Suzuki una mirada de reojo.

—Pero tienes un tema con el idiota de su hijo.

Suzuki se estremece, como si le hubieran atravesado el pecho con una saeta.

—¿Tengo un tema con el hijo del señor Terahara? —Su voz suena inexpresiva, y apenas se ve capaz de pronunciar esas palabras.

—Y esto nos lleva de vuelta al inicio de nuestra conversación. —Hiyoko traza un pequeño círculo con el dedo—. No nos fiamos de ti. —Cualquiera diría que se está divirtiendo—. Quería preguntártelo, pero se me olvidó: ¿estás casado?

Es obvio que Suzuki luce un anillo en el dedo anular de la mano izquierda.

—No —responde él—. Ya no. Lo estuve.

—¿Y aún llevas el anillo?

—He ganado algo de peso y no me lo puedo quitar.

Otra mentira. Si acaso, el anillo le queda suelto. Ha perdido peso desde que enviudó. Siempre le da la sensación de que el anillo se le va a caer en cualquier momento, tan solo con ir caminando por ahí.

«No pierdas el anillo —le decía su mujer muy circunspecta cuando aún estaba viva—. Es el símbolo de nuestra conexión. Quiero que pienses en mí cada vez que lo mires.» Si lo perdía, su mujer se pondría furiosa, incluso ahora que está muerta.

—A ver si lo adivino. —A Hiyoko le centellean los ojos.

—Esto no es un concurso.

—Yo diría que tu mujer murió por culpa del idiota del hijo de Terahara.

«Pero ¿cómo lo ha...?» Suzuki hace un esfuerzo denodado con tal de mantenerse inmóvil. Los ojos se le quieren disparar de aquí para allá. La garganta quiere tragar con fuerza. El ceño quiere arrancar a temblar. Las orejas quieren ponerse rojas como un tomate. El pánico que lleva dentro quiere estallar y salir por todos los poros de su cuerpo. Al mismo tiempo se imagina a su mujer, aplastada entre el SUV y el poste del teléfono. Contrae con fuerza el estómago, trata de bloquear y anular aquel recuerdo.

—¿Por qué iba a matar a mi mujer el hijo del señor Terahara?

—Lo de matar porque sí es otra faceta más del idiota del hijo, que se dedica a hacer sus idioteces. —El rostro de Hiyoko le dice a Suzuki que esperaba que él ya supiera aquello—. Ese cretino va creando todo tipo de problemas. Siempre anda robando coches en plena noche para darse una vuelta y divertirse, se emborracha y atropella a la gente. No deja de hacerlo.

—Eso es terrible. —Suzuki trata de vaciar su voz de cualquier emoción—. Terrible.

—Sí que lo es, ¿no? Difícil de perdonar y de olvidar. Y bien, ¿cómo murió tu mujer?

—¿Por qué das por sentado que mi mujer está muerta?

De nuevo se está imaginando el cuerpo maltrecho de su mujer. Pensaba que ya se le había borrado aquel recuerdo, pero regresa atronador, demasiado vívido. Ve a su mujer: ensangrentada de arriba abajo, el rostro aplastado, los hombros hechos trizas y torcidos. Suzuki se había quedado allí, de pie, clavado en el sitio mientras, a su lado, un agente de criminalística de mediana edad se levantaba del suelo después de examinarlo y mascullaba: «Ni siquiera han pisado el freno; de hecho, parece como si hubiesen acelerado».

—¿No la atropelló un coche?

Bingo. Eso es justo lo que pasó.

—No hagas suposiciones.

—Si no recuerdo mal, el idiota del hijo atropelló hace dos años a una mujer cuyo apellido de casada era Suzuki.

Ahí también da en el clavo.

—No puede ser cierto.

—Ya te digo si es cierto. El idiota del hijo siempre anda fanfarroneando sobre sus aventuras. Da igual lo que haga, nunca sufre las consecuencias. Y ¿sabes por qué?

—Ni idea.

—Porque todo el mundo le adora. —Hiyoko arquea las cejas—. Su padre, los políticos.

—Como eso que decías de los impuestos y el plan de pensiones de los trabajadores.

—Exacto. Y estoy segura de que sabes perfectamente que jamás tuvo ningún problema por haber matado a tu mujer. Porque lo has investigado. Y descubriste que trabaja para la compañía de su padre. Entonces conociste Fräulein. Así que te uniste a nosotros como colaborador externo. —Hiyoko va enumerando los hechos como quien recita un informe de memoria—. ¿No es así?

—¿Por qué iba a hacer todo eso?

—Porque quieres vengarte. —Lo dice como si fuera obvio—. Estás esperando una oportunidad para devolvérsela al idiota del hijo. Llevas un mes entero aguantándote. ¿Me equivoco?

No se equivocaba.

—Son acusaciones infundadas.

—Y por eso —prosigue ella mientras curva hacia arriba las comisuras de los labios rojos— estás ahora mismo bajo sospecha.

Las luces chillonas de los letreros parpadean por encima del hombro de Hiyoko, se encienden y se apagan.

Suzuki traga saliva, con fuerza.

—Y por eso recibí ayer unas órdenes especiales.

—¿Órdenes?

—Se supone que debo averiguar si trabajas para nosotros sin más o si vas buscando venganza. Siempre nos resulta útil contar con empleados cortitos, pero no tanto con los tipos listos que van de *vendetta*.

Suzuki no dice nada, se limita a esbozar una sonrisa.

—Ah, por cierto, y tampoco eres el primero.

—¿Disculpa?

—Ya ha habido otros como tú, que tenían una cuenta pendiente con Terahara y con el idiota de su hijo y entraron en la compañía en busca de venganza. Estamos acostumbrados a lidiar con este tipo de situaciones. Los dejamos trabajar durante un mes y les echamos un ojo, y si nos parece que hay gato encerrado, los ponemos a prueba. —Hiyoko se encoge de hombros—. Como estamos haciendo hoy contigo.

—Os equivocáis conmigo. —No ha terminado aún de decirlo y Suzuki se siente invadido por una profunda desesperanza.

El hecho de que haya otros que ya lo intentaran antes que él le oscurece mucho el panorama. Trabajar para una compañía tan turbia como Fräulein, malgastar un mes vendiendo a jovencitas unos productos que él estaba seguro de que eran drogas... El objeto de todo aquello era poder vengar a su mujer. Él se decía que aquellas jóvenes a las que estaba engañando tendrían que haber sido más espabiladas, y lo hacía con tal de sofocar la culpa, para apartar sus temores y su sentido de la decencia, para centrarse únicamente en su plan.

Pero ahora mismo está descubriendo que esa misión suya no es más que una repetición, una reposición de una repetición, y es como si todo se le viniera abajo de golpe. Se siente disperso, impotente, perdido en la oscuridad.

—Así que ahora toca ponerte a ti a prueba, averiguar si de verdad tienes interés en trabajar para nosotros.

—Estoy seguro de que estaré a la altura de vuestras expectativas. —Suzuki es consciente de lo frágil que suena su voz.

—En ese caso —Hiyoko hace un gesto con el pulgar para señalar hacia el asiento de atrás—, ¿por qué no matas a esos dos de ahí detrás? Un chico cualquiera, una chica cualquiera, nada que ver contigo.

Nervioso, Suzuki vuelve la cabeza para mirar hacia el asiento de atrás entre los de delante.

—¿Por qué yo?

—Obviamente, para despejar cualquier sospecha.

—Hacer esto no demostrará nada.

—¿Qué importancia tiene probar nada? Nuestro funcionamiento es bastante sencillo. Las posibilidades, las pruebas..., a nosotros nos da igual todo eso. Tenemos unas reglas y unos rituales simples, esto va así: si los matas a los dos, aquí y ahora, pasarás a formar parte del equipo como un miembro de pleno derecho.

—¿Miembro de pleno derecho?

—Cogemos tu contrato laboral y le quitamos lo de «externo».

—Pero ¿por qué tengo que hacer precisamente esto?

El motor está apagado, y están en silencio. Suzuki percibe unas vibraciones, pero se percata de que es el repiqueteo de su propio corazón. Es como si todo su cuerpo subiera y bajara cada vez que respira, y ese ciclo de expansión y contracción se transmitiese a través del asiento y sacudiera el coche entero. Exhala, después inhala, el olor de los asientos de cuero le inunda la nariz.

Aturdido, se gira de nuevo hacia delante y mira por el parabrisas. En el cruce, el verde del semáforo para los peatones comienza a parpadear. Es como si fuese a cámara lenta. Le da la sensación de que no se va a poner rojo en la vida.

«¿Cuánto tiempo va a seguir parpadeando?»

—Lo único que tienes que hacer es pegarle un tiro a esos dos de ahí detrás y estaremos listos. Pégales un tiro y mátalos. Es tu única opción. —La voz de Hiyoko lo trae de regreso a la realidad.

—Pero ¿qué vamos a conseguir matándolos?

—Quién sabe. Si tienen unos buenos órganos, podríamos quitárselos y venderlos. La chica podría terminar sirviendo de adorno.

—De... ¿adorno?

—Claro, si le cortamos los brazos y las piernas.

No sabe si Hiyoko le está tomando el pelo.

—¿Y bien? ¿Vas a hacerlo? Aquí mismo tiene usted la pistola, caballero, a su entera disposición. —Hiyoko se burla con ese exceso de cortesía en su forma de hablar al tiempo que saca de debajo del asiento el arma, de un color mate y apagado. Acto seguido la apunta hacia el pecho de Suzuki—. Y como intentes huir, te disparo yo a ti.

Suzuki se queda de piedra. La crudeza de tener un arma apuntándole le arrebata la capacidad de moverse. Es como si alguien le mirara fijamente desde las profundidades del agujero negro de ese cañón y le dejase clavado en el sitio. Hiyoko tiene el dedo en el gatillo. «Le basta con flexionarlo, ejercer la más mínima presión, y una bala me abrirá un boquete en el pecho.» Se da cuenta de lo fácil que sería y se queda lívido solo de pensarlo.

—Vas a utilizar esta pistola para pegarle un tiro a nuestros amigos del asiento de atrás.

—¿Y si me das la pistola —comienza a decir Suzuki, temeroso incluso de mover los labios—, y yo voy y te apunto a ti con ella? ¿Qué harías entonces? Una pregunta completamente hipotética.

Hiyoko ni se inmuta. Si acaso, le mira con cara de lástima.

—No te voy a dar aún la pistola. Otro miembro

de la empresa viene de camino. Te la daré cuando él llegue, y así no podrás hacer ninguna tontería.

—¿Quién viene?

Con toda la naturalidad del mundo, como si no fuese nada en absoluto, Hiyoko le dice:

—El idiota del hijo. No tardará en llegar.

A Suzuki se le agarrota el cuerpo entero y la mente se le queda en blanco.

Hiyoko se cambia la pistola de mano, a la izquierda, y señala con la derecha hacia el parabrisas. Lo toca una sola vez, como si clavara el dedo en el cristal.

—Vendrá por allí, desde el otro lado del cruce.

—¿Terahara? —En la cabeza de Suzuki se produce un estruendo, como si se hubiera venido abajo todo cuanto había allí dentro—. ¿Terahara va a venir aquí?

—El señor Terahara no, su hijo. Aún no os habéis conocido de manera oficial, ¿verdad? Bueno, pues ahora lo vais a hacer. ¡Qué suerte la tuya! El idiota del hijo que mató a tu mujer llegará dentro de nada.

Hiyoko pronuncia el nombre del hijo de Terahara, pero Suzuki no lo asimila. Prefiere no reconocer a ese hombre como un ser humano de carne y hueso.

—¿Por qué viene para acá?

—Ya te lo he dicho, para verte a ti y ver qué haces. Siempre viene a mirar cuando ponemos a alguien a prueba de este modo.

—Bonito pasatiempo.

—Ay, ¿es que no conocías ese pequeño detalle?

Suzuki no encuentra las palabras. No sabe cómo,

pero se las arregla para mirar por el parabrisas. El paso de cebra de ese cruce tan grande de ocho carriles se le viene encima como si lo tuviera sobre la cabeza. Hay una multitud de gente esperando a que cambie el semáforo, con el mismo aspecto que si se hubieran congregado en una orilla para observar la inabarcable extensión del mar.

La densidad de aquel gentío le devuelve a la memoria lo que le dijo su profesor. «Tenía razón, es como una marabunta de insectos.»

—Oh, allí está. El idiota del hijo —dice Hiyoko con voz alegre, a la vez que le señala.

Suzuki se yergue de un sobresalto y alarga el cuello hacia delante para mirar. Un poco hacia la derecha, en el paso de cebra en diagonal, hay un hombre con un abrigo negro. Parece rondar los veinticinco años, pero ese abrigo largo y el traje le otorgan un aire lujoso. Hace una mueca al darle una calada al cigarrillo.

Hiyoko agarra el tirador de la puerta.

—No creo que el idiota nos haya visto. —Acaba de decirlo y ya está fuera del coche, con la pistola todavía en la mano; con la otra, saluda al hijo de Terahara.

Suzuki también se baja del coche. El hijo de Terahara se halla apenas a unos metros de distancia.

Se acuerda de lo que solía decir su mujer: «Imagino que es lo que toca». Daba igual la situación, le daba una palmadita en la espalda a su marido y le decía eso. Si te encuentras con una puerta, te toca abrirla. Si la abres, te toca cruzarla. Si te encuentras con alguien, tienes que hablar con él, y si alguien te pone un plato de comida en la mesa, te toca probarla.

«Cuando tienes una oportunidad, debes aprovecharla.» Siempre estaba diciendo eso, con esa ligereza y tan vivaracha. También implicaba que hiciera clic con el ratón en todas partes cuando navegaba por internet —«Es que tengo que pinchar ahí», decía—, de manera que siempre tenía el ordenador infectado con virus.

Suzuki echa un buen vistazo al hijo de Terahara. Es como si emitiese un aura chillona que va despejando el espacio a su alrededor. Es ancho de espaldas y tiene una postura bien erguida y recta. Es alto e incluso apuesto, como un actor de *kabuki* que interpreta el papel protagonista en una obra romántica. Sin darse cuenta, Suzuki está inclinado hacia delante. Tiene al hijo de Terahara en su punto de mira, los ojos clavados en él como si su visión hiciera zoom para ampliarlo y le ofreciese una imagen clara del rostro de aquel hombre.

Ve bien las cejas densas y pobladas, los orificios nasales planos en esa nariz diminuta. Los labios que sostienen el cigarrillo. Entonces se termina el pitillo, lo arroja al suelo, y este rebota una vez sobre el pavimento. Ve el tacón izquierdo que aplasta la colilla con un meticuloso giro. En la mente de Suzuki, la colilla aplastada hace las veces de su esposa. Bajo el abrigo de cuero negro, tan caro como vulgar, Suzuki atisba una corbata roja.

Se imagina qué sucederá a continuación. El semáforo se pondrá en verde, y el hijo de Terahara cruzará la calle. Vendrá y se plantará delante de él. En cuanto Suzuki reciba el arma de manos de Hiyoko, se girará y apuntará con ella al hijo de Terahara. Tal vez esté condenado al fracaso desde el principio y aquello no salga bien, pero no le queda otra que hacerlo. «Si tengo la oportunidad, debo aprovecharla. Es lo que toca. Como tú siempre decías.»

—Espera, ¿cómo?

Es Hiyoko. Justo cuando el semáforo se pone en ámbar.

El hijo de Terahara pone un pie en la calzada. El indicador para los peatones continúa en rojo, pero parece que él está empezando a cruzar, un paso, otro más.

Y entonces un coche se lo lleva por delante. Un monovolumen negro a toda velocidad.

Suzuki congela el instante del impacto, como si estuviese tratando de capturarlo con los ojos. Todo queda en silencio a su alrededor, como si se le hubiera desconectado el oído para que se le agudizara la vista.

El parachoques golpea al hijo de Terahara en el muslo derecho, que se le tuerce hacia dentro y se rompe. Los pies del joven despegan del suelo, el cuerpo se desliza en un barrido sobre el capó y asciende sobre el costado derecho hacia el cristal. Se estampa contra él y restriega la cara contra los limpiaparabrisas.

El cuerpo rebota del coche y sale arrojado hacia la calzada, donde aterriza de un trompazo sobre el costado izquierdo y rueda, con el brazo izquierdo retorcido bajo el cuerpo. Un objeto pequeño sale volando: Suzuki ve que se trata de un botón que ha saltado del traje. Traza un arco en el aire y se aleja.

El cuerpo cae dando vueltas en una depresión en

el asfalto, rota y hace palanca sobre la cabeza, con el cuello doblado en un ángulo antinatural.

El monovolumen continúa su marcha disparado después de haber proyectado el cuerpo por los aires y pasa por encima del hijo de Terahara, tirado en el suelo.

El neumático derecho rueda sobre la pierna derecha, destroza el pantalón y deja plano el muslo. El coche entero le sube por el pecho, le rompe las costillas y le machaca los órganos. El monovolumen derrapa unos metros más antes de detenerse por fin.

El botón va por el aire cada vez más despacio y cae plano.

Es como cuando termina una sinfonía, ese instante en que todo el mundo respira en el auditorio, el silencio llena el espacio por un segundo, y entonces rompen a aplaudir. Salvo que, en lugar de aplaudir, en este caso la gente comienza a gritar.

El sonido vuelve a llegar hasta Suzuki. Una avalancha de pitidos de coches, gritos, el caos de las voces sumidas en la confusión, como un río que revienta una presa.

Está impresionado, pero aun así no aparta la mirada. Ha visto a alguien. Entre el caos en pleno cruce, allí había un hombre, alguien que se ha dado la vuelta para marcharse.

—¿Qué acaba de pasar? —dice Hiyoko, boquiabierta—. Lo... lo han...

—Lo han atropellado. —Suzuki siente el martilleo del corazón como una señal de alarma.

—Pero ¿tú has visto lo mismo que yo? —No suena segura en absoluto.

—¿Eh?

—Tú lo has visto, ¿verdad? Había... había alguien ahí, alguien con pinta sospechosa que se marchaba de la escena. —Ahora habla muy rápido, casi sin aliento—. Tienes que haberlo visto. Había alguien ahí, y ha sido como si al idiota del hijo le hubieran empujado.

—Yo... —Suzuki no está muy seguro de cómo debe responder, pero entonces dice—: Sí, lo he visto. —Las palabras ya han salido de sus labios—. Lo he visto.

Hiyoko se queda en silencio. Observa el rostro de Suzuki y, acto seguido, baja la mirada a sus propios pies. Chasquea la lengua y vuelve a observar el otro lado de la calle. Su mirada dice que ya ha tomado una decisión.

—Persíguelo.

—Que lo persiga... ¿yo?

—Tú has visto a un hombre, ¿no?

—Pues... —Suzuki aún está intentando comprender lo que ha sucedido.

—No te equivoques, que aún no te has librado, pero no podemos permitir que se largue quien sea que haya empujado al hijo de Terahara delante de ese coche. —Parece que ha sido una decisión de lo más desagradable para ella—. Y a ti, que no se te ocurra tratar de escapar. —Se le ilumina la cara, como si hubiera tenido una gran idea—: De hecho, si tratas de salir huyendo, mataré a esos dos del coche.

—¿Y eso de qué...?

—¡Que vayas a por él! ¡Vamos!

Este caótico giro de los acontecimientos resulta desequilibrante, casi alucinatorio, pero Suzuki se pone en marcha antes de que le dé tiempo a percatarse de lo que está haciendo.

—¡A por él! —grita Hiyoko con una nota de histeria en la voz—. ¡Encuentra al tipo que le ha empujado!

Echa a correr como un purasangre bajo la fusta. Mientras corre, vuelve la cabeza por encima del hombro y echa la vista atrás. Su mirada se detiene sobre los taconazos negros de Hiyoko. «Jamás podría perseguir a nadie con eso puesto; supongo que no imaginó que fuese a tener que hacerlo.»

La Ballena

La Ballena se sitúa a la espalda del hombre que está sentado y mira por la ventana. Él mismo acaba de cerrar la cortina, pero ahora la vuelve a deslizar unos cinco centímetros para mirar hacia abajo y observar la ciudad. Sin embargo, no hay nada que le despierte un interés particular. La habitación de la planta veinticinco del hotel no se encuentra a una altura suficiente para poder ver por encima de los demás edificios, y por la noche la imagen del barrio de ocio no tiene nada de especial. Solo los faros de los coches que pasan por ese cruce tan ancho y las luces de los carteles luminosos. Encerrado por los edificios de alrededor, el cielo parece la estrecha franja de un techado.

Vuelve a correr la cortina y se gira de nuevo hacia la habitación. Es espaciosa, mucho más de lo que se habría imaginado él para tratarse de una individual. La cama y el espejo de pie desprenden una austera dignidad, un diseño pulcro y recatado. Es uno de los mejores hoteles de la ciudad.

—¿Quiere mirar por la ventana?

Se lo pregunta a la espalda del hombre. El individuo, de cincuenta y tantos años, está sentado mirando a la mesa, contra la pared. Tiene una buena postura, como la de un estudiante en su primer día de clase.

—No, gracias.

El hombre hace un gesto negativo con la cabeza. Debía de tener la mente en algún otro sitio, y la voz de la Ballena lo ha traído de regreso a la realidad.

De entre los secretarios políticos a los que la Ballena ha conocido en su carrera profesional, este parece uno de los más agradables. Lleva la raya del pelo perfectamente peinada y tiene un aire honesto y meticuloso. Luce un traje de importación de buena calidad, pero sin ningún detalle llamativo, algo poco habitual. Debe de ser unos diez o doce años mayor que la Ballena, pero aun así le habla con mucha cortesía.

—No tendrá otra oportunidad de mirar. —La Ballena sabe que no es necesario decirle esto al hombre, aunque lo hace de todos modos.

—Ah, ¿sí? —Al secretario se le nubla la mirada.

«Será el último vistazo que eches, porque pronto estarás muerto.» A la Ballena se le pasa por la cabeza la posibilidad de decirlo en voz alta, pero decide no hacerlo. Ellos nunca llegan a comprender del todo la situación en la que se encuentran, así que no tiene ningún sentido malgastar las palabras. En cualquier caso, tampoco hay nada especial que ver.

El hombre se vuelve de nuevo hacia la mesa. Se queda mirando los folios en blanco y el sobre que hay encima del mueble.

—Este tipo de... esto... —No se vuelve a mirar a la Ballena—. ¿Pasa esto con frecuencia?

—¿Que si pasa con frecuencia qué?

—Me refiero a lo que está pasando ahora mismo..., lo que me pasa a mí. —Parece andar a tientas en busca de las palabras. En su confusión surge una palabra en inglés que él cree conocer—. *¿Seaside?* —Vuelve al japonés—: Me refiero a lo de obligar a alguien a quitarse la vida.* ¿Lo hace usted con frecuencia?

Le tiemblan los hombros.

Siempre lo mismo. Al principio tratan de aparentar calma. Hacen lo que pueden con tal de parecer relajados, hasta les da por ponerse en plan filosófico. Te ponen cara de complicidad y te dicen cosas como «Esto es lo que tiene que pasar». Un rato después se ponen charlatanes. Seguramente piensan que seguirán vivos mientras sigan hablando, pero da igual lo mucho que hablen, no supone ninguna diferencia. Esto siempre acaba igual.

La Ballena no dice nada. Se limita a mirar al techo, donde hay una cuerda de vinilo atada a una rejilla de ventilación. El extremo está anudado como la soga de una horca. El cliente no había dado instrucciones al respecto de que fuese un ahorcamiento, pero es por donde él suele tirar cuando no le especifican nada.

—¿No le parece un poco rara esa idea de que mi muerte sirva para resolver algo? —El hombre apenas hace girar la silla para mirar de soslayo a la Ballena—. Solo soy un secretario. Mi suicidio no cam-

* En inglés, *seaside* significa «costa» y suena similar a suicide, «suicidio». *(N. del t.)*

bia la situación en lo más mínimo, y estoy seguro de que todo el mundo lo sabe. Los verdaderos culpables siguen ahí fuera en la calle, pero de algún modo todo el asunto quedará enterrado si yo me quito la vida. ¿No le parece extraño eso?

No tiene nada que ganar participando en la conversación, la Ballena lo sabe por experiencia.

—Tampoco es que se me ocurriese a mí el plan —prosigue el secretario—. Por supuesto que no fue idea mía. Jamás se me habría ocurrido algo tan enrevesado por mi propia cuenta.

El hombre es el secretario de un congresista llamado Kaji. Hace poco que los medios han descubierto que Kaji estaba recibiendo sobornos de una compañía de comunicaciones, y las últimas semanas han sido un tanto caóticas para él. El escándalo podría acabar con su carrera. Se aproximaban las elecciones a la Cámara de Representantes, y Kaji corría el peligro de que el partido en el Gobierno lo dejara fuera.

—¿De verdad van a detener la investigación porque yo me haya suicidado?

—Kaji es un cobarde. Se queja por cualquier nimiedad y arremete contra todo cuando le entra el pánico, ¿me equivoco?

A la Ballena le viene a la cabeza la imagen de Kaji. Es un hombre bajo, un político ya entrado en años y con cara de niño. Se deja crecer los pelillos del bigote con la esperanza de proyectar la imagen de una autoridad de la que carece, y siempre está haciendo movimientos nerviosos con las cejas espesas con un propósito efectista, pero no engaña a nadie.

—¿Kaji recurre a usted muy a menudo para este tipo de trabajos?

—Es la primera vez. —Se lo había recomendado otro político al que conoce la Ballena, y Kaji se puso en contacto con él hace tres días—. No me parece un hombre muy agradable, pero un trabajo es un trabajo. Así que lo acepté.

—Si nos hubiéramos tomado tan solo un poquito más de tiempo, estoy seguro de que podríamos haber manejado mucho mejor todo este asunto. —El hombre suena frenético ahora, habla muy rápido, con los ojos inyectados en sangre—. Pero a Kaji le dio un ataque, ha hecho que todo esto se convierta en un desastre, y ya no tiene arreglo.

—Fue usted quien aceptó ser su secretario. Usted tiene toda la culpa.

El hombre respira a bocanadas irregulares.

—¡Eso no tiene ningún sentido! —chilla y, acto seguido, adopta una expresión de horror consigo mismo por haber levantado la voz.

—Aparcarán la investigación.

—¿Qué?

—Es lo que suele suceder cuando alguien se suicida y carga con la culpa.

—¿Aunque todo el mundo sepa que eso no significa nada? —El hombre parece sentirse traicionado.

—Llevo quince años haciendo esto.

—¿Obligando a la gente a suicidarse?

—Si esto no funcionase, tendría que haberme buscado otro empleo hace mucho tiempo.

La Ballena se sienta en la cama. Es un hombre grande, de casi dos metros de altura y noventa kilos de peso, y la cama cruje bajo su cuerpo. Se mete la mano en el bolsillo de la chaqueta del traje gris de tres botones y saca un libro pequeño, una edición barata. Hace caso omiso de la mirada suplicante del secretario y se pone a leer.

—¿Q-qué libro es? —le pregunta el hombre.

Seguramente no es tanto que le interese la respuesta, como que le da miedo quedarse a solas con sus pensamientos. Sin mediar palabra, la Ballena sostiene el ejemplar en alto para dejarle ver la cubierta. Es un libro de bolsillo bastante manoseado.

—Ah, yo también lo he leído. Cuando era un adolescente. —Al hombre se le ilumina la mirada, como si hubiera descubierto algo importante, un interés en común que les pueda servir para llegar a un entendimiento—. Es un clásico. Los clásicos son los mejores, ¿verdad que sí?

—De todas las novelas del mundo, esta es la única que he leído en mi vida.

El hombre parece confundido, con los labios entreabiertos.

—No es algo de lo que me sienta orgulloso, de lo que alardee o que me disguste. —Le parece cansino explicarse, pero aun así la Ballena lo está haciendo—. Es que nunca he leído ninguna otra cosa, nada más.

—¿La ha leído más de una vez?

—Me compro otro ejemplar cuando el mío se me estropea demasiado como para seguir leyéndolo. Este es el quinto que he tenido.

—Imagino que a estas alturas ya se lo sabrá usted de memoria. —Está clarísimo que el hombre está haciendo un esfuerzo por sonar animado—. Mire, si reordena las letras queda un título ridículo: *Carmen y cistigo.* —Su voz suena atiplada y con desesperación, como si aquella estupidez fuese lo más importante del mundo que se veía capaz de decir.

La Ballena alza la mirada de su libro, despacio.

—Nunca me había fijado.

De repente recuerda una época anterior en su vida. Diez años antes le dio por pensar que cualquier persona a quien le gustara aquel libro podría ser un amigo. Aquello fue un error, y le hizo meter la pata hasta el fondo. Son incontables las personas que han leído el mismo libro. Eso no convertía en su aliada ni a una sola de ellas, pero, por aquel entonces, él aún no entendía eso.

Al hombre le tiembla la sien.

—¿De verdad tengo que suicidarme? Debe de pensar usted que soy bastante patético.

—No. Todo el mundo se pone así.

—Es que sigo sin ver cómo va a cambiar nada el suicidio del secretario de un político.

—La investigación se complica cuando hay un suicidio. Así es como funciona.

Si un secretario se declara responsable de todo el asunto, es una mentira tan obvia que nadie se molestaría ni siquiera en demostrarlo, pero este además se cuelga, y eso es todo lo que hace falta para que afloje la presión sobre el político. Lo mismo sucede cuando una de las grandes corporaciones recibe ataques por emisiones de contaminantes y el consejero delegado se tira desde lo alto de un rascacielos. Alguno diría que el suicidio solo es un quitarse de en medio, una salida cobarde, pero la mayoría se contenta con dejar la fiesta en paz.

—Una vez se cuenta ya con un chivo expiatorio, se hace más complicado continuar con la investigación, aunque los hechos no encajen —concluye la Ballena.

El hombre se queja, se cubre la cara y baja la cabeza hacia la mesa. Exactamente igual que hacen todos. La Ballena se queda sentado leyendo su libro, mientras aguarda a que el hombre deje de llorar. Tiene bastante claro qué va a decir el hombre en cuanto terminen los sollozos y los temblores.

Y ahí está, justo tal y como él esperaba.

—Quizá yo tenga que morir, pero mi familia estará bien, ¿verdad?

Esta es la señal de que los preliminares han llegado a su fin. Las cosas comenzarán a acelerarse ahora, como la vagoneta de una mina que baja por una pendiente. Al otro lado de la ventana, las luces rojas de los luminosos parpadean como si estuviesen instando a la Ballena a avanzar en su trabajo.

—No tiene usted que preocuparse por ellos. —Desliza el marcapáginas en su lugar y se levanta de la cama. Se acerca al hombre, se sitúa a su lado y da unos toques con los dedos sobre los folios que hay sobre la mesa—. Escriba una nota. Puede decir lo que usted quiera.

La expresión del hombre recupera ese aire pueril, alza la mirada hacia la Ballena como un crío que trata de calibrar el estado de ánimo de sus padres. «Suicídate. Si lo haces, tu familia estará a salvo», lo cual encierra también una amenaza: «Si no te suicidas, tu familia correrá peligro».

—¿Alguna vez se ha negado alguien? —pregunta el hombre.

—Algunos.

—¿Y a esos qué les pasa?

—Que mueren con su familia en un incendio de causas desconocidas.

El rayo de esperanza se desvanece del rostro del hombre.

—O que un camionero borracho se lleva por delante el coche de su familia y mata a todos los ocupantes. O que una banda secuestra a la única hija de ese tipo y hace de las suyas con ella. —La Ballena va recitando los ejemplos con la monotonía de quien lee el índice de un libro: ha oído mencionar todos estos desenlaces, pero no tiene la seguridad de que sean realmente ciertos. Aunque en este mundillo sí que parecen lo bastante ciertos.

El otro vacila, con los labios temblorosos.

—Pero entonces, si hago lo que usted me pide, ¿mi familia estará a salvo?

La Ballena asiente, aunque tampoco se ha detenido nunca a comprobar si las familias de sus objetivos salían bien paradas, ni tiene interés en hacerlo, pero sí tiene la idea general de que es así como funciona esto. A los políticos y a los ricos nunca les gusta contraer más deudas de las necesarias, ni siquiera con un muerto.

El hombre se queda con los hombros caídos, que ahora forman la pendiente por la que se despeñan todas sus esperanzas.

Coge el bolígrafo y una hoja de papel.

Hacer que redacten una nota forma parte del trabajo. Algunos se limitan a escribir unas líneas a su familia, otros también escriben a su jefe. La Ballena les deja que escriban lo que quieran y después lo comprueba, cuando han terminado. Cualquier cosa problemática, la tira a la basura.

Se sienta de nuevo en la cama y regresa con su libro. Le basta con leer un par de líneas para verse una vez más sumido en el universo del relato. Allí se siente más cómodo que en el mundo real.

El hombre escribe durante cerca de treinta minutos. De vez en cuando rompe una hoja y arruga los restos en una bola, pero en ningún momento se enfada ni da un puñetazo en la mesa. Cuando termina, se da la vuelta en la silla para mirar de frente a la Ballena.

La respiración de la Ballena es silenciosa, y ha estado pasando las páginas sin hacer el menor ruido, hasta el punto de que el hombre podría haber pensado que, tal vez, se había marchado de la habitación.

—¿Hay alguien a quien le cueste escribir porque le tiemblan las manos?

—Tal vez a un tercio de la gente —emerge la Ballena del universo de su libro.

—Entonces lo estoy haciendo bien.

—Sí, en efecto. —Pasa otra página.

En esta fase, es algo típico que quieran saber qué tal lo están haciendo. Quizá se hallen a las puertas de la muerte, pero les sigue preocupando dar la talla en comparación con los demás.

La Ballena coloca el marcapáginas, cierra el libro con mucha suavidad y se lo guarda en el bolsillo. Se levanta y le explica al hombre lo que va a suceder a continuación: moverá la silla y se pondrá la soga al cuello. Le asegura que todo terminará muy rápido.

—Muy bien —dice el hombre con una actitud deferente.

Ya está cayendo en un estado similar a un trance.

«Es como si tuviera usted un poder de lo más curioso —le dijo una vez un político destacado a la Ballena—. Cuando mira usted a alguien, no es que el otro sienta un temor físico, sino que comienza de alguna manera a perder la esperanza. Tengo la certeza. Lo percibo incluso yo, que soy un cabrón viejo y más duro que una piedra: tan solo un poco, pero ahí está. La culpa y la impotencia que todos llevamos dentro empiezan a expandirse, y es como caer de repente en una depresión. Mis pequeños pecados comienzan a inflarse, y esto me hace sentir que la vida no es nada más que dolor.» Ahí la Ballena había soltado un bufido de burla: los pecados del hombre eran algo más que pequeños. Aquel político concluyó: «Creo que tiene usted el poder de llevar a la gente al suicidio».

«Si eso es lo que cree, ¿por qué no se suicida usted ahora mismo?»

La Ballena no sabía con seguridad la sensación que le provocaba a alguien cuando lo miraba, pero sí sabía que quien lo miraba durante el tiempo suficiente adoptaba la misma expresión lúgubre, como si hubiera perdido toda esperanza. Como si estuvieran mirando al vacío.

—Póngase de pie en la silla —susurra al oído del hombre.

El hombre mueve los ojos en un giro desesperado, y su cuerpo comienza a temblar. Se quita los zapatos.

Se sube a la silla. Agarra la soga y la baja sobre la cabeza. Sabe que cada instrucción que sigue lo acerca un paso más a la muerte, pero continúa adelante.

No parece que vaya a necesitar la pistola. Hay algunas personas que no miran a la Ballena a los ojos, lo cual significa que no caen bajo su hechizo, e intentan escapar. Cuando sucede eso, no le queda más remedio que sacar la pistola. «Si no te suicidas, te mato yo», les susurra él con una lógica singular, si bien de algún modo persuasiva. Obedecen sus instrucciones para evitar que los asesinen. Nadie se cree que vaya a morir realmente hasta el momento en que sucede.

El hombre toquetea la cuerda.

—¿A cuántos más les ha hecho esto ya?

—En total, a treinta y dos.

—¿Y se acuerda de todos ellos?

—Llevo un registro. Usted es el número treinta y tres. Y es el octavo que me hace esa pregunta.

—¿Y no le entristece dedicarse a esta profesión? —El rostro del hombre parece ahora más mayor, más ajado, la piel más apergaminada, como si arreglara sus asuntos ante una inesperada sentencia de muerte—. ¿Alguna vez se siente culpable?

A la Ballena se le pone una sonrisa siniestra en la cara.

—Veo fantasmas.

—¿Fantasmas?

—La gente a la que he obligado a quitarse la vida. Hace poco que han comenzado a aparecerse.

—¿Y se turnan?

—Los treinta y dos.

—Entonces sí que se siente culpable. —El secretario suena un poco como si se sintiera mal por un demente, y al mismo tiempo como si tuviera interés en continuar oyéndole hablar sobre aquel cuento chino de los fantasmas—. Y eso significa que, antes o después, yo también iré a atormentarlo.

—No hay ninguna garantía de eso.

—Yo escuchaba mucho jazz cuando estaba en la universidad. —De repente, una incongruencia. Esto le dice a la Ballena que el hombre es de verdad consciente de que su vida está a punto de acabarse—. Me encantaba Charlie Parker.

La Ballena no tiene intención ninguna de seguirle la conversación.

—Tenía una canción muy famosa, *Now's the Time*, «ha llegado la hora». ¿No le parece un título magnífico?

La Ballena tiene que reconocer que sí le gusta cómo suena, y, sin querer, lo dice en voz alta:

—*Now's the Time.*

Como si las palabras de la Ballena fueran una señal, el hombre dice:

—Sí, supongo que ha llegado la hora.

Y le da un puntapié a la silla para quitarla de debajo de sus propios pies. Se vuelca. Su cuerpo cae, la cuerda se tensa y le sujeta. El techo cruje. La Ballena observa.

La cuerda de vinilo amarillo se clava en el cuello del hombre, forma un anillo tirante justo por debajo de la barbilla y por detrás de las orejas. Los orificios nasales se le abren de manera exagerada al tratar de coger aire. Los labios dejan escapar el sonido de unas gárgaras.

Se le mueven las piernas hacia delante y hacia atrás, como en un ejercicio de natación. La silla está tirada, de lado. Al principio patea rápido, pero el ritmo no tarda en flaquear. Cae la baba, y una espuma burbujea en las comisuras de sus labios con cada graznido estrangulado. Se lleva los dedos a la horca y la agarra en un intento por hallar un espacio entre la cuerda y el cuello. Las uñas le arrancan la piel.

La tensión arterial debe de estar ahora llegando a su pico, porque el rostro y los ojos del hombre adquieren un color rojo intenso. El cuello se le está hinchando, y está empezando a sufrir espasmos por todo el cuerpo. Acto seguido queda inerte. El rostro pierde el color y se va poniendo cada vez más blanco, de manera gradual. Ahora es como si el cuerpo fuera ingrávido, con un suave balanceo en el aire.

La Ballena se queda mirando al hombre suspendido y se pone a finalizar el trabajo. Hace un barrido en busca de huellas y se asegura de que no queda resto identificativo ni desperdicio de ninguna clase. Lee por encima la nota del secretario. Como ya se imaginaba, ha escrito tan solo a su familia. Unas palabras de aliento para su mujer, expresiones de amor y cariño para sus hijos, consejos sobre la vida y un último mensaje: «Estaré velando por todos vosotros». Nada que lo haga especialmente único. Eso sí, en la letra se percibe bastante firmeza.

De pronto siente un mareo repentino. Lucha por mantenerse en pie y no cerrar los ojos.

—Nada que no sea gente y más gente, lo mismo de siempre. —La voz viene de detrás de él.

Hay alguien de pie junto a la ventana, mirando hacia abajo a través de la rendija que deja la cortina. La Ballena chasquea la lengua. Es un miembro de la corporación municipal que se colgó hace dos años, obligado al suicidio para tapar un escándalo de sobornos.

Los encargos de los políticos siempre van de dinero. De dinero o de honor. Solo por una vez, estaría bien que le hiciesen algún encargo que tuviera que ver con sus diferencias ideológicas, o sobre cómo gobernar el país, pero eso no ha sucedido nunca hasta ahora, ni una sola vez.

El concejal supuestamente muerto toca el cristal de la ventana y apunta con el dedo, haciendo la forma de una pistola con la mano. Allí abajo está ese cruce tan ancho, el del paso de cebra de ocho carriles. Parecen hormigas, esa gente que espera a que cambie el semáforo, una marabunta.

La Ballena entrecierra los ojos. Entonces sucede algo inesperado.

De entre la multitud en una esquina, una persona salta como un rayo hacia la calzada y la atropellan al instante. Sucede tan rápido que resulta casi anticlimático. Salto, atropello.

—¡Madre mía, ese tío está muerto! —La silueta del concejal parece sólida, real—. ¿Un suicidio?

«No, no es eso», dice para sí la Ballena, que no ha visto nada con claridad, pero está seguro de ello.

La gente del cruce se lanza a un frenesí de movimiento, como unas tropas que se dispersan de pronto. Gente que se arremolina alrededor del hombre atropellado por el coche, gente que prefiere mirar para otro lado, gente que se aprieta el móvil contra la oreja, gente que está un poco más lejos y acude corriendo al oír el alboroto, a ver qué ha pasado: la Ballena ya se imagina todo aquello.

Pero también observa otra cosa: en medio del caos hay una persona que no parece alterada en absoluto, que se aleja del escenario como si nada hubiera sucedido. Una hormiga solitaria de una especie diferente.

«El Empujón.» Aquellas dos palabras surgen flotando en la cabeza de la Ballena.

Uno detrás de otro van emergiendo recuerdos que él creía ya enterrados. Como lodos que revientan la tapa de una alcantarilla. Se ve a sí mismo, sus errores, sus remordimientos. Recuerdos de hace diez años que regresan en tromba.

Vuelve a meterlo todo a presión en los lugares más recónditos de su mente.

El fantasma del concejal ya se ha esfumado.

Echa un último vistazo al muerto que cuelga del techo. El crujido por el peso del cadáver queda amortiguado en cuanto cierra la puerta a su espalda. En esa puerta hay un recordatorio para que no se te olvide llevarte la llave. La Ballena se marcha y deja allí la llave.

La Cigarra

—¡Ojalá cerrara la boca de una vez, en serio! —grita la Cigarra al ama de casa que tiene de pie ante él. Se atusa el cabello castaño claro y se rasca el interior de la oreja—. Qué pesada, joder.

—Es que no tengo la menor idea de por qué está pasando esto.

El ama de casa tiene más de cuarenta años, el maquillaje endurecido sobre las arrugas de la cara, y va embutida en una camiseta que es demasiado juvenil para ella.

La Cigarra está en el salón de la casa de la señora, un dúplex en una urbanización nueva en la ciudad de Mito, en la prefectura de Ibaraki.

La mujer tiene los ojos rojos y está tan alterada que se atropella al hablar.

—¿Qué es todo esto? ¡¿Por qué!? —Señala a su espalda.

Hay dos hombres tirados, inmóviles, cubiertos de sangre.

—Todo eso es su marido, boca abajo en el sofá, y su hijo, boca arriba al lado de la tele, y los dos están muertos.

—¡Eso ya lo sé! ¡Pero ¿por qué?!

La Cigarra mira el reloj sobre la repisa de la chimenea. Iwanishi llamará en cualquier momento. «¿Lo tienes listo ya o qué?», le va a preguntar, tan campante, como si nada. Y entonces se le pondrá en plan solemne, como si estuviera recitando las palabras de un profeta: «Como dice Jack Crispin, quien no pierde la noción del tiempo no pierde la noción de sí mismo», o algo del estilo.

—P-pero ¿por qué me pasa esto a mí? ¿Quién es usted? ¡Ha dicho que venía de la inmobiliaria!

—Bueno, sí, en eso estaba mintiendo. Disculpe. —La Cigarra se encoge de hombros. Acto seguido se pasa los dedos por el cabello castaño y se lo atusa detrás de las orejas—. No puedo hacer mi trabajo si no me deja entrar en la casa. A ver, no puedo llamar al timbre y decir: «Ah, hola, que vengo con un cuchillo a matarlos a todos». Usted no me dejaría entrar jamás en la vida. ¿O a lo mejor sí?

—¡Por supuesto que no!

—¿Lo ve? Por eso le he dicho que era un agente inmobiliario, y usted me ha dejado pasar. Porque estaban pensando en comprarse un apartamento, ¿verdad? Aunque tienen esta casa tan bonita. No lo pillo. Bueno, qué más da, me han dicho que estaban mirando pisos y que debería decir que soy de la inmobiliaria.

—¿Quién se lo ha dicho?

—Iwanishi.

—¿Quién es ese? ¡No entiendo nada!

—Mi jefe. A ver, que solo somos él y yo: él consigue el encargo y yo hago el trabajo. Hay que joderse,

¿verdad? ¿No le parece a usted? Yo lo hago todo, y él no mueve un dedo.

Un mueble lleno de bolsos recorre la pared entera del salón, como si fuera el expositor del escaparate de una tienda.

—Así que he venido a matarlos. Ese era el trabajo.

—¿Por qué? ¿Por qué iba usted a querer matarnos?

—A saber. —La Cigarra se acerca un paso más hacia ella, y la mujer da un respingo, pierde el equilibrio y se apoya con una mano en una silla—. El encargo era ese. Desconozco los detalles. La verdad es que Iwanishi no me cuenta nada. Más Jack Crispin.

—Crispi... ¿qué?

—Ya, claro, imagino que usted tampoco ha oído hablar nunca de él. No me sorprende. Yo tampoco había oído hablar de él, pero ese capullo va y cita a Jack Crispin siempre que quiere decirme algo. Un cantante de un grupo de música o algo así. No lo conoce nadie, pero es lo único de lo que habla Iwanishi. Le encantan las letras de ese tío. «Como dice Jack Crispin: un joven, cuanto menos sepa, mejor.» Venga ya, hombre, no me toques los huevos. Jamás me cuenta de dónde viene el trabajo, por qué quieren que se haga, nada de eso, pero en este caso creo que, por lo menos, sí tengo una idea. Su hijo... Usted creerá que es un buen chaval, ¿no?

—¿Mi hijo?

—Ahora bien, ¿no es posible que le prendiese fuego a un vagabundo en el parque de Fujisawa no hace mucho?

A ella se le abren los ojos como platos. La Cigarra no pasa por alto ni el menor temblor en los párpados de la mujer. «Mami lo sabe.»

—Que sí, mujer, si fue hace muy poco. Un viejo vagabundo al que quemaron vivo en el parque de Fujisawa. Alguien le roció gasolina por encima mientras dormía y le prendió fuego. Fue su hijo, ¿a que sí?

—Nnn... —«No fue mi hijo», parece que está a punto de decir, pero no le salen las palabras.

—Como Iwanishi nunca suelta prenda, me puse a husmear yo por mi cuenta. Todo apuntaba a su hijo. Vive aquí, en Mito, pero se marchó hasta Tokio para liarla parda. En lo que a mí concierne, puedo llegar a sentir respeto ante ese tipo de esfuerzo, pero a los demás sintecho no les hizo ninguna gracia que achicharrasen a su colega. Y esa gente sabe moverse, cuando quiere. Tal vez les falte un hogar, pero no los recursos.

—Pero si la policía lo está investigando...

—Ya, claro. Los vagabundos no tienen mucho interés en que arresten a nadie. Buscan venganza. Quiero decir que su hijo era menor de edad, y, en cualquier caso, tampoco habría mucho castigo legal para él, así que reunieron el dinero y fueron con el encargo a Iwanishi. «Líbrate del maldito crío», le dijeron. Sí que es conmovedor, ¿eh? Y así es como he acabado yo aquí. —La Cigarra habla del tirón, sin detenerse prácticamente a respirar. Por fin hace una brevísima pausa para coger una bocanada de aire—. Al menos, eso es lo que yo me figuro que pasó.

—Pero aunque hubiera sido mi hijo, ¿por qué tenía que morir también mi marido?

—Ese era el encargo. —La Cigarra vuelve a rascarse la cabeza—. Matad a toda la familia. Nos han pagado por tres personas, pero mire usted por dónde, esa es otra cosa que me toca las narices: ¡yo no cobro el triple de mi tarifa! No tiene ninguna lógica, ¿no? Este es uno de esos casos de... ¿Cómo se dice?

—¿Explotación laboral? —Por un instante, es como si la mujer regresara de golpe a sus caminos habituales de pensamiento.

—Sí, eso es. Explotación laboral.

—No creerá usted que va a salir impune de esto, ¿no? Un triple asesinato es algo muy gordo, sale en el telediario, y la policía pone en marcha una investigación. Lo atraparán en un abrir y cerrar de ojos. Le impondrán la pena de muerte. ¡Pena de muerte!

—Bah, ya sabe usted que este tipo de cosas no son tan raras en los tiempos que corren. Entra un ladrón y mata a una familia entera por dos o tres mil yenes. Pasa todos los días. ¿Sabe usted cuántos casos de ese estilo se quedan sin resolver?

—Los únicos que hacen esas cosas son los chinos.

La mujer suena bastante convencida. La Cigarra fuerza una sonrisa.

—Vaya, pues que no la oigan los chinos. Es usted bastante racista, ¿eh? Los japoneses también lo hacen. En todos los países hay personas dispuestas a hacer lo que sea por unos cuartos. En cualquier caso, se lo digo yo, hay cientos de homicidios como este, y la mayoría no se resuelve jamás. Ah, y además...

—Además, ¿qué?

—Aquí, en Japón, cuanta más gente matas, más se tarda en celebrar un juicio. Raro, ¿eh?

—Jamás conseguirá irse de rositas con esto.

—Siento mucho decírselo, pero lo haré. —La Cigarra se encoge de hombros—. Oiga, ¿quiere oír una frase genial?

—¡Pero de qué me está...! —La mujer parece más disgustada por la actitud de la Cigarra que por el hecho de verse en peligro de muerte.

—«Si le dijeran a Charlie Parker que podía liquidar a los diez primeros blancos con los que se cruzara por la calle, tiraría el saxofón al mar y jamás volvería a tocar.» —La Cigarra suelta las palabras como si fueran ráfagas de ametralladora, tan rápido que lanza salivazos por los aires—. Es de una peli de Godard.

—¿De qué me está hablando?

—Básicamente, que Charlie Parker tocaba el saxo para olvidarse de las ganas que tenía de matar a los blancos, pero hoy en día hay muchísima peña por ahí que no tiene un instrumento.

—¿Qué se supone que significa eso?

—Que la vida es dura, eso es lo que estoy diciendo, y eso nunca te lo cuentan en el colegio.

—Usted no haría daño a una mujer, ¿a que no? El semblante del ama de casa no deja entrever qué se le está pasando por la cabeza, pero, por cómo grita, cualquiera diría que esto suena prácticamente como un desafío.

—Soy un profesional. —La Cigarra dispara una vez más sus palabras y suelta más salivazos hacia ella—. Nunca le oirá decir a un cirujano que no va a operar a hombres. Las prostitutas prestan sus servicios a cualquiera que venga, da igual lo feos que sean. Yo tampoco discrimino.

La mujer chilla, sin tiempo para formar una sola palabra. La mano de la Cigarra se mueve en el instante en que ella abre la boca, el cuchillo vuela como un relámpago a su encuentro.

La punta del cuchillo alcanza el vientre de la mujer, hacia la derecha sobre el ombligo. La Cigarra empuja la hoja, que se hunde. Corta músculo, revienta capilares, secciona nervios. Se hunde todavía más, profundiza el orificio y no se detiene hasta llegar al hígado.

Ella suelta un gruñido, la saliva le burbujea en los labios.

Conforme va saliendo, el cuchillo provoca que de los tajos en las venas manen borbotones de sangre.

Termina de salir el cuchillo, y en ese instante la Cigarra vuelve a clavarlo un poco más arriba, unos centímetros por debajo del seno izquierdo de la mujer.

Hunde la hoja bien a fondo, atraviesa la grasa, pasa entre las costillas y encuentra el corazón.

La mujer tiene los ojos abiertos. El aliento se le escapa de entre los labios de manera precipitada, como si estuviera expulsando vapor.

El cuchillo se desliza y sale una vez más. Ella se desploma, con el rostro lívido.

La Cigarra observa las convulsiones de la mujer. Se acerca a ella y evita la sangre, que ya se encharca. Se agacha como quien inspecciona un insecto espachurrado. Tras confirmar que no tiene pulso, agarra la bolsa de deporte que ha traído consigo y se cambia de ropa. Una camisa normal y corriente de unos grandes almacenes y unos vaqueros, de los que se ven por todas partes.

Le suena el móvil. Como ya se imaginaba, es Iwanishi:

—¿Lo tienes listo ya o qué? —Tiene cuarenta y tantos años, pero habla como un adolescente enfurruñado.

—Acabo de terminar —responde la Cigarra.

—Pues lárgate de ahí. Pásate mañana y recoge tu dinero.

—Sí, ya lo sé. Obviamente.

—Es como dice Jack Crispin: «Hazlo y lárgate».

—Si no pudieras citarlo, no creo que tuvieras nada que decir. —Le están entrando ganas de tirar el móvil a la otra punta de la habitación.

—Bueno, resulta que Crispin ya ha escrito una canción sobre todo lo que quiero decir.

—Lo que tú digas. Eh, oye, ¿cómo es que todos mis trabajos son como este? ¿Matar a la familia entera? Menudo coñazo. Y qué pesada era la mujer, es que no se callaba.

—Porque no lo hace nadie más.

—¿Nadie más quiere hacerlo?

—A nadie le gusta matar a mujeres y a niños inocentes.

—Venga ya. —La Cigarra ladea la cabeza. Eso

no tiene ningún sentido para él—. ¿Qué problema tiene la gente con matar a niños? Los niños crecen y se hacen adultos. ¿Qué edad debe tener alguien para que esté bien matarlo? Si alguien tuviera reparos con matar a perros o gatos, eso sí podría entenderlo, pero si hablamos de personas, la edad y el sexo no tienen ninguna relevancia.

—Justo lo que te estaba diciendo, que ese tipo de cosas no son un incordio para ti. Por eso aceptamos este tipo de trabajos, porque nadie más los quiere. Así es como una empresa tan pequeñita como la nuestra se gana unos cuartos. Ya sabes, busca una oportunidad y aprovéchala.

Seguro que es la letra de otra canción.

—Hombre, para ti no es ningún problema. Tú no tienes que mover un dedo.

—En la pesca con cormoranes, el artista no es el pájaro, sino quien lo maneja.

—Que te den, explotador laboral de los cojones.

—Anda, mira qué palabrejas tan sofisticadas te sabes. Escúchame, yo no estoy tratando de explotarte.

—Ya.

—Todas las canciones de Jack Crispin hablan en contra de la explotación. Estaba muy comprometido con ese tema.

«Sí, ya me imaginaba que me ibas a salir con algo del estilo.» La Cigarra cuelga sin responderle. Está a punto de marcharse cuando localiza una revista que no había visto antes. Se hace con ella. Resulta que es una guía de programación de la tele por cable. La variedad es impresionante.

«Apuesto a que los ricos tienen muchos más canales. Dentro de nada te obligarán a pagar para ver el telediario. Me pregunto de qué irán todos estos programas.» Estira el brazo en busca del mando de la tele.

Suzuki

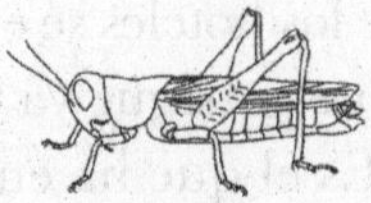

Suzuki ha salido corriendo, cruza la calle en diagonal y llega a la acera. Alcanza a ver la espalda del hombre, allí delante. La mayoría de los peatones camina en dirección a Suzuki, que avanza contracorriente. El alboroto alrededor del atropello ha atraído a una multitud de personas, y cada vez hay más espectadores. «Pero ¿qué ha pasado?», piensa, y el eco de esa pregunta no deja de resonar en su cabeza mientras se abre paso entre los mirones.

Al hijo de Terahara lo ha atropellado un coche. No hay ninguna duda al respecto de eso, pero ¿de verdad está muerto? Un monovolumen se lo ha llevado por delante y lo ha dejado hecho un guiñapo en el asfalto, con el cuello tronchado hacia atrás, y está completamente inmóvil. «No puede seguir vivo, ¿no?»

Y entonces vino esa imagen fugaz del hombre que lo había empujado. Suzuki no está tan seguro de eso, pero Hiyoko aseguraba que ella también lo había visto. ¿De veras? ¿Realmente lo había empujado alguien? Lo único que podía hacer Suzuki era perseguir a aquel hombre.

A su derecha hay una hilera de edificios repleta de *sex shops* y de salones de masaje con sus letreros chillones encendidos. Le iluminan la cara los faros de la riada del tráfico que se dirige hacia él. Un poco más allá, calle arriba, las torres de los hoteles se elevan hacia el cielo.

El hombre al que persigue va una docena de metros por delante. Es el que ha empujado al hijo de Terahara. El que se ha adelantado a Suzuki en su venganza cuando él ya la tenía justo al otro lado de la calle. Se percata de sopetón. «¿Y ahora qué?» En plena carrera, va inclinando el cuerpo para evitar estamparse con los peatones. El único objetivo que tenía ha desaparecido de repente, se ha desvanecido ante sus ojos del modo menos ceremonioso. «¿Y ahora qué?»

Se obliga a continuar avanzando. «Tú no te pares.» Si pierde a aquel hombre, jamás se enterará de qué ha sucedido realmente. Desde que murió su mujer, la venganza es lo único que lo ha mantenido en pie. Si le arrebataran incluso la oportunidad de la venganza, no le quedaría nada por lo que vivir, de eso sí está seguro.

El hombre que va por delante parece moverse con una calma antinatural. Camina con brío, pero no da la menor sensación de ser alguien que huye de la escena de un crimen. Suzuki va esquivando a la gente que pasa, haciendo eses a derecha e izquierda y a golpes de hombro en su trabajoso curso, mientras aquel tipo parece avanzar con la facilidad con la que discurre un río.

Es bajo y lleva un abrigo negro. Se desenvuelve con la soltura de alguien sin sobrepeso ninguno.

Suzuki hace un esfuerzo desesperado con tal de no perderlo. El hombre no deja de desaparecer de su vista y de reaparecer entre las cabezas de la muchedumbre.

Alguien le clava la punta del zapato en el tobillo, y siente una punzada de dolor, pero no se permite el lujo de detenerse. Por la calle baja el rugido de una motocicleta. Suzuki continúa moviendo las piernas sin saber muy bien ya si va dando tumbos sin sentido o si va persiguiendo a alguien, pero sin dejar de avanzar, siempre hacia delante.

El hombre baja las escaleras de la boca del metro.

Suzuki acelera, no quiere quedarse atrás. Pasan tres líneas por la estación de Fujisawa Kongocho, que tiene una disposición un tanto complicada. Él sabe que si lo pierde de vista, esto se ha acabado.

Le suena el móvil. Responde sin apartar la mirada de la luz de los fluorescentes, con su zumbido, donde no deja de revolotear una infinidad de insectos minúsculos.

—¿Dónde estás? —Le asalta la pregunta de Hiyoko como una estocada desde el otro lado de la línea.

—Estoy... persiguiéndolo. —Su voz suena con eco al bajar corriendo las escaleras—. Entrando en el metro. ¿Dónde estás tú? —Se salta un escalón y está a punto de caerse rodando—. ¿Cómo... —se salta otro escalón— se encuentra?

—Se lo llevan al hospital.

—¿Llegará vivo? —Intenta evitar que le tiemble la voz.

—Ya veremos.

«Ni de broma llega vivo al hospital después de

esto», piensa Suzuki, pero no dice nada. Sin apartarse el teléfono de la oreja, se apresura por el pasillo del metro. Hay un muro de columnas cilíndricas con letreros aquí y allá que te guían a las diferentes líneas. A su izquierda hay una hilera de comercios cerrados y una batería de máquinas expendedoras. Se dirige hacia la taquilla. El hombre va treinta metros por delante, pero no hay nada que se interponga entre ellos.

—Que no se te escape el asesino.

—No estamos seguros de que él sea el asesino.

—Es él. Lo hemos visto los dos. Acabo de hablar con la gente del idiota del hijo, que estaban allí con él, y me han dicho que ha sido como si alguien le diera un empujón.

La sirena de una ambulancia comienza a tronar al otro lado de la línea.

—Perdona, no te oigo.

—¡El Empujón! —Hiyoko suena incrédula, con una voz estridente.

—¿Qué Empujón?

—Yo qué sé, al parecer hay alguien que se dedica a hacer eso en plan profesional. Lo cierto es que no tengo ninguna información, y es la primera vez que oigo hablar de alguien así, pero hay otros empleados de la compañía que sí lo habían oído.

—¿Que lo hace en plan profesional?

—Empuja a la gente. A la calzada o a las vías del tren, para que la atropellen.

¿Estaba diciendo Hiyoko que otra persona había contratado a ese hombre para matar al hijo de Terahara?

—En cualquier caso, tú no pierdas a ese tío al que persigues. A ver adónde va. No tenemos más información sobre él. —Hiyoko está prácticamente gritando.

—¿Por qué tengo yo que hacer esto?

—Porque será bueno para ti que demuestres ahora lo que vales. Despejará cualquier sospecha.

Al ver que el hombre atraviesa el torno de entrada, Suzuki le dice a Hiyoko de sopetón que luego la llama, cuelga y echa a correr hacia la máquina expendedora de billetes. Mira la tabla de precios y adquiere el billete que le llevará más lejos. Lo saca de la máquina de un tirón, conforme asoma, y pasa disparado por el torno.

Hay ríos de gente, hombres trajeados y mujeres cargadas de maquillaje. Suzuki se abre camino entre ellos, mirando de reojo los carteles que cuelgan del techo. Toma unas escaleras mecánicas hasta el andén. Delante de él hay un grupo de cinco mujeres que mantienen una charla muy animada sobre una magnífica partida que alguien ha ganado al mahjong.

Seguramente acaban de marcharse los trenes de entrada y de salida de la ciudad, porque los andenes están prácticamente desiertos.

Ve al hombre.

De pie hacia la izquierda, vía uno, andén de salida. Suzuki aminora el paso y se detiene debajo de un monitor que indica la situación de los trenes. Su mirada va y viene del monitor a su reloj y vuelta, varias veces, finge que comprueba el horario de las llegadas y lanza vistazos furtivos hacia el hombre.

Parece que ronda los treinta y cinco años. No tiene un rostro juvenil, pero tampoco da ninguna sensación de estar aproximándose a la mediana edad.

El andén comienza a llenarse de gente, que se acumula como si saliera de la nada, igual que brota el moho de un suelo húmedo. Forman filas. Hombres leyendo semanarios, jóvenes con auriculares, trabajadores uniformados de cháchara. Entre todo aquello, el hombre aguarda con calma en primera línea, y su tranquilidad resulta casi intimidatoria.

Llega el tren. La gente se inclina hacia las puertas abiertas y van entrando los pasajeros, uno detrás de otro. Suzuki los sigue. «Es lo que toca, como tú siempre decías.»

La Ballena

Suena un timbre suave cuando el ascensor llega a la planta baja, y se abre la puerta. Sale y cruza el vestíbulo. El mostrador de recepción está bastante animado, con siete u ocho personas que esperan para registrarse con esa especie de aura de buen gusto que emite la gente de clase alta. Un botones cargado de maletas alza la mirada hacia la Ballena tan solo por un instante: la desvía casi de inmediato. Más allá de eso, nadie parece haber reparado en su presencia.

Cruza las puertas automáticas, recorre las vueltas que da el sendero y abandona las instalaciones del hotel. Una ráfaga de viento frío se le enreda al cuello. Se le tensa el cuerpo hasta lo más hondo de su ser. Flexiona los dedos para combatir la insensibilidad.

Cuando llega al cruce ancho, en el otro lado hay un alboroto mayor de lo que él se esperaría en condiciones normales. Sin duda se debe al accidente que ha visto desde la planta veinticinco.

«El Empujón. ¿Ha sido el Empujón?»

Los mirones forman un semicírculo alrededor de la ambulancia aparcada junto al bordillo de la acera. También hay coches de policía. Un agente uniformado se encuentra de pie junto al monovolumen, frente a una joven que lleva puesto un abrigo de color rojo eléctrico. De inmediato resulta obvio que se trata de la conductora que ha atropellado a la víctima, pero está sorprendentemente tranquila, no se la ve en absoluto alterada. Tiene un cigarrillo en la mano. Clava la mirada en el policía con una expresión desafiante.

—Yo no he atropellado a nadie.

—Está bastante claro que sí lo ha hecho.

—Ese tío se ha tirado de un salto delante de mi coche.

—Le ha pasado usted por encima.

—¿No podemos abreviar un poco? Qué pesado es todo esto.

—¿Habla usted en serio? Ha muerto un hombre.

—Muy bien, y a mí me está matando esta pesadez.

O eso es lo que la Ballena se imagina que están diciendo.

Está comenzando a formarse un atasco. El flujo interminable de coches tiene que cambiar de carril para rodear la zona del accidente, y los conductores empiezan a tocar el claxon. Una buena proporción de los mirones tiene el móvil pegado a la oreja. En un edificio cercano hay una pantalla gigante que anuncia una bebida carbonatada e ilumina de forma intermitente los rostros de la multitud. Cada fogonazo muestra su alboroto, su agitación.

La Ballena se saca el móvil del bolsillo interior del abrigo de cuero negro. Teclea el número que ha memorizado. Le cogen la llamada de inmediato.

—¿Quién es? —dice la voz al otro lado: otra de esas personas que se consideran tan importantes que no tienen la necesidad de identificarse cuando cogen el teléfono.

—La Ballena —dice él, cortante.

—Ah, sí... —La voz suena con un tono vago, como si su dueño se estuviera tomando un instante para comprobar su entorno. Prosigue un momento después—: ¿Cómo ha ido?

—Está hecho. Ya puede organizarlo para que lo encuentren cuando usted quiera. La nota está sobre la mesa. Es para su familia. —Le comunica el número de habitación.

Al oírlo, Kaji suelta un resoplido, como si le hubieran aceptado su propuesta matrimonial.

—De verdad que me ha salvado usted el pellejo. —No hay ni rastro de tristeza por la muerte del secretario que ha trabajado con él durante cerca de diez años—. Y esto le dará carpetazo al asunto, ¿no es cierto?

—Yo me he limitado a hacer mi parte. Usted sabrá cómo quiere manejar el resto.

—¿Y está seguro de que solo ha escrito a su familia?

—¿Qué?

—¿No hay nada más, tal vez alguna otra cosa que se haya llevado usted de allí?

—¿A qué se refiere, exactamente?

—Algo como una carta a los medios.

La Ballena guarda silencio un segundo. Este tal Kaji es todavía más melindroso de lo que él había pensado. En cuanto tiene su problema resuelto, en ese preciso instante, comienza a ver otro problema y se pone de los nervios. Es de ese tipo de gente: necia, penosa, un incordio. Con la gente necia y penosa, la Ballena se puede apañar, pero la gente que incordia te causa problemas.

—¿Qué garantía tengo yo de que usted no hablará sobre el tema? —insiste Kaji.

—Llevo quince años haciendo esto. Tendrá que confiar en mí, y punto. O ir a preguntarle al hombre que nos presentó.

—Pero ¿cómo puedo tener la seguridad de que no me va a joder con esto?

La Ballena cuelga sin responder. «Qué pesadilla de tío», piensa. Los cobardes como ese andan siempre por ahí haciendo aspavientos, tratando de sentirse seguros. No planifican a largo plazo, ni a corto, sino que se limitan a reaccionar cuando suceden las cosas, y acaban en un interminable intento por erradicar la incertidumbre.

El semáforo del cruce se pone en verde, y la Ballena avanza por el paso de cebra con el resto de la gente que estaba esperando. La multitud se echa al asfalto en tromba en una dura pugna por ganar la posición. Cruza y gira a la derecha. Hay una boca de metro más cercana en la otra dirección, pero se deja llevar por la corriente.

—¿Alguien ha visto lo que ha pasado? —grita una voz de mujer.

La Ballena se gira hacia la voz para ver a una joven de pelo corto, un poco más allá, en un lado. Es delgada, pero tiene una presencia que impone, y habla con brusquedad al abordar a los peatones.

—¿Nadie ha visto nada?

El parpadeo de los neones, las farolas y los fogonazos de las luces de la policía superpone capas de rosa y rojo sobre su rostro de una palidez blanquecina.

—Eh, tú. ¿Has visto algo? —La mujer se halla de pie delante de la Ballena.

Tiene una sonrisa cómoda, como si ya se conocieran el uno al otro, pero, debajo de esos párpados simples, en sus ojos hay una mirada de hastío. En contraste con el blanco de la cara, sus labios de rubí se contonean como dos babosas.

—¿Qué podría haber visto?

—El accidente que acaba de suceder. ¿No lo has visto? Acaban de atropellar a uno de mis colegas de trabajo. ¿No habrás visto algo?

—No sé a qué te refieres con «algo».

—Algo como, quizá, a alguien que lo haya empujado.

Esto sobresalta a la Ballena, pero él lo oculta. Un nombre se ilumina en su mente con el parpadeo de un luminoso: el Empujón.

—No —dice en voz baja. Recuerda la escena desde la ventana del hotel, pero tampoco ve ninguna razón para contárselo a esta mujer. El hombre que se precipitaba al asfalto y otro que pasaba por detrás. «Así que ha sido el Empujón»—. No he visto nada.

La mujer mueve la mandíbula hacia delante y hacia atrás. Mira fijamente hacia arriba, a la Ballena.

—Claro... Bueno, si te acuerdas de algo, dame un toque, ¿vale? —Le ofrece su tarjeta, así que parece que va en serio.

La Ballena observa la tarjeta. Pone «Fräulein

Inc.», y se le curvan los labios en una leve sonrisa. Conoce la empresa.

—La organización de Terahara.

—¿Conoces al jefe? Entonces tienes que saber algo sobre el accidente. Vamos.

—El Empujón.

No se le ha escapado en un descuido, la está poniendo a prueba.

Ella arquea una ceja.

—Y también sabes algo sobre el Empujón.

La mujer extiende el brazo para agarrarlo, pero él la aparta de un manotazo.

El bullicio de la calle va retrocediendo conforme desciende por las escaleras del metro. Atraviesa los tornos, baja al andén. Se une a la riada de los demás usuarios del metro. El vagón amarillo no tarda mucho en llegar. Afortunada coincidencia: se baja el ocupante del extremo del banco, y la Ballena se hace con el asiento. A su lado, una borracha clava los ojos en él, pero aparta la mirada en cuanto se percata de su tamaño.

Se saca el libro del bolsillo de la chaqueta del traje y lo abre por el marcapáginas. Lee un pasaje que ha leído ya otras muchas veces. Unos minutos después, el altavoz anuncia la parada en la siguiente estación. En ese instante, la Ballena percibe que los asientos de enfrente comienzan a temblar con una sacudida. «Otra vez no.» Chasquea la lengua. No son solo los asientos, el tren entero comienza a ondularse, y todos los contornos se vuelven borrosos. No se trata de una vibración física: es su propio vértigo. Hace seis meses que le sucede. Siempre lo mismo. Empieza a notar que la visión se le nubla y después se le oscurece. A continuación, cuando la recupera y vuelve a ver, ha aparecido uno de ellos.

Por «uno de ellos» se refiere al fantasma de una de las personas a las que ha matado. Tienen una expresión de suficiencia, como si llevasen ahí todo el tiempo.

Esta vez no es diferente. Cuando se le pasa el mareo y abre los ojos, hay una mujer sentada en el asiento de enfrente.

Todos los demás pasajeros se han esfumado. Estaban ahí hace apenas un instante: un hombre que leía el periódico, una niña con el uniforme del instituto y los ojos clavados en el móvil, un trabajador uniformado que se echa una cabezada sin soltarse de la correa del asa... Todos esfumados. La única persona a la que ve es a la mujer que tiene delante, de cabellos largos y rizados con una permanente, los ojos y la nariz bien proporcionados, traje pantalón de color gris oscuro muy elegante. Sonríe de oreja a oreja y saluda a la Ballena con un gesto recatado de la mano.

Qué sensación tan extraña, estar sentado delante de alguien en un vagón que, aparte de ti, va completamente vacío.

Es una presentadora del telediario a la que forzó al suicidio hará unos cinco o seis años. Aunque su trabajo no consistía más que en comunicar las noticias por televisión, aquella mujer tenía un fuerte sentido de lo que está bien y lo que está mal, llevaba a cabo sus propias investigaciones siempre que hubiese alguna noticia que no terminara de encajarle y hacía caso omiso de las advertencias de sus superiores, que le decían que se mantuviera al margen. Mostraba una especial insistencia cuando se trataba de políticos que intentaban encubrir algo. A los políticos no les hace ninguna gracia que los periodistas metan las narices en sus asuntos, ni siquiera en aquellos casos en los que no tienen nada que ocultar, y su respuesta natural en los casos en que sí tienen algo que ocultar es un contraataque.

Pero esta mujer no era muy de captar las indirectas, ni siquiera cuando le dieron una pequeña paliza. Aquello solo sirvió para reforzar su determinación, casi hasta el punto de llegar a obsesionarla. Y terminó pagando con su vida.

Había cabreado a los políticos a los que nadie debería cabrear jamás, que se pusieron en contacto con la Ballena.

—El periodismo consiste precisamente en eso —le había dicho ella en la habitación del hotel antes de suicidarse. Le temblaba la voz por la emotividad del momento, pero aquella frase estaba cargada de convicción—. No soporto ver cómo se pervierte la justicia.

—¿Justicia?

—Crecí con los antiguos cuentos tradicionales japoneses. Los de la tele. Mi manera de ver el mundo se forjó con todas esas historias en las que el viejo malvado recibe su castigo y el anciano bueno y amable recibe su recompensa, así que soy incapaz de aguantar la injusticia.

—La realidad es lo único que hay —le había respondido la Ballena—. Ahora mismo se encuentra aquí sentada, llorando y escribiendo su nota de suicidio. Algún político con papada estará metido en la cama con alguna chica viendo la tele. Esa es la única realidad que existe. No tiene nada que ver con lo que nos gusta y lo que no.

Ella se negaba a estar de acuerdo con él, pero al final, cuando le miró a los ojos, adoptó una expresión grave, se puso la soga al cuello y se balanceó como un péndulo.

Ahora la tiene aquí sentada, saludándole con la mano. Estos fantasmas que no dejan de aparecérsele a la Ballena no se diferencian absolutamente en nada de los seres humanos normales y corrientes. Esto lo confunde, y a él no le gusta sentirse confuso.

«Vete de aquí», le dan ganas de gritar.

Siente un dolor repentino en el estómago. Se lleva la mano a la barriga y aprieta con fuerza mientras su cuerpo se retuerce. No siente lo mismo que con el típico dolor que te provoca un problema físico concreto, sino más bien la vaga sensación de que algo va mal, sí, aquí mismo, pero le cuesta localizar el punto exacto, como un vacío profundo y tenebroso dentro de su cuerpo. Sabe bien que no hay necesidad de sentir pánico, pero nota cómo, aun así, va llegando sin hacer ruido. El dolor inesperado persiste durante unos segundos más y desaparece poco a poco. Es un dolor que dura más tiempo con cada nuevo episodio, y cada vez le ocurre más a menudo. Desconoce la causa, y no tiene la menor intención de meter a los médicos en ello, pero si lo hiciese, le da la sensación de que ellos tampoco sabrían qué es. Ni cómo arreglarlo.

—Es la culpabilidad de tu conciencia.

La voz suena dulce en su oído. Alza la mirada. Justo a su lado tiene el rostro de la presentadora. Es una mujer atractiva, con un maquillaje refinado. Le acerca los labios.

—¿No te parece? —dice ella, y él vuelve la mirada al frente. Ahora está vacío el asiento donde antes se hallaba la presentadora—. No creerás que puedes seguir obligando a la gente a suicidarse sin llegar a sentir jamás la culpa, ¿no?

La Ballena no responde. Responder es justo lo que ella quiere que haga. Sabe que esta mujer solo es una alucinación, que hay otras personas en el vagón del metro. Si comienza a hablar con fantasmas, la gente pensará que tiene algún problema mental. Recuerda un pasaje del libro que lleva siempre consigo: «¡No hay nada preocupante en todo esto! No es más que un simple trastorno físico». Así era como el joven ruso se aplacaba los nervios justo antes de cometer su asesinato. «Eso es justo por lo que yo estoy pasando ahora. Un simple trastorno físico.»

Siente el aliento de la mujer en la mejilla.

—Oye, ese accidente que has visto antes, ha sido el Empujón, ¿verdad? Seguro que sí. Lo sabes tan bien como yo.

La Ballena casi chasquea la lengua. La presentadora lo está provocando de veras.

—Siento mucho desenterrar antiguas historias, pero ¿no perdiste una vez contra el Empujón, hace siglos?

Las palabras que ha escogido le provocan a la Ballena una sonrisa ácida: «perder contra». Suena como algo que diría un crío cuando lleva la cuenta del marcador. «A mí no me hables sobre el Empujón», responde para sí.

—Fuiste débil, y el Empujón te ganó por la mano. En serio, deberías jubilarte. Venga, jubílate.

Ahora tiene esa voz dulce en el otro oído, aunque no la ha visto moverse.

«Cierra la boca. Di una sola palabra más y te mato.» La Ballena permanece en silencio, con una mirada fulminante.

—Ya estoy muerta —responde ella con ligereza, y dibuja una amplia sonrisa. Acto seguido, sitúa su rostro junto al de él—. Gracias a ti. —Ahora, su voz suena cortante.

En su mente, percibe algo similar a una ráfaga de viento. Siente un escalofrío. Cierra con fuerza los ojos durante unos segundos y los vuelve a abrir.

La mujer ya no está. El mundo ha vuelto a su curso.

En los asientos de enfrente hay un hombre trajeado que está traspuesto, una chica absorta en su móvil, una anciana con una expresión triste en el rostro, un hombre que se come con los ojos las fotos de bañadores de su revista y una pareja que mantiene una charla animada. Exactamente igual que antes.

La Cigarra

La Cigarra asciende por la escalera de incendios de un destartalado edificio de apartamentos de nueve pisos en el límite sur de Shinjuku. Va subiendo por la espiral de la escalera de caracol con la mano sobre la barandilla, que está rojiza de óxido.

Terminó pasando la noche en la ciudad de Mito después de finiquitar el trabajo y cogió el primer tren de la línea de Joban de regreso a Tokio. No ha dejado de llover desde que salió el sol. No es un aguacero, que digamos, pero sí una lluvia constante, como para que el suelo esté resbaladizo bajo sus pies y lo bastante fuerte como para agitar las hojas de la arboleda junto al edificio. Las nubes son de un gris oscuro, abultadas como los músculos en tensión. Cubren los cielos de la ciudad, pero se ve dónde se abren, a lo lejos en la distancia.

Recorre el pasillo de la sexta planta con las manos metidas en los bolsillos de detrás de los vaqueros.

No se ha quitado de la cabeza la película que vio anoche. La encontró en un canal de la televisión por cable una vez terminado el trabajo en la casa de Mito.

Opresión, de Gabriel Casseau. Jamás había oído hablar de aquel director, y el título tampoco es que dijera mucho.

Estuvo a punto de cambiar de canal cuando empezaba la película, pero siguió viéndola, aunque tampoco sabe muy bien por qué, y no tardó demasiado en verse metido en ella. Iba sobre un chico, en Francia, que había perdido a sus padres en un accidente. Contaba la historia de su corta vida.

Todos los días, el chico reparte un fardo de periódicos por toda la ciudad, corriendo por el laberinto de calles.

Conforme se va haciendo mayor, va mejorando su medio de desplazamiento y pasa de correr a la bicicleta, y de la bicicleta a la moto. No hay muchos diálogos, pero de principio a fin queda claro que lo que menos le gusta de su vida es su jefe del kiosco de prensa. Lo único que hace ese kiosquero gordo es darle órdenes al chico sin mover nunca un dedo para trabajar, toda la vida holgazaneando.

El chico es pobre, pero vive la experiencia del amor, después el inevitable desengaño, y así transcurre el resto de sus días, uno detrás de otro. La situación con el kiosquero va cada vez peor. El hombre menosprecia al muchacho, le da unas órdenes poco razonables, y en ocasiones incluso le atiza. Lo único que no le gusta darle al chico es su paga, y cuando lo hace, le tira los billetes a los pies. Todas y cada una de las veces, el muchacho se enfada y le dice al kiosquero que debería entregárselos como corresponde.

Finalmente, el muchacho llega al kiosco con un

cuchillo para matar al hombre. En esa escena, el kiosquero le dice al joven: «Eres mi títere».

El muchacho monta en cólera, pero entonces, de repente, tiene unos cordeles atados al cuerpo. Son de esos hilos con los que se maneja una marioneta.

«Eres un títere en mis manos —le dice el kiosquero en voz baja—. La muerte de tus padres, tu amor y tu desengaño, incluso tu mismísimo nacimiento, he sido yo quien ha estado moviendo los hilos todo el tiempo —afirma—. ¿Me ves ahora, títere mío?», se burla del muchacho, entre risas.

El joven sonríe al principio, después palidece; luego chilla, pero el chillido que sale de sus labios es el canto de un gallo. Comprende que aquello también es obra del kiosquero, y se hunde en la desesperación. Lanza cuchilladas aquí y allá en un intento desesperado por cortar los hilos de su cuerpo, hasta que se lo llevan a un manicomio. Al final, el joven está en la cama de su hospital mascullando: «Seré un buen títere, pero déjenme ser libre».

Era una historia bastante tétrica y lúgubre. Según parece, la película ganó algún premio en un festival de cine francés o italiano. Se desarrollaba fundamentalmente en blanco y negro, pero de vez en cuando había algo de azul entremezclado, quizá para señalar el estado de ánimo tan triste del muchacho. Aquello te dejaba impresionado. Sin embargo, cuando terminó la película, la Cigarra sintió una extraña inquietud. Tenía la desagradable sensación de que le habían mostrado la historia de su propia vida.

—No se parece a mí en nada —había dicho tan

solo para oírse decirlo, prueba de que aquello había puesto el dedo en la llaga.

En la última escena, el kiosquero se está bebiendo una lata de cerveza mientras observa al chico en la cama del hospital. Da un sorbo y se echa a reír. «Pero yo soy libre para hacer lo que me plazca.» En ese momento, la Cigarra había visto el rostro de Iwanishi, con su pinta de mantis religiosa, superpuesto sobre el del kiosquero.

Ahora continúa avanzando por el pasillo abierto al aire libre del edificio de apartamentos. En la parte de atrás de ese edificio nunca da el sol, tal y como está, rodeado de árboles. Hay una constante humedad, y huele a moho. En el borde del pasillo hay tres avispones muertos. «Muertos por el moho», concluye la Cigarra sin prueba de ninguna clase. Esas franjas negras y amarillas transmiten una sensación de peligro. «Tigres, avispones: la combinación del negro y el amarillo anuncia peligro», se dice él. Entonces recuerda haber oído hablar de un asesino que trabaja con el sobrenombre de «el Avispón». «El Avispón suena más duro que la Cigarra.»

Llega a la puerta número 603 y toca el timbre. Nadie responde, pero la Cigarra gira el picaporte y entra. Sabe que el hecho de que la puerta no esté apestillada significa que Iwanishi no va a salir a recibirlo.

El apartamento de dos dormitorios tiene veinte años, pero da la sensación de ser mucho más nuevo, seguramente porque el meticuloso de Iwanishi lo mantiene impoluto, desde los suelos y las alfombras hasta el baño y el retrete, las paredes y los techos.

Jack Crispin dice: «Mantén limpio tu cuarto, y se reflejará en tu cuerpo». «Menuda ridiculez», piensa la Cigarra.

—Buenas. —Iwanishi alza la mirada y saluda con la mano a la Cigarra.

La habitación tiene un tamaño de doce tatamis y está enmoquetada. Junto a la ventana hay una mesa metálica que tiene pinta de que la han robado de la sala de profesores de un colegio de primaria. No hay mucho encima, salvo un teléfono, un ordenador y un mapa. Iwanishi está allí sentado con los pies en lo alto de la mesa. Por un instante, la Cigarra lo ve como al kiosquero de *Opresión* y se sobresalta. Entonces se mosquea. Después chasquea la lengua. Todo ello en una rápida progresión: sobresalto, mosqueo, chasqueo.

Hay un sofá negro largo enfrente de la mesa. La Cigarra se sienta.

—No te ha ido nada mal, parece. —Iwanishi dobla el periódico por la mitad y lo lanza más o menos en la dirección de la Cigarra.

Cae junto a sus pies. Lo mira, pero no lo recoge.

—¿Ya está en los periódicos?

—Echa un vistazo.

—Paso, qué más da.

Da exactamente igual. Matanza de una familia, noche de violencia, siempre el mismo tipo de titulares y el mismo tipo de artículo. Siempre la misma preocupación exagerada, la misma denuncia de los males de la sociedad.

Cuando comenzó a dedicarse a este tipo de trabajos sí que miraba para ver cómo salía en las noticias o en los periódicos. En aquella época lo estaba deseando, como un deportista que colecciona recortes de prensa sobre las competiciones en las que lo ha hecho bien, pero tardó muy poco en cansarse. Los artículos nunca decían nada que fuese importante, y se hartó de ver las descripciones de unos sospechosos que iban muy desencaminadas.

—Oye —la Cigarra alza la mirada hacia Iwanishi—, ¿por qué no vas y haces cuentas en tu ordenadorcillo, y me das mi parte? Y, a lo mejor, alguna que otra vez podrías darme las gracias.

—Pero, bueno, ¿a qué vienen ahora esos aires, eh? —Iwanishi se encoje de hombros y hace un gesto negativo con la cabeza, con esa barbilla minúscula y afilada. Sus muñecas parecen un par de palitos que le salen de las mangas—. Si lo que quieres es que le pongamos a esto un nombre, tú eres el empleado y yo soy tu jefe. Tú eres el soldado raso y yo soy el oficial al mando. Si vienes a mi casa y me hablas así, lo más probable es que pierdas el trabajo, o tal vez la cabeza. Así que te quedarías en paro o estarías muerto.

—Pues adelante, hombre, hazlo. Ni que pudieras hacerlo. Sin mí no tienes nada.

—Y si tú no me tuvieras a mí, no recibirías ningún encargo.

—Estaría tan pancho.

—Cretino, el dinero no se consigue con matar a gente y ya está. ¿Sabes siquiera cómo funciona esto? —Iwanishi señala con un dedo a la Cigarra—. Algún interesado se pone en contacto conmigo, y yo negocio con él; después hago toda la investigación.

Lo más importante es el trabajo preliminar. Es como eso de que más te vale mirar bien dónde pones el pie antes de dar un salto para salir del túnel.

—Como dice Jack Crispin.

—Muy bien.

La Cigarra suspira. «Todas tus frases de memo son de Jack Crispin.»

—Mira, ¿te digo lo que me gustaría saber? ¿Qué tipo de música toca el tío ese de los cojones? ¿Punk? ¿Improvisaciones de jazz?

La Cigarra está bastante familiarizado con los viejos grupos de rock, pero jamás ha oído hablar de Jack Crispin, ni una sola vez. A veces se pregunta si este Jack Crispin existe de verdad o si será un invento.

—Crispin fue el primero que escribió sobre el deseo de no vivir como si estuviera muerto. Todos los demás artistas le copiaron la idea. Y también fue el primer músico de rock que le tiró al público la púa con la que tocaba la guitarra.

—¿También descubrió la electricidad e inventó el teléfono?

—Pues bien podría, sí.

—No dices más que chorradas.

—En cualquier caso, estos encargos requieren de un trabajo de documentación. ¿Por qué no vas tú e intentas matar a alguien basándote tan solo en lo que te dan con el encargo? Te trincarían por conspiración para cometer un asesinato. Por eso hay que dedicarle tanta atención a detalles como el momento y el lugar, descubrir todo lo que puedas sobre el objetivo. Todo eso lo hago yo.

—El objetivo. Tampoco hace falta ponerse estupendo para que parezca que molas. —La Cigarra saca la lengua y pone cara de amargura—. Son víctimas. Solo son víctimas.

Por la ventana entra una voz reverberante. Es el fervoroso discurso de un candidato en las próximas elecciones a la Cámara de Representantes. Cuesta distinguir con exactitud qué está diciendo esa voz, pero queda claro que quien habla está pidiendo apoyo. Al oír esto, la expresión seria de Iwanishi de repente se ilumina, y comienza a hablar de las elecciones.

—¿A quién vas a votar?

—Yo no voto.

—¿Te das cuenta de las cosas por las que tuvo que pasar la gente de antaño para que tú pudieras tener derecho al voto? —La saliva sale disparada de entre sus dientes torcidos.

—Lo que tú digas. Dame mi dinero.

Iwanishi no responde. En lugar de eso, se da la vuelta hacia su ordenador y comienza a teclear.

La Cigarra echa un vistazo por la habitación. Han pasado tres meses desde la última vez que vino por aquí. No hay ninguna decoración en las paredes blancas y vacías. Ni estanterías de libros ni armarios.

—¿No me has traído ninguna delicia de Mito? —dice Iwanishi, que continúa tecleando.

—Que te den.

—Al menos me podías haber traído un poco de *natto*. Nada de nada, ¿eh?

—Mira, tío —la Cigarra se levanta, irritado—, he ido allí a hacer un trabajo, y era algo así como meterse en la casa de alguien en plena noche y matar a toda la familia, o sea, uno de los gordos, diría yo. Lo mismo que pedirle a alguien que te haga la mudanza de un piso en lo alto de una torre de apartamentos sin ascensor. Y además era tarde, y todas las tiendas estaban ya cerradas. No tenía dónde pasar la noche, así que me he quedado en un café manga cerca de la estación. ¿Cuándo exactamente se supone que iba a ir de compras para traerte tus caprichitos?

—¿Un café manga? —Hay tensión en la voz de Iwanishi—. No les habrás enseñado el carnet, ¿no?

—El de verdad no. Escucha, Mito no está tan lejos: si tantas ganas tienes de tomar *natto*, te vas tú para allá y te pillas lo que te dé la gana.

La Cigarra se vuelve a dejar caer en el sofá y cierra los ojos por un instante. Tiene que tranquilizarse. No deja de pensar en ese chico francés de la película, flaco y harapiento, repartiendo sus periódicos y sin dejar de repetir una y otra vez que quiere ser libre. «No soy como él», se dice. Le vence el agotamiento y le da la sensación de que está a punto de quedarse dormido. Se incorpora en el sofá, clava los codos en las rodillas y apoya el mentón en la mano. Se le nubla la mirada.

Está a un suspiro de quedarse frito cuando oye un ruido. Levanta la cabeza y ve un sobre en el suelo, delante de él, un poco hacia la izquierda. Un sobre abierto del que se sale el dinero.

—¿Por qué no me lo das, no sé, como corresponde? —La Cigarra hace un esfuerzo para levantarse, tira de su cuerpo y recoge el sobre. Comprueba el contenido. No lo cuenta, pero sí ve que hay tres fajos de billetes—. Verás, lo he estado pensando, y tres millones de yenes no me parecen bien por matar a tanta gente.

—¿Es tanto dinero que te sientes mal al aceptarlo?

—Es para matarte, joder —le suelta la Cigarra en contestación.

Iwanishi se carcajea.

—No deberías hacer bromas sobre asesinar a nadie, ¿sabes?

—Estoy diciendo que tres millones no me parecen un pago suficiente.

—Si tienes algún problema con esto, me puedo buscar a otro que haga el trabajo y ya está. Hay cantidad de tíos que estarían encantados con matar a alguien por cien mil.

—Nadie que haga eso es de fiar, por eso me necesitas.

—No me cuentes historias. Con eso puedes vivir un año entero.

Iwanishi coge un bastoncillo de la mesa y comienza a hurgarse en la oreja.

—Y tampoco es que sea gran cosa, pero al menos podrías haberme ofrecido, no sé, una taza de té o algo por el estilo.

La Cigarra estaba seguro de que Iwanishi iba a saltar al oír aquello, pero, para su sorpresa, va a la cocina, trae de vuelta una taza y se la ofrece.

—Aquí lo tienes, si te vale un té negro.

Masculla un agradecimiento y da un sorbo. Resopla en la taza y forma unas pequeñas ondas en el té.

—Tiene que haberte costado lo tuyo conseguir un té tan flojo.

—En absoluto —dice Iwanishi con una cara de satisfacción y suficiencia al volver a sentarse frente a la mesa—. Es fácil, si utilizas la misma bolsita de té cuatro o cinco veces.

—Venga, hombre. —La Cigarra resopla de nuevo—. Esto es un té barato del supermercado, ¿y utilizas la misma bolsita cuatro o cinco veces? Ni siquiera se puede decir que esto sea un té. No tiene sustancia. Joder, tío, no me seas tan agarrado. Si te estás forrando con todo el dinero que gano para ti.

—Tío, sí que eres como una cigarra, en serio. Es que no dejas de chirriar con esa voz estridente.

—Al menos podrías darme alguna información sensible.

—¿A qué te refieres con información sensible?

—Pues de mi trabajito de anoche. ¿Por qué los he matado? —Recuerda la cara del ama de casa de mediana edad, protestando hasta el final—. A ver, que no soy estúpido, y ya lo he averiguado yo. Ha sido por la historia esa del vagabundo, ¿verdad? El hijo de ese matrimonio le prendió fuego al vagabundo ese.

—¿Qué vagabundo? ¿Qué fuego? ¿De qué estás hablando? —Ahora, Iwanishi parece irritado, y su voz se endurece—. ¿De verdad tiene tanta importancia?

—Hombre, no, tampoco es que me quite el sueño, pero ya sabes, cuando uno se pasa el día en el río pescando, lavando la ropa y demás, antes o después empezará a preguntarse de dónde viene el río, ¿no? Qué está pasando río arriba, de dónde sale el agua. Querrá ir a averiguarlo. A mí, al menos, me gustaría saber quién encargó el trabajo.

—A veces vas río arriba y descubres que están bombeando el agua desde una tubería gigantesca. Para el caso, ¿no sería mejor quedarse río abajo tan pancho y feliz sin saber nada? Pues sí, lo sería: un joven, cuanto menos sepa, mejor.

—Claro, claro. —La Cigarra hace un gesto de desprecio ante la frase de Jack Crispin.

—Oye —dice Iwanishi con un cambio repentino en el tono de voz—, me estaba preguntando algo. ¿En qué piensas tú? Cuando haces lo tuyo. Cuando matas a alguien.

—¿Qué clase de pregunta es esa?

—Cuando asesinas, ¿se te ocurren excusas para lo que estás haciendo? ¿Justificaciones? ¿Te pones a rezar?

—¿Por qué iba a hacer nada de eso?

—¿Para poder asesinar sin darle más vueltas al asunto?

«¿Y ahora va y me pregunta esto?» Es como si, después de haber sido compañeros durante años, va el receptor del equipo de béisbol y le pregunta al lanzador qué tipo de bolas sabe lanzar. La Cigarra se siente confundido, pero busca una respuesta.

—Como yo no soy tan listo, siempre se me ha dado bien huir de las cuestiones difíciles. Igual que en el colegio, con todas esas ecuaciones de matemáticas, la gramática inglesa. No entendía nada, ni siquiera cuando mis profesores lo escribían todo en la pizarra, así que yo iba y, no sé, desconectaba el cerebro, que es lo que supongo que hago ahora. No pienso en si está bien o está mal matar a alguien. Es mi trabajo, así que lo hago. Eso es todo. Yo qué sé, es como cuando está cambiando el semáforo.

—¿Qué le pasa al semáforo?

—Vas conduciendo, ¿vale?, y el semáforo está en ámbar, a punto de ponerse rojo. No lo piensas dos veces, pisas a fondo y tiras para delante.

—Sí, y hay veces en que el coche de detrás también consigue pasar, y eso siempre me alucina.

—Ya te digo. Y a lo mejor una vez vas y calculas mal, y te quedas en medio, en pleno cruce, y bloqueas el paso de todos los demás coches. Y te sientes un poco mal por haberlo hecho, ¿no?

—Sí, claro, supongo que sí que me ha pasado.

—Pues así es la cosa.

—¿Perdón?

—Que te sientes un poco mal cuando bloqueas la calle, pero tampoco es para tanto. Te quedas en plan, culpa mía, ¿vale? Pues así me siento yo con lo de asesinar. De todas formas, al final resulta que la gente a la que he tenido que matar eran todos muy irritantes. Unos memos, unos escandalosos y unos egoístas. No hay por qué sentirse culpable por matar a gente así.

—¿Sabes lo que te digo? Que tienes un verdadero talento. —Iwanishi se parte de risa, a carcajadas como un borracho.

Suzuki

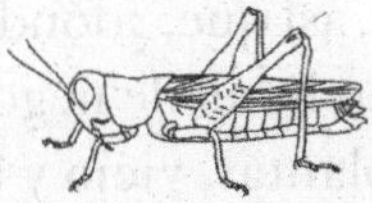

Suzuki se estira la solapa de la cazadora. «Siempre llevas la solapa arrugada», solía decirle su mujer mientras le tiraba de la solapa de la chaqueta del traje. Se imagina su rostro. Respira hondo, inhala y exhala, y mira su reloj. Son las once de la mañana, apenas doce horas después de haber visto cómo atropellaban al hijo de Terahara. El cielo está cubierto de un manto de nubes. Cae una lluvia persistente, y tal vez sea ese el motivo por el que hay tan poca gente por ahí pese a que es sábado. Se encuentra en un barrio residencial en el extremo sur de Tokio. Aquí y allá, los letreros lo identifican como Ciudad Jardín Netozawa.

Hay unas bolsas de basura apiladas en la zona de recogida, junto a la acera. La lluvia impacta contra el plástico con un sonido como el de las palomitas de maíz. El olor a húmedo se le ha metido en la nariz, quizá por la lluvia, o por el tufo de la basura que se escapa de las bolsas.

Resopla de manera lenta y prolongada. «Es lo que toca. Como tú siempre dices.»

Hiyoko le había llamado a la una del mediodía.

—¿Dónde estás?

—Acabo de volver a mi apartamento.

—Mentirme nunca es buena idea —le respondió de golpe—. Ahora mismo estoy delante de la puerta de tu apartamento, así que, ¿dónde estás, realmente?

Se hallaba en un hotel de negocios del centro, un edificio de cinco plantas, viejo y barato, que dejaba mucho que desear tanto en el servicio como en la limpieza.

—¿A qué crees que estás jugando? ¿Dónde estás? Has descubierto dónde se mete ese tío, ¿no? Esto se ha desquiciado un poco por aquí.

—¿Desquiciado?

—A Terahara se le ha ido la olla. Ha reunido a todos los empleados y se ha puesto a gritar «¡Encontrad de una vez al que ha hecho esto!». A ver, que ha muerto su hijo. Oye, no habrás perdido a ese tío, ¿verdad que no?

Suzuki vaciló un instante, meditando su respuesta.

—He descubierto dónde vive. He cogido el metro desde Fujisawa Kongocho hasta Shinjuku. Luego he hecho transbordo y he cogido el tren hasta el final de la línea.

—¿El final de qué línea? —Hiyoko le hacía las preguntas como quien dispara flechazos—. ¿Qué estación?

Suzuki estuvo a punto de responder de manera refleja, pero se contuvo.

—Aún no.

—¿Aún no?

—No te lo puedo decir todavía.

—¿Qué demonios significa eso? —La voz de Hiyoko se endureció—. ¿Te estás riendo de mí?

—Todavía no estoy seguro de que el hombre al que he seguido sea realmente el culpable.

—Entonces dime dónde es. Nosotros lo averiguaremos en un instante, si es el culpable o no.

—¿Cómo?

—Algunos empleados de Fräulein irán a su casa y le preguntarán al respecto.

—Eso no sirve —insistió Suzuki de inmediato—. Le sacarán una confesión a la fuerza.

—No, siempre que el hombre diga la verdad de primeras y confiese que lo hizo, y si no, bueno, pues imagino que sí que le zurrarán un poco.

A Suzuki le dio la sensación de que «un poco» era mucho más que un poco.

—No, eso a mí no me vale.

—¿Tú comprendes en qué posición te encuentras aquí? Lo vas a lamentar como no me digas ahora mismo dónde está el Empujón.

—Pero si ni siquiera estamos seguros de que él sea el Empujón. Podría haber sido un simple accidente.

Podría haber sido incluso un suicidio, aunque debía reconocer que las probabilidades eran escasas.

—Los que estaban con él dicen que no ha sido un accidente, ni de broma. Alguien lo ha empujado, y ha sido el trabajo de un profesional, lo que significa que ha tenido que ser el Empujón. Oye... No creerás que te vas a escapar de nosotros, ¿verdad?

—Lo que no creo es que un profesional se deje localizar así como así.

—Quizá la haya cagado, y ya está.

—Bueno, pues ahora... —dijo Suzuki con una sensación trepidante— ahora sí que podría escaparme. Ya no estoy en tu coche. No me estás apuntando con una pistola. Nadie sabe dónde estoy.

—Si no me lo dices tú, alguien de la organización terminará localizando a ese tío. Contamos con una importante red de informadores. ¿El Empujón? Lo encontraremos, fácilmente.

—Entonces, ¿por qué no lo hacéis, y ya está?

—Porque prefiero acabar con esto ya. —Hiyoko sonaba como si estuviera hablando de un rollo de una noche.

—No.

—Pues muy bien. —Su voz se volvió más alegre, se notaba—. Entendido. —Y el tono de alegría hizo que Suzuki se sintiese aún más inquieto—. Si eso es lo que has decidido, mataré a estos dos.

—¿A quién?

—Ya sabes, el chico y la chica a los que hemos metido en el asiento de atrás del coche. Qué monos estaban ahí dormiditos, ¿verdad que sí? Esa joven parejita, con toda la vida por delante.

Suzuki se imaginó de inmediato la cara de su antiguo alumno. «Mire, señor Suzuki, yo también puedo hacer buenas obras...» Su sonrisa, la mano al rascarse la cabeza, en cierto modo tan similar a esa pareja del asiento de atrás.

—¿Qué...? —empezó a decir haciendo un esfuerzo porque no se le notara en la voz lo mucho que esto le afectaba—. ¿Qué pasa con ellos?

—Como te decía, si tú no colaboras, yo los mato

—le dijo Hiyoko con la misma ligereza de quien habla sobre terminar de comerse algo.

—Esos dos no tienen nada que ver conmigo.

—¿Entonces te parece bien dejar sin más que les suceda eso? —Su manera de decirlo parecía depositar en Suzuki toda la responsabilidad, y no solo de esto, sino de todos los males del mundo.

—Esto no es dejar que les suceda nada. —Conforme salían las palabras de sus labios, una voz resonó en lo más profundo de su mente: «Gracias por no darme por imposible, profe».

Ahora se encuentra de pie delante de la casa. En Netozawa. No parece que nadie lo haya seguido.

Una casa unifamiliar, dos plantas, paredes de color beige. El tejado es plano, como un tablón inmenso que hubieran colocado en lo alto de la estructura. Las cortinas están echadas, así que no alcanza a ver el interior. Rodea el jardín un muro de bloques de cemento, mojado por la lluvia, y por encima del cual se descuelgan unas ramas de zelkova. Los tallos de correhuela trepan retorcidos por el poste que hay junto a la entrada. Hay un buzón para el correo encastrado en el muro, ennegrecido por el óxido o la mugre. La lluvia suena ruidosa en su chapoteo sobre el tejado y se desborda de los canalones.

Al otro lado de la verja puede ver el sendero de piedras dispuestas de manera irregular y separadas entre sí que atraviesa el pequeño jardín y conduce hasta la puerta principal. Suzuki inclina el paraguas hacia atrás y afina la mirada con los ojos entrecerrados, pero no localiza ninguna placa con el nombre.

En la verja hay un botón para llamar al timbre.

Clava en él la mirada. Extiende el dedo. Siente que le flaquean las piernas.

Arriba, en la terraza, tienen tendida una camiseta de talla infantil. «¿Por qué no la habrán recogido, con esta lluvia?» Entonces repara en que el tejado se extiende y sobresale por encima de la terraza, lo suficiente como para evitar que se moje la camiseta.

«Hay un niño en la casa. El hombre que vive aquí es el Empujón. Tiene un hijo. Una familia.»

«Esto es demasiado.»

Revive en su imaginación la escena de anoche en el cruce de Fujisawa Kongocho, como si fuera una película a cámara lenta. Se imagina a ese hombre menudo que pasó por detrás del hijo de Terahara, rozándole la espalda.

Prácticamente ha dejado de llover ya. Extiende la palma de la mano, no nota ninguna gota de lluvia y cierra el paraguas antes de clavar la mirada en la casa, una vez más.

—¿Qué haces aquí?

Aquella voz repentina está a punto de hacerle pegar un salto como para dejarse los zapatos en el suelo. Hay un niño a su lado. Seguramente andaba tan concentrado en cerrar el paraguas que no ha percibido cuándo ha aparecido el niño. El paraguas azul que lleva el crío y su corte de pelo al uno le dan el aspecto de un colegial que sueña con entrar en la marina. Qué mona, la forma en que la punta de la nariz se le curva hacia arriba.

—Esta es mi casa.

—Ah...

—Yo soy Kentaro —le cuenta el niño.

Suzuki lo observa con detenimiento. Debe de estar en su tercer o cuarto año de primaria.

—¿Estás buscando a mi padre?

Tras una duda fugaz y un tartamudeo momentáneo, Suzuki responde:

—Eso es. ¿Está en casa?

Ya ha tomado una decisión. No hay tiempo que perder. «Es lo que toca. Como tú siempre decías.»

—Papá dice que no hay que fiarse de la gente que no te dice cómo se llama cuando tú le dices tu nombre.

—Oh, yo soy Suzuki.

—¿Y quién te puso ese nombre?

—¿Cómo dices?

—¿Quién te puso de nombre «Suzuki»? El mío lo eligió mi madre: Kentaro.

—Bueno, es mi apellido, el nombre de mi familia. —Se desconcierta ante la confusión del niño.*

—A papá no le gusta cuando la gente sonríe así.

Suzuki ahora se siente frustrado, incluso confundido. Ha venido buscando a un hombre que ha cometido un asesinato, pero se ha metido en una charla despreocupada con un crío. La incongruencia resulta desconcertante.

El niño abre la verja y se dirige hacia la casa.

—No te preocupes, yo voy a buscar a mi padre.

Suzuki baja la mirada hacia el sendero que se extiende ante él y cierra los ojos. «¿Podría haber cometido un error?» Siente que se resquebraja su confianza y que las dudas comienzan a florecer, una

* En japonés, *suzuki* significa «lubina». *(N. del t.)*

detrás de otra. «Tal vez debería marcharme. Quizá debería salir corriendo de aquí ahora mismo.»

Oye algo y vuelve a alzar la mirada.

El corazón le da un vuelco en el pecho. El hombre está allí de pie, delante de él, sujetando la verja abierta. Es el mismo al que vio anoche en el cruce, resulta inconfundible. A Suzuki se le ponen de punta todos los pelos del cuerpo.

Viste camiseta de cuello alto y pantalones de pana de color marrón. Tiene los pómulos hundidos y desprende un aire cortante. Suzuki traga saliva con fuerza. Quiere pestañear, pero no se ve capaz. El hombre tiene el pelo largo y desmadejado, los ojos anchos y la mirada penetrante.

—Soy Suzuki.

El hombre no reacciona. Bien podría decirle sin más que no le conoce, que no pinta nada allí y hacerle un gesto para que se fuera, o ponerse agresivo e insistir en que Suzuki le cuente cómo es que sabe dónde vive, pero se queda mirándole en silencio.

Entonces dice:

—Asagao. —Responde con su propio nombre.

«¿Campanilla?» Suzuki le pregunta cuáles son los caracteres que utiliza para su nombre, y el hombre gesticula la escritura del kanji de una flor distinta.

—¿Ese kanji no es el del hibisco?

El otro se limita a encogerse de hombros.

—¿Qué desea?

Suzuki echa un vistazo por encima del hombro de Asagao, hacia las piedras del sendero. No pretende evitar la mirada de aquel individuo, pero se percata de que esto lo hará parecer inseguro de sí mismo.

—Verá —comienza a decir, aunque no es capaz de continuar.

Suzuki se había propuesto ir y preguntarle abiertamente: «Usted es el Empujón, ¿verdad?», pero ahora que le tiene delante ve que no puede hacerlo. ¿Es usted el Empujón? Ah, sí, claro, ¿qué puedo hacer por usted? Pues verá, es que anoche empujó al hijo de Terahara delante de un coche, ¿es correcto? Hombre, pues claro que lo hice. ¡Lo sabía, estaba seguro de que fue usted! Gracias, ¡y que tenga un buen día!... No parece probable que la conversación se desenvuelva por esos derroteros. El hombre que tiene delante, Asagao, tiene los ojos clavados en él, como si lo atravesara con la mirada. Suzuki nota las piernas clavadas al suelo, el rostro petrificado, los labios paralizados.

—Si no tiene nada que tratar conmigo, quizá debería usted marcharse, aunque mi hijo me ha dicho que había venido a verme.

Las palabras de Asagao son bruscas, pero su tono tampoco es especialmente frío. Parece relajado. Tal vez haya visto por dónde va Suzuki, o quizá esté intentando calarlo.

Suzuki siente una urgencia repentina, un arrebato como si no tuviera un instante que perder, de tal manera que su cerebro comienza a funcionar y, antes de que él se dé cuenta siquiera de lo que está haciendo, le dice:

—¿Se ha planteado usted la posibilidad de un profesor particular para su hijo?

«¿Qué demonios acabo de hacer?»

La Ballena

Antes de haber asimilado el hecho de que ya es por la mañana, la Ballena advierte que está lloviendo. Abre los ojos. Todavía tumbado, observa cómo caen las gotas por el borde de la lona impermeable que se extiende sobre él.

Está en un parque en la zona este de las afueras de Shinjuku. La parte que da a la calle principal tiene una fuente y una amplia extensión de césped bien cuidado, pero la Ballena se encuentra mucho más adentro en el parque, al fondo de un tramo de escaleras. Oculto en la belleza del parque, es un lugar claramente feo, en otro mundo distinto al de esa fuente que captura la luz en los días soleados, el mundo de la vívida sombra de ese balón que un padre le lanza a su hijo, el mundo de cualquier cosa que fuera saludable. Un agujero frío y húmedo.

Allí estaba antes la oficina de gestión del parque, pero la demolieron y dejaron un agujero vacío de treinta por treinta metros. Es un lugar hundido por debajo del nivel de la zona principal del parque con la fuente y también del césped, y el sol apenas llega hasta allí.

Ahora está lleno de tejadillos de plástico, tiendas de campaña y cajas de cartón. Alguien le había contado a la Ballena que los primeros que se asentaron allí fingieron que habían ido para contemplar los cerezos en flor. Cuando el guarda del parque les dijo que levantaran el campamento, ellos insistieron en que se habían reunido para contemplar los cerezos en flor, pero allí se quedaron, por supuesto, después de que se cayesen las flores. Enseguida vino más gente, aparecieron más y más, y aquello no tardó en convertirse en un pequeño asentamiento de chabolas.

La Ballena lleva allí desde el final del verano, lo que significa que ya lleva casi dos meses durmiendo debajo de un plástico.

«¡No vivimos aquí, tan solo sobrevivimos!», gritó una vez el hombre de mediana edad que dormía en la tienda de al lado. Fue en respuesta a un trabajador de la oficina de guardas que se pasó por allí con cara de lástima para decirles que no podían vivir aquí.

«No vivimos aquí, tan solo sobrevivimos.» Aquella frase tenía su fuerza. La Ballena estaba durmiendo cuando el hombre gritó aquello, y le hizo abrir los ojos.

A la Ballena no le van las tiendas de campaña, nada de eso. Utiliza un cartón a modo de suelo y una lona impermeable como techo. Sin paredes, se puede pasar frío con el viento, pero tampoco es algo tan malo como para no llegar a soportarlo.

Se incorpora lentamente. Ya hay varios hombres en pie, cada uno a lo suyo: arreglando la tienda, haciendo flexiones. Si la lluvia se intensifica, la gente se pondrá a lavarse la cabeza, pero no hay nadie que lo esté haciendo aún.

Dos hombres han encendido un fuego junto a las escaleras. Están utilizando un trozo de cartón para protegerlo de la lluvia y calientan algo de comer en una cacerola. Echa un vistazo al móvil, allí en el suelo a su lado, y ve que son más de las once.

En el cielo hay suspendidas unas nubes negras como el tizón, y casi le parece que llegaría a tocarlas. El viento es lo bastante fuerte como para arremolinarlas de un modo visible, el fluir de un recorrido en espiral. Es probable que la lluvia cese por la tarde.

—Hola tú, hola tú —suena una voz justo a su lado.

La Ballena se pone en pie, se gira de golpe y lanza ambas manos hacia la voz, agarra a su dueño por el cuello de la camisa y lo levanta a pulso antes de llegar a ver siquiera de quién se trata.

—¡Perdón! —grazna el hombre con el rostro lívido. Tiene la lengua fuera y es incapaz de formar las palabras en condiciones, quizá porque la Ballena lo tiene agarrado por el cuello—. ¡Perdonperdonperdón!

Es un hombre algo más mayor que duerme allí cerca y siempre tiene pinta de estar resfriado. Lleva un abrigo grueso incluso en verano. Todo el día dando vueltas por ahí sin hacer nada más. La Ballena lo suelta, y el hombre se frota la garganta, entre toses.

En la barba canosa tiene algo que parecen restos de comida y salpicaduras de leche seca. Un olor ácido asalta los orificios nasales de la Ballena, tal vez de los restos de comida, tal vez del cabello grasiento.

—Bueno, bueno —dice el hombre, y su cabello blanco desprende unas escamas cuando señala a la espalda de la Ballena—. El señor Tanaka, Tanaka, quiere que vayas, que vayas.

La Ballena se da la vuelta para echar un vistazo. Hay dos hombres de pie delante de la cacerola, y lo están mirando a él con aire inquieto. Uno de ellos debe de ser Tanaka.

La Ballena no ha mantenido ninguna conversación con absolutamente nadie desde que llegó a dormir en el parque. Ni siquiera ha hecho un gesto para saludar a nadie. Los demás residentes deben de haber sentido curiosidad al ver a ese hombretón sin tienda que nunca abre la boca, pero ninguno de ellos ha intentado charlar con él. Mantienen las distancias y lo miran. La Ballena no quiere formar parte de esta panda de bichos raros, pero, aun así, sigue al hombre.

—Ah, mira, si está aquí —dice un tipo de baja estatura que mueve unos palillos en círculos dentro de la cacerola: le faltan los dientes de delante y tiene pinta de haber pasado ya la edad de jubilación.

A su lado hay un individuo flaco con gafas. Todos los que duermen aquí están más o menos tirando a flacos, pero este tío no tiene un gramo de chicha encima. Tendrá unos cuarenta y tantos aunque las bolsas de debajo de los ojos le hacen parecer más mayor. Su gorra tiene el dibujo de una lupa, un detalle infantil que no encaja con el resto de su persona. Se cubre la cabeza con un paraguas de plástico roto.

—¿Qué quieres? —La voz de la Ballena suena tétrica y grave.

—El señor Tanaka quiere hablar contigo —dice el desdentado, que mira al otro hombre.

Y eso significa que Tanaka es este tío que está en los huesos y lleva la gorra con la lupa. Tiene un palo en la mano derecha y se apoya en él como si fuera un bastón. Debe de pasarle algo en una pierna.

El señor Lupa se rasca la zona del nacimiento del pelo y señala después a la Ballena.

—Has estado gimiendo mientras dormías.

La Ballena entrecierra los ojos. Intenta recordar si ha tenido alguna clase de pesadilla, pero no le viene nada a la memoria.

—Algo te está atribulando. En este último ratito. Eso me parece a mí. —Mientras habla Tanaka, los otros dos observan con detenimiento a la Ballena, con cautela, como si estuvieran vigilando para asegurarse de que su colega de oficina no ha ofendido a un cliente importante.

—Que algo me atribula.

—Por todas partes a tu alrededor. Constantemente. Las veo. Cosas extrañas. —Tanaka va hilando fragmentos hablados y, acto seguido, se vuelve a rascar el nacimiento del cabello con un gesto de agitación.

—¿Extrañas? —La Ballena lo mira con dureza.

—El señor Tanaka, Tanaka, él sí que los ve. Fantasmas y espíritus, fantasmitas y espíritus —masculla el hombre canoso, y cada palabra que sale de sus labios trae un olor a podrido.

—Espíritus de los muertos. Siempre flotando a tu alrededor. Incluso ahora mismo. Un hombre con un traje elegante. —Tanaka procede a describir el aspecto de la aparición o, más bien, la silueta del fantasma.

No cabe duda al respecto: el hombre que está describiendo Tanaka es el secretario del político al que la Ballena obligó a suicidarse anoche.

—Está gimiendo, ¿algo sobre Kaji?

—Kaji. Su jefe —explica la Ballena.

—No piensas en otra cosa. Por eso no duermes bien, ¿verdad? —La saliva burbujea en los labios de Tanaka—. Sigues haciéndolo. No quieres parar.

—Señor Tanaka, quizá se puede ir con más calma, rebajarlo un puntito —interviene el desdentado como si estuviera intercediendo en una negociación; algo que probablemente solía hacer en aquellos tiempos en los que trabajaba como administrativo.

—¿De qué estás hablando? —le pregunta la Ballena con voz tenue.

—Todos los espíritus que te rodean. Están ahí por el trabajo que haces, ¿no es cierto? Y por eso deberías dejar de hacer ese tipo de trabajo.

La manera de hablar de Tanaka va cambiando de los fragmentos inconexos a un discurso más fluido. En el preciso instante en que la Ballena se percata de esto nota que, detrás de esas gafas que lleva, los ojos de Tanaka se ven de repente despejados, y es casi como si le resplandeciese la piel. Ha desaparecido la acumulación de saliva en las comisuras de los labios. De pronto tiene un aire imponente. Incluso amenazador, como si pudiera abalanzarse y atacarte con el bastón.

«¿Qué está pasando? ¿Sigo dormido? ¿Estoy sufriendo alucinaciones?» La Ballena no alcanza a entenderlo. Tanaka se ha transformado y ha pasado de vagabundo sin techo a venerable maestro, un profesor respetado.

—El señor Tanaka era terapeuta. Casi siempre da en el clavo —dice el desdentado.

—Deberías dejar el trabajo que estás haciendo. Si lo dejas, te liberarás de todo esto.

La Ballena recibe las palabras de Tanaka como si fueran una bendición.

—Si lo dejo, ¿estaré bien? —La Ballena se sorprende ante su propia voz, como un adolescente atribulado que busca consejo en la iglesia, y suena sincero.

—Eso es.

—¿Cómo?

—Ponte la vida más fácil. Todas esas preguntas que te rondan la cabeza, todas esas personas a tu alrededor, abórdalas de una en una. Despeja toda interferencia innecesaria de tal modo que tan solo te quedes con lo que importa. Elimina las complicaciones de tu vida. Salda tus cuentas pendientes.

—Que salde mis cuentas pendientes.

—Hasta la última de ellas. Salda tus cuentas pendientes.

La Ballena no sabe cómo responder. Guarda silencio por unos segundos.

—Y si hago eso, ¿desaparecerá el dolor?

—Sí. ¿Hay algún trabajo que hayas dejado a medias? Porque si no, tu sufrimiento debería desvanecerse.

Al oír esto, la Ballena piensa en todos los trabajos que ha hecho, y Tanaka observa en silencio mientras él se va abriendo paso entre sus recuerdos.

Transcurrido un tiempo, Tanaka interviene de nuevo con la discreta dignidad de un psiquiatra.

—Mientras no haya ningún trabajo que se quede a medias...

Pero la Ballena lo interrumpe.

—Sí, tengo una cuenta que saldar.

—¿La tienes?

—De hace diez años. La única vez que he fallado en un trabajo.

Lo recuerda con total claridad. Diez años atrás, en un hotel de Shinjuku. La escena lleva rondándole la memoria desde anoche.

Una habitación individual en un hotel. Una política, una defensora del pueblo. Traje económico, zapatos de tacón bajo, el rostro lívido como la pared. «¿Por qué tengo que suicidarme?», hace la misma pregunta que todos formulan, temblando.

—¿Y ese fracaso aún te incordia? —indaga Tanaka.

Tras terminar su última carta, la política se dio la vuelta para quedar frente a la Ballena, tuvo que alzar la mirada por la diferencia de estatura, pero aun así mantuvo la voz firme.

—Ve al cruce de caminos, inclínate ante la gente,

besa la tierra, pues tú también has pecado contra ella, y dile a voces a todo el mundo: «Soy un asesino».

La Ballena retrocedió, cerró los ojos, los apretó con fuerza y los volvió a abrir. No era el sentido de aquellas palabras lo que le había alterado. Le había impresionado el hecho de que fuera una frase de su libro, del único libro en su vida.

—Cometí un error. Pensé que ella y yo estábamos en el mismo barco. Solo porque habíamos leído el mismo libro. Así que no terminé el trabajo. La dejé marchar.

La mujer se quedó desconcertada al ver que iba a salir del hotel con vida, pero se marchó igualmente.

—¿Y qué sucedió a raíz de ello? —pregunta Tanaka.

—Otro se encargó de ella.

Al día siguiente, en un cruce en Hibiya, acabó delante de un cuatro por cuatro negro que la atropelló y la mató. El político que lo había contratado a él también había hablado con el Empujón, o al menos ese era el rumor que le había llegado a la Ballena después de lo sucedido.

—De modo que te arrepientes.

—De haber cometido un error estúpido y no terminar el trabajo.

—El arrepentimiento es la raíz del infortunio. Conduce a todo tipo de desastres. Si eso es lo que sientes, entonces es posible que tus problemas no remitan aunque te retires.

—Ya veo. —La Ballena contrae el mentón y lanza una dura mirada a Tanaka, al que le saca una cabeza—. ¿Qué debería hacer?

—Ajustar cuentas.

Aquello le parece una memez a la Ballena, pero prueba cómo suena en sus labios:

—Ajustar cuentas. —Según lo dice, percibe cómo la presión escapa por el remolino de pelo que tiene en la coronilla—. Ajustar cuentas, ¿eh?

—Toma, prueba un poco. —La voz del desdentado le trae de vuelta a la realidad.

Parpadea varias veces. Delante de él hay tres vagabundos, igual que antes. Tanaka vuelve a tener el mismo aspecto que al principio, el de un hombre desnutrido, tétrico y enfermizo. Ni un solo atisbo del psiquiatra. Tan solo un hombre mugriento y enfermizo. «Esa conversación, ¿se ha producido siquiera? ¿Me la acabo de imaginar?» La duda se aferra a la Ballena como unas cadenas bien tensas a su alrededor.

El desdentado pincha algo con sus palillos en la cacerola.

—Aquí tienes. Come.

La Ballena se asoma para echar un vistazo y ve que es alguna clase de pescado. Deben de haberlo cogido en el estanque del parque.

—Lo has hecho tú, ¿a que sí? —La voz del desdentado suena emocionada—. Lo he leído en el periódico esta mañana. —Señala hacia el fuego que hay debajo de la cacerola. El periódico ha debido de servir de yesca—. Anoche asesinaron a una familia en Mito.

—¿Y?

—Que fuiste tú, ¿a que sí? ¿Te lo cargaste por nosotros?

La Ballena no lo sigue.

—El hijo de esa familia, ese chico es el que prendió fuego a uno de nuestros amigos. Todos los vagabundos lo saben. Ahora está muerto, y algunos de nosotros, pues... estábamos pensando que a lo mejor has sido tú. ¿A que sí? Fuiste tú, ¿a que sí?

—Os habéis confundido conmigo.

—Seguro que fuiste tú. Estás de nuestro lado, ¿verdad? Porque lo estás, ¿a que sí? —El hombre casi está suplicando, como un receptor que le ruega al árbitro que cambie una decisión.

—Yo solo hago los encargos para los que me contratan. No trabajo a menos que alguien me lo pida y yo lo acepte.

Dicho aquello, la Ballena se da media vuelta y los deja allí plantados. Los tres hombres mascullan sus despedidas, y él regresa a su residencia, es decir, a su cartón y su plástico. Da unos manotazos como si estuviera espantando a los mosquitos, cuando en realidad está tratando de apartar a los espíritus que ahora mismo parecen arremolinarse a su alrededor.

Le vibra el móvil.

«Ajusta cuentas.» Resuenan las palabras en sus oídos. «Ajusta cuentas, después te retiras. No suena mal. Ajusta cuentas. Salda todas tus cuentas pendientes.»

Vuelve la cabeza sobre el hombro para mirar hacia atrás, a los tres hombres, pero han desaparecido. Está alterado. «Ha sido una alucinación disparatada, en realidad.» Pero ahí sigue la cacerola, humeando.

Es probable que solo hayan ido a buscar más agua.

Coge la llamada y oye a Kaji, que suena con una alegría poco natural.

La Cigarra

Después de salir del apartamento de Iwanishi, la Cigarra baja caminando junto al río hasta la estación, donde se topa con una bicicleta que tiene pinta de ir a las mil maravillas, así que la roba. Prácticamente ha dejado de llover ya. Se monta en la bici y se marcha pedaleando. Se detiene en un supermercado para coger algunas cosas y se dirige de regreso a su apartamento. Es un edificio viejo con una verja pequeña y el aspecto de bloque tumbado de gelatina de konnyaku.

Llega hasta el último apartamento de la segunda planta, retira la llave de su escondite detrás del contador del gas y abre la puerta. Su piso tiene dos habitaciones, cada una de un tamaño de seis tatamis, con los suelos de madera. La habitación de la parte oeste tiene una cama individual y un armario lleno de CD que ocupa gran parte del espacio. El reloj cuadrado del centro del armario marca las once de la mañana.

Entra en la cocina, coge las almejas de río que acaba de comprar y las pone en un cuenco con agua para quitarles la arena. Comienza a prepararlas para la cena.

Baja la mirada al cuenco y ve unas burbujas, que ascienden a la superficie y allí revientan: pop, pop. Son las almejas, respirando. Silenciosas, abren la concha y respiran. Se queda fascinado. «Están vivas. Asombroso, ¿no?»

Para él, los ratos más felices son los que pasa lavando las almejas para quitarles la arena, observándolas sin más. No sabe si esto tiene algún efecto en el resto de la gente, pero él jamás se siente más sereno que cuando está observando cómo respiran las almejas.

«Y también a la gente —piensa, y no por vez primera—. Si de verdad pudiéramos ver a la gente respirar, unas burbujas o un humo cuando exhala, entonces nos daría una sensación más real de que está verdaderamente viva. Si todo el mundo se paseara por ahí expulsando unas burbujitas al respirar, quizá sería más difícil hacerles daño. Desde luego que sería más difícil... Aunque yo sigo comiéndome las almejas.»

Permanece allí de pie durante un rato, mirando, perdido en la pacífica prueba de vida que le dan las almejas. «Las voy a matar y me las voy a comer», piensa. Esto es algo crítico para él. No puede evitar la sensación de que todo el mundo debería ser más consciente de que sobreviven a base de matar y comerse a otros seres vivos.

Salta el frío tono de su móvil, y la Cigarra se dirige a su dormitorio a sacarlo del bolsillo de su cazadora de ante. Nadie lo llama jamás, salvo una sola persona.

—Enviar a alguien a su casa y llamarlo después para que regrese de inmediato no mola nada. —La Cigarra se sienta en la sólida butaca contra la pared y fulmina con la mirada a Iwanishi, que está sentado con los codos apoyados en el escritorio metálico. Es la primera vez que acude dos veces a casa de Iwanishi en el mismo día—. ¿Es que tu queridísimo Jason Crispin no dice nada sobre eso?

—Es Jack Crispin. —Iwanishi suena irritado—. De todas formas, tampoco es que estuvieras haciendo nada importante, ¿no? Lo más seguro es que estuvieras por ahí tirado en tu apartamento, viendo la tele.

—Almejas.

—¿Ahora hay un canal sobre almejas?

«Menudo idiota», piensa la Cigarra con un suspiro.

—Hay que tener mucho valor para intentar liarme en un trabajo nada más terminar otro, sin descanso ni nada.

—Ahórratelo. Ha entrado un encargo, y no voy a pasar de él sin más. Además, Jack Crispin dice: «Solo te perdonaré la primera vez», lo cual significa que una vez sí que tienes que perdonarme. ¿Vale?

—No vale.

—No es un trabajo cualquiera. Viene de un político.

Iwanishi coge la taza de su escritorio y da un sorbo. Está intentando disimular la emoción, y el resultado es un tanto repulsivo.

—¿Qué tonto del culo da palmas con las orejas por la llamada de un político? Me sorprende verte tan impresionado con esa facilidad. No me obligues a pensar de ti aún peor.

—No va de eso.

—Entonces, ¿de qué va? Y a todo esto, ¿quién ese político?

—¿Sabes quién es Kaji? De la Cámara de Representantes. Del partido en el Gobierno. Siempre sale en la tele gritando.

—¿Kaji? Nunca he oído hablar de él.

—¿No sientes el menor aprecio por lo que sufrió antaño la gente para que tú pudieras tener derecho al voto?

—Otra vez con eso, no. Escucha, ya lo hago lo mejor que puedo con mi propia vida. Tengo cero interés en la política.

—«Antes o después, al apático se lo lleva la riada.» ¿Comprendes? Ponte al día con la política, o empezarán a escribir canciones aleccionadoras sobre ti.

—Otra letra de Johnson.

—Crispin cantaba sobre cómo los verdaderos gobernantes del país no tienen pinta de políticos. Muy agudo. El fascismo nunca tiene pinta de fascismo. Eso también lo dijo él. Ya te digo, muy agudo.

—Los políticos son todos iguales. Da igual quienes sean.

—Eres un cretino —se desahoga Iwanishi—. Si dejas algo inmóvil demasiado tiempo, en el mismo sitio en el que está, empezará a estropearse, ¿no lo habías oído nunca? Si es la misma gente la que ostenta el poder de manera indefinida, entonces se corrompe, todas las veces. Si son todos iguales, más razón aún para ir cambiándolos con regularidad. Es lo mismo que si dejas agua estancada mucho tiempo, que cría algas y después se pudren. Y es algo bastante raro que un país tenga el mismo partido en el poder durante tanto tiempo.

La Cigarra suelta un bufido. «Eres tú el que se ha vuelto tan loco y se ha preocupado tanto por un político del partido en el Gobierno.»

—¿Y qué quiere ese tal Kaji?

—La mayoría de la gente que entra en una librería busca libros. Acuden a un asesino cuando quieren que se asesine a alguien. Obviamente.

—¿Sabes lo que te digo? Que odio a los políticos, joder. —La Cigarra se rasca el oído—. Solo piensan en sí mismos. En ellos y en la gente de su circunscripción. ¿No deberían preocuparse los políticos por lo que es bueno para todo el país?

—Qué va. —A Iwanishi se le curvan los labios en una sonrisa—. Este tío en particular no es de esa clase, tan noble.

—Entonces, ¿qué clase de tío es?

—De los que utilizan su dinero y su poder para matar a la gente, de los que acuden a mí y me dicen: esta tarde habrá un hombre en el Tower Hotel junto a la estación de Tokio. Un tío enorme, en buena forma, de casi dos metros de estatura. Necesito que lo liquides... Esa clase de tío.

—Y se llama Kaji.

—Sí. Un político de la leche.

—El objetivo es un tío enorme, ¿eh? —Las perspectivas no son emocionantes—. No soy un experto en ese campo.

—¿Y en qué campo exactamente eres tú un experto?

—Lo que tú dijiste antes. Matar a familias, hacer trabajos que nadie más quiere hacer, ese tipo de historias son mi especialidad, ¿no? Este encargo no es una familia, no es una mujer, no es un chaval. Es un tío enorme.

—No seas tan quisquilloso. Es un trabajo y es un buen dinero. Estamos hablando de un político.

—¿Y cómo es que el tío enorme tiene que morir?

—¿Irías a alguien que está comprando una revista porno y le preguntarías por qué la compra? ¿A quién le importa eso?

—Tampoco es que Kaji se vaya a enfadar si le preguntas.

—Por supuesto que se va a enfadar. Yo ni siquiera quería aceptar el encargo, en parte porque soy muy consciente de que acabas de terminar otro trabajo y sabía que te ibas a poner a protestar y a quejarte por tener otro tan pronto. Estaba pensando en rechazarlo.

«Y una mierda», piensa la Cigarra, que solo escucha a medias.

—Pero desde ayer, todo nuestro mundo se ha convertido en un desastre soberano.

Por encima del hombro de Iwanishi, a través de la puerta de la terraza, la Cigarra se percata de que las nubes de lluvia ya se están abriendo. Unos rayos de sol blanquecinos comienzan a asomar.

—¿A qué te refieres con todo nuestro mundo?

—Me refiero a nuestro mundo profesional. La gente que hace trabajos igual que nosotros.

—¿Lo dices en serio? —La Cigarra frunce las cejas—. ¿Estás hablando del asesinato como si fuera una profesión?

—Cierra el pico. Tengo una tupida red de informadores. Me entero de todo tipo de cosas. Cuando aparece alguien nuevo en escena, yo me entero. Al fin y al cabo, son negocios. Me llegan todos los rumores. Tú también lo haces, ¿no? Recibes información de esa tienda de porno.

Se refiere a Momo, un tienda de revistas para adultos. Está en un callejón no muy lejos de la estación de Tokio. La mujer que lleva la tienda también se llama Momo: quizá le resulte cómodo utilizar el nombre del comercio, o a lo mejor le puso su nombre a la tienda.

—¿Qué sabrás tú de eso? Me gusta esa tienda y ya está.

—¿Por las revistas porno?

—A ver, que tiene como una pared entera llena de portadas con chicas desnudas. Maravilloso. Yo qué sé, me gusta, y punto.

—Eres un pervertido.

—No, no se trata de eso. Lo que yo digo es que en lugar de una chica vestida de punta en blanco tratando de llamar la atención, me parece más impresionante que posen así desnudas. Sin ocultar nada, sin trampas. Es algo... no sé, sincero. Me parece honesto.

—De verdad que eres un cretino.

—Que te jodan. Hay mucha gente que piensa lo mismo que yo. Así es como llegan a Momo todos esos rumores.

—La tienda de Momo forma parte de nuestro mundo profesional. Es un mercado de rumores y cotilleos.

—A propósito de eso, ¿alguna vez has oído hablar de alguien llamado el Avispón?

La Cigarra se imagina los insectos muertos en el pasaje del edificio de apartamentos. Fue Momo quien le habló del Avispón.

—¿Ese tío que mata con veneno? No he oído mucho sobre él últimamente. Los avispones solo pueden picar una vez antes de morirse. ¿Qué hay que temer?

—Eso son las abejas. Los avispones pueden picar tantas veces como quieran.

—También está la Ballena.

—¿En el mar?

—Un tío especializado en obligar a la gente a suicidarse. Consigue sus encargos de entre los ricos y poderosos y hace que sus víctimas se suiciden.

—Suena poco gratificante. Si vas a matar a alguien deberías hacerlo tú mismo, ir de frente a por él, hundir el cuchillo. Millones de personas se suicidan ellas solitas todos los años. El suicidio no es una manera de matar a nadie, es algo que pasa sin más.

—De verdad te gusta la cháchara.

—Bueno, sí, por eso me llaman la Cigarra.

—En fin, seguro que también conoces la organización de Terahara, ¿verdad?

—Ah, ¿Fräulein?

Sí que ha oído hablar de ella. Es una compañía entera. Un tío llamado Terahara está al mando.

Se dedican a las drogas, al tráfico de personas, al contrabando de órganos. Nunca ha tenido contacto directo con ellos, pero sí le han llegado algunos rumores delirantes. Uno que le disgustó de verdad era sobre una mujer a la que tenían encerrada y la obligaban a tener un hijo detrás de otro, a los que enviaban después al extranjero para extraerles los órganos. No sabe si eso es cierto o no, pero aunque tan solo fuera un rumor, es bastante retorcido.

—Pues bien, anoche murió el hijo del señor Terahara. —Los orificios nasales de Iwanishi se abren de manera exagerada, como si estuviera muy orgulloso de sí mismo por el hecho de saberlo.

—Eso es una buena noticia. —Es lo que de verdad siente. La Cigarra no ha llegado a conocer en persona al hijo de Terahara, pero le han contado varias historias, todas ellas malas. El tío se aprovechaba de la reputación de su padre para descontrolarse—. ¿Lo han matado?

—Lo atropelló un coche, un monovolumen.

—Justicia divina. He oído que siempre iba borracho al volante y atropellando a gente, o incitando a sus amigos, que atropellaban a niños que iban de camino al colegio.

—Dicen que no ha sido un simple accidente lo que lo ha matado.

—No, lo que lo ha matado ha sido que le atropellara un coche.

—Lo que quiero decir es que probablemente le empujaran delante de ese coche.

—¿Que le empujaran? Venga, hombre.

—Hay un tío que hace esos trabajos —farfulla Iwanishi, que es algo raro en él: quizá no quiera tener que explicarlo.

—¿A qué te refieres con que hace esos trabajos? ¿Y quién contrataría a alguien para que lo hiciera?

—Mucha gente odia a Terahara. —Iwanishi estira los brazos por encima de la cabeza—. En cualquier caso, el señor Terahara está furioso. Tiene a toda su gente buscando a quien sea que haya matado a su hijo, tiene los ojos bien abiertos, está contratando gente a diestro y siniestro.

—No pensará que hemos sido nosotros, ¿no?

—Seguramente no. —Una sonrisa de autocrítica aparece en el rostro de Iwanishi, que sabe que ellos son de poca monta—. Pero sí que hemos conseguido que nos entre este otro encargo.

—Lo de Kaji.

—Todos los demás en el negocio están corriendo como locos con lo de Terahara, buscando al tío que lo ha hecho. Debíamos de ser los únicos disponibles para hacerse cargo del trabajo. Es una gran oportunidad para nosotros. Mientras todos los demás andan desfilando, nosotros conseguimos un nuevo cliente.

—No me interesa, la verdad. ¿No acabas de decir hace un par de horas que es peligroso hacer un trabajo nada más terminar otro?

—No pasa nada. Lo harás.

El tono tajante en la voz de Iwanishi irrita muy en serio a la Cigarra. Hace un esfuerzo y traga saliva con tal de que no se le note. Se ha sentido como si le dijeran: «Al fin y al cabo, eres mi títere». Vuelve a ver la escena de la película en su imaginación. Se ve a sí mismo atado en la cama del hospital. «Ni de coña.» Se obliga a pensar en cómo respiran las almejas.

Suzuki

Le costaría lo indecible explicar por qué se le ha ocurrido la idea de hacerse pasar por un profesor particular, pero, al pensar en ello, llega a la conclusión de que, si funciona, entonces tendrá un motivo para ir con regularidad, tal vez varias veces a la semana. Eso le daría más oportunidades para hallar pruebas de que el hombre de la casa es el Empujón.

Por un momento, Asagao parece sorprendido.

—Ya.

Suzuki no está seguro de qué se supone que significa eso y pone una sonrisa penosa, pero Asagao prosigue:

—¿Quiere usted pasar?

—¡Oh! Mmm, ¿está seguro?

—¿Le supone algún problema entrar?

—No, no, ningún problema en absoluto.

Lo que sucede a continuación resulta un tanto neblinoso. Suzuki no se percata de haber cruzado el umbral, ni sabe si la puerta se abre hacia dentro o hacia fuera. Lo siguiente de lo que tiene conciencia es de estar mirándose los pies. No lleva puestos los zapatos.

Lo conducen al salón de la casa, donde se sienta en un sofá de color beige. Cruza las piernas y enseguida las descruza. Se está frotando el índice de la mano izquierda con el pulgar y el índice de la derecha, y pasa a frotarse el pulgar de la izquierda. Mira hacia la habitación contigua. Hay una mesa de comedor y una cocina americana.

—¿Es usted, entonces?

La pregunta le trae de vuelta en tensión. Asagao está sentado en otro sofá, enfrente de él.

—Mmm, ¿si soy qué?

—Que si es usted comercial.

—Sí, lo soy —responde sin pararse a pensar, pero se corrige de inmediato—: Quiero decir que busco nuevos clientes, pero también doy las clases particulares. —Si no lo deja claro, esto no va a funcionar.

—Suena bastante ajetreado.

—Ah, ya estoy hecho a todo. —«O lo estaría, si fuera cierto.»

—Entonces, ¿sería usted quien le diera clase a Kentaro?

—Así es. —Suzuki se convence de que está en condiciones de seguir adelante con esto y mira de frente a Asagao.

El hombre lleva el pelo con un aire un tanto alocado, como si se lo peinara tan solo con los dedos. Eso sí, no tiene la menor pinta de ir mugriento ni aparenta su edad, siquiera. Tiene la mirada despierta y la frente bien definida, no le sobra piel en los pómulos ni en la barbilla. En lugar de arrugas o signos de fatiga, las líneas del entrecejo o en las comisuras de los labios tienen más bien el aspecto de unas cicatrices, o como si las tuviera grabadas.

—Estoy visitando las casas de la zona donde hay niños que van a primaria o en los primeros años de instituto.

Suzuki comienza a tejer un relato sin saber muy bien hasta dónde debería ser específico. Está bien dejarte guiar por tus instintos, pero esto ya raya en el absurdo.

—¿Es usted comercial, pero no tiene una tarjeta?

—Oh. —La visión se le oscurece a Suzuki por un instante. Es como si se hubieran sentado a jugar al shogi y hubiera perdido con solo mover la primera ficha—. Lo cierto es que he entregado la última que llevaba en la casa anterior. Lo siento.

El corazón le martillea con fuerza. Se lanza a su discurso, donde, por supuesto, todo es completamente falso.

Se inventa un nombre para la compañía privada de clases particulares, da una dirección de sus oficinas, habla sobre el número de profesores, su nivel de experiencia y su método de enseñanza, se inventa su propio historial laboral como profesor particular y va sacando de la nada un detalle tras otro. Se ingenia un motivo por el que anda haciendo visitas comerciales sin panfletos ni materiales de ninguna clase, improvisa una excusa al respecto de por qué viste un atuendo informal y arrugado en lugar de un traje. Resulta que su empresa de clases particulares opera por todo el país, y el mes pasado hicieron a Suzuki responsable de Ciudad Jardín Netozawa.

Esto es caminar por la cuerda floja. Aun así, parece que le está viniendo de perlas el mes que se ha pasado como colaborador externo de Fräulein, con todas esas charlas comerciales disparatadas tratando de colocar productos dietéticos.

Cuando termina su número, respira hondo y exhala por la nariz. «No está mal para habérmelo inventado todo sobre la marcha.»

—Bueno, ¿qué le parece? ¿Apuntamos a Kentaro en las clases particulares?

—Vamos a ver. —Asagao suena más tranquilo de lo que Suzuki se esperaba—. ¿Cuánto cuesta esto?

—¡Ah! —La voz de Suzuki adquiere un tono agudo: había olvidado ese detalle—. Supongo que me estaba dejando eso para el final, ¿verdad? —Se rasca la cabeza con un gesto exagerado. No tiene la menor idea de cuáles son las tarifas de las clases particulares a domicilio—. Hablemos de ello. —Arquea las cejas—. En la medida de mis posibilidades, me gustaría ofrecerle un precio que le convenza.

—Un precio que me convenza, ¿eh? —Asagao sonríe: hay un soplo de interés, como la brisa que agita las hojas de los árboles del bosque.

Suena el móvil de Suzuki. Monótono, insistente.

—Tiene usted una llamada —señala Asagao.

—Sí, imagino que será de la oficina. —Suzuki comienza a levantarse—. ¿Le importa? —Debe de ser Hiyoko quien lo llama, es el número que le dio Fräulein.

—Adelante —dice Asagao con un gesto de la mano—. No hay problema.

Suzuki se pone en pie, saca el móvil, se apresura a

aceptar la llamada y se lleva el aparato al oído. Se gira hacia la pared y le da la espalda a Asagao.

—¿Y bien? —pregunta la voz sobria femenina.

—Me pillas en plena presentación. —Consciente de que tiene a Asagao justo a su espalda, Suzuki sigue con el numerito del comercial.

—¿Qué presentación? ¿Has ido a la casa de ese tío o no?

—Correcto, sí. Ahora mismo estoy con la presentación.

—¿Por qué hablas así?

«No te lo puedo explicar ahora mismo.» Lanza una mirada furtiva hacia el sofá para interpretar la expresión de Asagao, pero el hombre ya no está.

En ese mismo instante oye una voz en su otro hombro.

—Voy a buscar a Kentaro.

Se le ponen los pelos de punta. Se gira hacia la voz y se encuentra a Asagao de pie, justo a su lado. No ha notado que el hombre se acercara en absoluto, no tiene la menor idea de cuándo se ha plantado junto a él.

Suzuki asiente con la cabeza en un gesto cargado de entusiasmo. Su sonrisa le estira al máximo las mejillas.

—Estoy hablando con él ahora mismo. Déjame tranquilo, ¿quieres? —Contiene las ganas de ponerse a gritar por teléfono y habla en voz baja.

—Desde luego, te lo estás tomando con calma. —Hiyoko, por su parte, suena bastante relajada—. Dime dónde estás.

—¿Están a salvo?

—¿Quiénes?

—La pareja del asiento de atrás del coche. —Aquellos dos chavales tan confiados y tan poco espabilados.

—Ah, claro, están perfectamente. —El tono de voz de Hiyoko no es tranquilizador, que digamos—. El simple hecho de matarlos tampoco me genera ningún beneficio, pero como no me digas pronto el lugar exacto donde te encuentras, esos dos no estarán tan bien durante mucho tiempo.

—Escucha...

Suzuki le explica lo que está pasando, rápido y escueto. En un suspiro le cuenta que aún no está seguro de que ese hombre sea el culpable, que ha accedido al interior de su casa y que resulta que el tipo tiene una familia, y que él está intentando convertirse en el profesor particular de su hijo.

Mientras habla, no le quita ojo a la entrada de la habitación. Le aterroriza que Asagao aparezca detrás de él y le empuje. Acto seguido, un tren pasará disparado por aquel salón para destrozarlo bajo sus ruedas, aunque estén en un barrio residencial sin ninguna estación cercana, aunque esté dentro de una casa. Ve el primer vagón del metro, que irrumpe a través de la pared, hace pedazos el hormigón y la madera. Se encabrita como un caballo salvaje, flota por un instante en el aire y le cae encima. No hay conductor. Ni vías. Tan solo una masa larga y rectangular que lo hace papilla.

—¿Eres imbécil? ¿Profesor particular de su hijo? Pero ¿dónde demonios tienes la cabeza?

—¡Es para acercarme más a este tío! —Sigue manteniendo la voz baja—. Creo que es una buena idea.

—No sé si estás hablando en serio o no. ¿De verdad crees que hacer todo eso te servirá para saber si ese tío es o no es el Empujón?

—¿A ti te parecería lógico que el Empujón fuese la típica persona que tiene un hijo pequeño monísimo?

—Cualquiera puede tener esposa e hijos. Terahara tenía un hijo.

Ese nombre le hincha la vena de la sien a Suzuki.

—Muy bien, aun así yo voy a averiguar si es él. No tardaré mucho. Tú espera un poco.

—Ah, si yo no tengo ningún problema con esperar, pero Terahara sí lo tiene. Yo en tu lugar me daría prisa. Y como no te andes con cuidado, lo mismo consigues que te maten.

—¿Qué?

—Digamos que este tío es el asesino, ¿de verdad piensas que iba a dejar entrar en su casa a cualquiera? ¿O que iba a permitir que cualquiera le diese clase a su hijo? De ser así, sería el criminal más descuidado de la historia, y si no es así, entonces te ha visto venir y está jugando contigo antes de matarte. Esas son las dos posibilidades, y si lo piensas bien, seguramente será la segunda, ¿verdad?

No sabe cómo responder. Trata de reunir para sí todas las piezas, aunque aquello es un embrollo.

—Pero ¿me estás escuchando, al menos?

No, no lo hace. Oye unos pasos y gente hablando. Cada vez más cerca. Se apresura a darle la espalda a la entrada y dice con una voz tensa:

—Luego te llamo. —Y cuelga.

—¿Ha terminado con su llamada? —Asagao entra en el salón.

Suzuki asiente y trata de relajar los músculos de la cara.

—No podría ser mejor momento, mi mujer acaba de llegar a casa. —Asagao hace un gesto hacia la puerta principal—. Con nuestro hijo pequeño.

Suzuki no sabe si continuar con la farsa del profesor particular, pero tampoco sabe qué otra cosa iba a hacer en caso de abandonarla.

La Ballena

Sentado en el taxi, el vértigo comienza de nuevo. Hace una mueca de dolor y se reclina en el asiento, mira por la ventanilla, aunque en realidad no ve nada. Siente la cabeza como si la tuviese llena de una masa líquida y se la estuvieran agitando de un lado a otro. Al principio piensa que el taxi debe de estar circulando por una calzada en mal estado, pero entonces se le cierra el estómago, y ya sabe lo que está pasando. Se le tensa la piel de la frente y siente un dolor detrás de los ojos. Poco a poco se le cierran los párpados.

—¿Cogiendo un taxi en pleno día? Pero bueno, qué sofisticado.

Alza la mirada con el sonido de aquella voz que procede del asiento delantero. Sus ojos se topan con los del taxista en el espejo retrovisor.

Pero no es el taxista. Cuando la Ballena se subió al taxi, la persona que iba al volante era un hombre de mediana edad con gafas, el pelo desaliñado y acento de Tohoku. Ahora, la Ballena está mirando a una mujer de cabello largo, cuarenta y tantos años, con buena presencia.

—Cuánto tiempo.

La Ballena no responde. Se queda mirando por la ventanilla. Pasa de largo una tiendecita de cámaras muy bien puesta y decorada en un verde corporativo. Hay un reloj redondo en el letrero. No llega a verlo con claridad, pero diría que las agujas están a punto de marcar las doce del mediodía.

El tráfico se ralentiza en cuanto se incorporan a la autovía interprefectural en dirección a la estación de Tokio, a paso de tortuga.

Pensaba que había dejado de llover, pero unas gotitas no dejan de rebotar en el parabrisas. Deben de estar cayendo de los árboles que flanquean la calle. El coche de delante se detiene y arranca, se detiene y arranca otra vez, y así va avanzando centímetro a centímetro con las luces rojas de freno encendidas. En el cielo, las volutas de nubes se estiran y se adelgazan en la distancia.

—Parece que va a despejar pronto —dice la mujer con un aire de cortesía—. ¿Puedo hacerte una pregunta? ¿Por qué tenía que morir yo? No era más que una administrativa en una universidad privada.

Tres años antes, la Ballena la había obligado a saltar desde la azotea de un edificio de apartamentos. Recuerda que el encargo procedía de un funcionario gubernamental de aparente perfil bajo, pero es incapaz de recordar en qué ministerio trabajaba.

—¿Por qué me mataron?

—Tú te suicidaste.

La mujer pone una sonrisa de tristeza.

—Eso no es más que un tecnicismo. Yo salté de la

azotea, pero tú me obligaste a hacerlo. Como un doble suicidio a la fuerza, pero solo fui yo.

—Alguien te quería muerta.

Había recibido la información más básica del cliente. El burócrata tenía una aventura con aquella administrativa de la universidad. En un momento dado, el hombre se percató de que estaba durmiendo con ella más que con su mujer, y se asustó. «No me refiero únicamente a lo largo de un año —le había dicho aquel tipo, asombrado de veras—. Me refiero a que me he acostado con ella más que el total de las veces que lo he hecho con mi mujer.» Empezó a preocuparle que esta mujer estuviese tratando de ocupar el lugar de su esposa.

—¡Pero ese no era motivo para matarme!

—No te estabas comportando de manera razonable. Te pasaste de la raya.

El tráfico sigue sin moverse apenas. El conductor de delante debe de estar exasperado, porque está tocando el claxon. Igual que sucede cuando un perro oye ladrar a otro, comienzan a sonar más pitidos. Finalmente, las luces de freno de delante se van apagando, y el coche empieza a avanzar muy despacio. El taxi de la Ballena también echa a rodar, pero no regresa el taxista. Ahí sigue la mujer.

—¿De verdad vas a este hotel? —Lanza un vistazo hacia atrás entre sus largas pestañas—. Ese político que ha llamado antes, cómo se llama..., Kaji, no estoy segura de que debas fiarte de él.

Kaji había llamado una hora antes.

«¿Es por lo de ayer?», había dicho la Ballena, que se imaginó al secretario colgado del techo de la habitación del hotel. Sin embargo, Kaji le dijo: «Ah, no, eso está bien, todo muy bien, ya está resuelto», y sonó con una notable despreocupación. «Ahora tengo un trabajo distinto para usted.»

—Ha sido raro, ¿verdad? —La mujer que va al volante se lleva la mano a la boca y se parte de risa—. Quiero decir que ayer estaba de los nervios y, de repente, hoy actúa con toda la calma del mundo.

—¿Actúa?

—Si no estaba actuando, no sé yo qué sería eso. Suele estar tan aterrorizado y tan paranoico...

La Ballena se siente irritado y a la vez confundido por la solidez del aspecto de la mujer. «¿No se supone que los fantasmas y los espíritus han de ser algo más transparentes? ¿Qué clase de fantasma eres tú?»

—Ese hombre ve amenazas por todas partes. Le ha gustado mi trabajo. Tiene otro para mí. Eso es todo.

—¿En serio piensas que está intentando convertirse en un cliente habitual? Ayer mismo te estaba presionando en plan «Esto no se lo contarás a nadie, ¿verdad?», y hoy lo tienes de vuelta con lo de «Quisiera encargar otro asesinato, por favor». Es demasiado sospechoso.

—Todos los políticos son sospechosos.

Kaji le había pedido que acudiese poco después de la una al Tower Hotel, junto a la estación de Tokio. Cuando la Ballena le ha preguntado por qué, Kaji ha dicho que era para comentar el encargo siguiente.

La Ballena ha insistido en que Kaji acudiese en persona. Se ha mostrado muy firme a ese respecto.

—Si no aparece por aquí, da igual cuál sea el motivo, interpretaré que está intentando jugármela de alguna manera.

—¿Y qué significa eso, que decidirá usted que estoy intentando jugársela?

—Que iré a hacerle una visita.

A la Ballena no le costaría averiguar el domicilio familiar de Kaji. Y Kaji tampoco tuvo que preguntar qué pasaría si la Ballena le hacía una visita.

—Entendido. Por supuesto que estaré allí, en persona.

Le había parecido oír un leve quiebro en la voz de Kaji, al final.

—¿Quién le gustaría que se suicidara?

—Mi secretario.

—Su secretario se colgó ayer.

—Este es otro.

—Con tantos como tiene, podría ganar las elecciones solo con los votos de sus secretarios.

—Sí, claro, muy bien —prosiguió Kaji—. Necesito que se encargue de este hombre del mismo modo en que lo hizo con el de ayer.

Dicho aquello, le soltó por las buenas el nombre del secretario, su edad, dirección, el número de miembros en su familia.

—Te estaba mintiendo descaradamente —dice ahora la mujer—. Sería demasiado sospechoso que dos de sus secretarios se suicidaran en dos días consecutivos. Da igual lo estúpido o lo cobarde que sea, ningún político iría tan lejos. Es una trampa.

«Eso mismo estaba pensando yo.»

—Está intentando liquidarte.

«Eso mismo estaba pensando yo.»

—Te está tomando por idiota.

«Eso mismo estaba pensando yo.» Y entonces se percata: «Por supuesto que estoy pensando lo mismo que esta mujer. Ella solo está en mi cabeza».

El tráfico por fin se ha vuelto más fluido. En el instante en que el taxi se desplaza al carril de adelantamiento, la Ballena siente el fuerte latido del dolor en la cabeza. Se presiona la sien con la mano y cierra los ojos en un intento por dejarlo a un lado.

—¿Oiga? ¿Se encuentra bien?

Abre los ojos al oír aquella voz. Hay un hombre en el asiento del conductor. En el espejo retrovisor, la Ballena alcanza a ver la tensión en el rostro de aquel hombre.

—¿He dicho algo?

—Pues... —Parece que el taxista prefiere no responder.

—¿Qué estaba diciendo?

El taxista abre la boca, vacila, y entonces parece haber decidido que tiene que responder. Con una mueca en la cara, le dice:

—Cosas inquietantes. Sobre asesinatos... y suicidios...

—¿He dicho algo más?

—Algo más... —Está claro que el taxista no sabe con seguridad si debería contar nada de esto. Durante unos segundos, se le abre y se le cierra la boca varias veces sin emitir ningún sonido, igual que un pececillo en una pecera—. Algo sobre un cliente habitual.

La Cigarra

Iwanishi le dijo que estuviera allí a la una de la tarde. Sale de casa de Iwanishi, se dirige a la estación más cercana y coge el metro. No tiene parada en la estación de Tokio, pero se puede bajar cerca de allí. Sabe dónde está el Tower Hotel, no tendrá ningún problema para llegar a tiempo. «Quien no pierde la noción del tiempo no pierde la noción de sí mismo.»

En su cabeza, va oyendo la letra de una de esas canciones que siempre cita Iwanishi. Le invade la sensación de que todo lo que piensa y cómo se mueve, su manera de rascarse la nariz, los chistes malos que cuenta, todo ello lo va copiando de Iwanishi. Agitado, siente la urgente necesidad de comprobar que no tiene ningún cordel atado al cuerpo.

Sale del metro y echa a caminar hacia la estación de Tokio. Deja atrás varias callejuelas, atraviesa un cruce ancho, pasa por delante de un antiguo restaurante de sushi ahora cegado con tablas y accede a un callejón trasero. Es un pasadizo estrecho flanqueado por paredes de cemento. Aquel atajo debería llevarlo directo a la estación.

Más que un callejón, aquello parece una rendija entre dos edificios.

El suelo está plagado de latas vacías, revistas, folletos de locales de *striptease* y salones de masaje. Esquiva un cubo de basura de plástico y una máquina rota de aire acondicionado. Cuando lleva recorridos veinte metros, oye una voz.

—Callejón sin salida —gruñe.

Hay tres hombres. Dos trajeados, de pie, miran hacia abajo a un tercero, en cuclillas. El que ha hablado es uno de los dos trajeados que están de pie. Anchas espaldas, pelo muy corto como un deportista.

—Lárgate —gruñe a la Cigarra y le hace un gesto con la mano como si estuviera espantando a un perro.

«El perro es él: tiene el pelo como un shiba inu.» La Cigarra se acerca más.

Es obvio que estos hombres no están manteniendo una charla amistosa.

Los trajeados tienen agarradas unas piedras más o menos del tamaño de un puño. Parecen rondar los treinta y pocos años. Irán trajeados, pero el entramado de cicatrices que lucen en la cara dice que son tipos duros. El hombre en cuclillas tiene las manos atadas en la espalda y la boca tapada con cinta americana.

—Eh, chaval, que te largues de aquí de una puta vez —le suelta el otro trajeado.

Esto ya irrita a la Cigarra.

—¿Qué estáis haciendo, tíos?

—Nada que tenga que ver contigo. Piérdete.

Este tipo tiene el pelo largo, la nariz plana y la cara redonda. Lleva unos guantes de cuero y, en lugar de un cinturón, luce una especie de cadena que le rodea la cinturilla del pantalón. Le recuerda al cordón que llevaría un campeón de sumo o un perro de pelea. «Ah, pero si este tío es un tosa inu. Uno es Shiba, y el otro es Tosa», decide la Cigarra, y se queda tan satisfecho.

—Dos perros metiéndose con un ser humano, ¿eh? —La Cigarra proyecta el mentón hacia el hombre en cuclillas, que tiene los ojos hinchados y el pelo hecho un desastre. Tiene una pequeña mancha un tanto rara en la cabeza, tal vez como si le hubieran arrancado un mechón.

—¿A quién llamas tú perro? —Shiba frunce el ceño.

«¡Guau, cuando arruga los ojos de esa manera se parece todavía más a un shiba inu!» La Cigarra está encantado.

—Te vamos a dar una puta paliza igual que a este tío —dice Tosa, que mueve la mandíbula hacia delante y hacia atrás: debe de estar comiendo chicle.

—¿Qué le hacéis, una novatada? —La Cigarra se encoge de hombros.

Shiba y Tosa no pierden los nervios ni mueven un dedo hacia la Cigarra.

—No tenemos tiempo para dedicarnos a perderlo contigo, chaval. Si lo que quieres es pasar, hazlo de una vez. Tú mantén la boca cerrada sobre lo que has visto aquí. —Y dicho eso, vuelven a centrar su atención en el hombre que tienen a sus pies.

—¿Estás dispuesto a hablar ya? —Shiba le da unas cuantas palmaditas en la cara al hombre en cuclillas, que sigue teniendo la boca tapada con cinta adhesiva.

Se le saltan las lágrimas al menear la cabeza de un lado a otro.

—¡Sabemos que sabes algo sobre el Empujón! —Tosa coge impulso para darle una patada y se detiene justo antes del contacto con la punta del zapato suspendida justo al lado de la oreja del hombre.

«¿El Empujón?» Esta referencia desconocida para la Cigarra despierta su interés.

—¿Qué es eso del Empujón? —Entonces cae en la cuenta de por qué le llama la atención: el verbo «empujar». Lo tenía dándole la lata en la cabeza desde la conversación con Iwanishi hace una hora. Al hijo de Terahara «probablemente lo empujaran delante de ese coche». Eso había dicho Iwanishi, estaba seguro al cien por cien—. Oye, ¿qué es eso del Empujón que acabas de decir?

—¿Es que sigues aquí? ¡Que desaparezcas ya! —le dice Tosa con mala cara—. No serás más que un chaval, pero a los chavales también los matan.

—A la gente que no me cuenta de qué va eso del Empujón también podrían matarla. —La Cigarra suena mucho más serio de lo que pretendía, cosa que le sorprende.

Shiba y Tosa cruzan una mirada. Es como si acordaran en silencio que no deberían liarse con un joven lunático cualquiera, y regresan con el hombre agazapado.

—Si no hablas ahora, la gente de Terahara vendrá a por ti. Te irá mucho mejor si tratas solo con nosotros.

A la Cigarra casi se le escapa un grito cuando oye el nombre de Terahara. «Bingo.»

Shiba se inclina hacia delante, agarra el extremo de la cinta americana y la arranca de un tirón. El hombre grita y sangra por la comisura de los labios. Acto seguido comienza a escupir trocitos de algo. Al principio parecen piedrecillas, pero transcurridos unos instantes la Cigarra cae en la cuenta de que son cristales rotos de una botella de cerveza. Fragmentos llenos de sangre. Deben de haberle metido una botella rota en la boca.

El hombre suelta un sonido que no es una palabra ni tampoco es un jadeo. Y después dice:

—¡No lo sé! —Su voz suplicante surge con una salpicadura de sangre y saliva—. ¡Yo no sé nada sobre ningún Empujón!

—Si continúa diciendo eso después de todo lo que le hemos hecho, a lo mejor está diciendo la verdad. —Tosa mira a Shiba—. ¿Tú qué crees?

—Pues mira, le hemos roto unos dedos de la mano, algunos de los pies. Le hemos machacado los lóbulos de las orejas, le hemos hecho cortes dentro de la boca. Eso es todo lo que llevamos por ahora. —Shiba va enumerando con los dedos—. Pero sí que tiene pinta de haber tenido ya suficiente.

—¡Sí! ¡Sí! —El hombre asiente con la cabeza, suplicante—. ¡Ya he tenido suficiente! ¡De verdad que no sé nada!

—Oye. Que qué es eso del Empujón.

—¿Todavía sigues ahí? —Shiba y Tosa lo dicen los dos al unísono. Se acercan a él de manera furtiva—. Mira que eres cabezota.

—¿Qué es eso del Empujón?

—Nada que tenga que ver contigo.

—Pero quizá sí que tenga que ver con que hayan atropellado al tonto del culo del hijo de Terahara, ¿no?

En cuanto las palabras salen de sus labios, cambia la expresión en el rostro de los perros, se endurece en torno a las sienes y entre los ojos.

—¿Qué coño sabes tú? —ruge uno de los dos.

De repente Tosa tiene una navaja automática en la mano derecha.

«Ah, ¿quieres una pelea con navaja conmigo? —La Cigarra está empezando a emocionarse un poco—. Vamos a ver si eres bueno.»

Tosa se acerca un paso, y otro más. Sus movimientos no son lentos, pero tampoco rápidos. «Puedo ver exactamente qué es lo que va a hacer.» La Cigarra pone una sonrisita de suficiencia, del todo a sus anchas.

Retrocede un paso y se gira para dejar pasar la hoja. Tosa se cae hacia delante con la inercia de su embestida y de inmediato intenta cambiar su centro de gravedad hacia atrás para equilibrarse. En el instante perfecto, la Cigarra entra disparado, lanza la mano derecha contra el estómago del hombre, cierra el puño en el momento del impacto y pone la fuerza de las caderas en ello.

Un segundo después, tiene su cuchillo en la mano izquierda. La punta reluciente traza un arco en el aire cuando lanza una estocada.

La dirige hacia el rostro de Tosa. Se clava en la mejilla derecha, pero debe de haber golpeado en un diente, porque se detiene a media puñalada. La retira de inmediato. A Tosa se le ponen los ojos como platos y deja caer su navaja. «Qué va, no eres nada bueno.» La Cigarra está decepcionado.

—Serás cabrón.

Tosa se presiona la mejilla con la mano y una mirada enfurecida. «No tenemos tiempo para palmaditas en la cara, colega.» La Cigarra da un paso a la izquierda, pero se cambia el cuchillo a la mano derecha. Tosa se queda ahí de pie, atontado. La Cigarra se deja caer y descarga con fuerza el cuchillo sobre la parte superior del zapato de Tosa, buscando el empeine del pie derecho. La hoja atraviesa el cuero y la piel y se clava directo en el hueso. Siente cómo el impacto le asciende por el brazo y se estremece ante la extraña sensación de haber pinchado en los huesos del pie sin apenas carne de por medio.

Tosa suelta un grito inarticulado, y, mientras tanto, Shiba se mantiene alerta, en una agitación evidente. Parece incapaz de comprender la situación.

La Cigarra retira el cuchillo. «Supongo que ahora tendré que matar a los tres, a Shiba y a Tosa y también al señor Cuclillas», pero entonces recuerda algo importante: la hora.

Comprueba la hora en su reloj de muñeca. Menos de diez minutos para la una. Tiene prisa de repente, y echa a correr. El tosa inu que se agarra el pie y se queja, el shiba inu que sigue allí de pie aturdido, el hombre agachado que continúa llorando, todos ellos eran secundarios.

Llega tarde a un trabajo. «Esto no es bueno. Iwanishi me lo va a estar recordando toda la vida.» Acelera, pero relaja el paso un minuto después. «Espera un segundo. Piénsalo bien. ¿Qué importa que llegues tarde?»

Suzuki

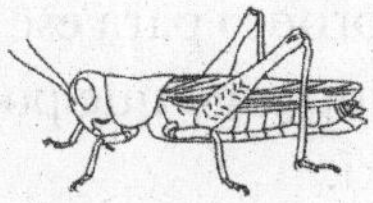

Entra la mujer y los saluda con un gesto radiante. Parece bastante joven y tiene menos pinta de ama de casa que de estudiante universitaria llena de optimismo. De no haberle dicho Asagao que era su esposa, Suzuki jamás se lo habría imaginado.

Asagao le presenta a Suzuki, le explica qué está haciendo aquí, y la mujer parece sorprenderse.

—Yo soy Sumire. Es que me ha pillado por sorpresa, eso es todo: mi marido casi nunca tiene invitados. —En su voz hay un eco saltarín que refuerza esa imagen de estudiante.

Las gafas de montura negra también le dan un cierto aire de intelectual. Pelo corto y castaño con reflejos. Tiene a un niño pequeño agarrado a las piernas, medio escondido detrás de ella.

—Es mi hijo pequeño —explica Asagao—: Kojiro.

Debe de ser tímido. Tiene el aspecto de una criaturilla del bosque que asoma lo justo la cabeza de su madriguera. Bajo el brazo derecho lleva sujeto lo que parece un álbum de fotos.

—Me alegro mucho de conocerte —le dice Suzuki al niño con un torpe cabeceo, y el crío regresa disparado detrás de su madre.

—Veamos, clases particulares —se lo piensa Sumire—. Nuestro Kentaro aún está en primaria. ¿No le parece un poco pronto para ese tipo de cosas?

—Ah, bueno, supongo que podría tener razón, sí —responde Suzuki.

Asagao no deja pasar un segundo y vocea desde el sofá donde está sentado:

—Curioso que un comercial se rinda con tanta facilidad.

Suzuki se apresura a darse la vuelta hacia Asagao. No está únicamente metiéndose con el discurso de ventas de Suzuki, sino que su tono de voz parece decir que él no se traga esa historia del profesor particular.

—Pero... pero lo cierto es —Suzuki busca a tientas las palabras— que el estudio es un hábito cuyo desarrollo nunca es demasiado prematuro.

Jamás había dicho en su vida una cursilada semejante, ni siquiera en sus años de profesor.

Kentaro se acerca a Kojiro.

—¿Cómo ha ido? —le pregunta.

—Solo era un resfriado normal y corriente —dice Sumire, que mira hacia abajo, al pequeño agarrado a sus piernas como un koala—. ¿Verdad que sí, Kojiro?

—Un resfriado —responde Kojiro con la más leve de las miradas, quizá porque hay un extraño en casa, o quizá porque es siempre así.

—Seguro que el médico daba mucho miedo, ¿eh? —Kentaro hace de hermano mayor.

Kojiro se lleva la mano a la boca para susurrar:

—Sí, mucho miedo, pero mami me ha comprado pegatinas.

Suzuki ignora por qué es ser un secreto semejante conversación, pero tal vez es así como le gusta hablar al niño.

Kentaro hace un ruido en señal de envidia y le arrebata el álbum de debajo del brazo a Kojiro. Hace caso omiso del chillido de protesta de su hermano pequeño y lo hojea.

—Bonita colección tienes aquí, ¿eh? —le dice, y suena como si fuera un delincuente en miniatura.

Suzuki también le echa un vistazo al álbum. Hay varias hileras de adhesivos de insectos. Unos de colores llamativos y aspecto venenoso, otros con unas alas repulsivas, de toda clase. Reconoce esos adhesivos como los que vienen de regalo en las cajas de golosinas, pero le da la sensación de que a la mayoría de los niños de hoy en día no les van mucho los insectos.

—¡Hoy he conseguido una chinche de los árboles!

Kojiro suena con una vocecita, pero su orgullo resulta obvio. Señala hacia la esquina superior derecha de la página que ha abierto su hermano.

—¿Esto es realmente una chinche de los árboles? Mooooola.

Está clara la emoción que siente Kentaro: suena al tiempo estupefacto e impresionado. Suzuki también le observa y se ve sorprendido. Es un bicho verde con una forma extraña, con un parecido casi clavado al aspecto que tiene un saliente espinoso de un árbol. Es incluso mono, un poco. «¿De verdad existe un bicho como ese?»

Los seres humanos son como insectos.

Llega a imaginarse a su viejo profesor diciéndolo. «No, yo sigo pensando que los seres humanos y los insectos no se parecen en absoluto.»

Kojiro recupera su preciado álbum con la colección de cromos adhesivos.

—Oye, ¿y tú qué haces? —Kentaro está mirando hacia arriba, a Suzuki.

—¿Disculpa?

—¿Qué hace un profesor particular?

—¿Que qué...?

En cierto sentido, esta pregunta va directa al fondo de la cuestión. Suzuki sonríe con aire avergonzado. «¿Qué estás aportando tú a este mundo? Venga, responde.»

—Te lo voy a decir yo, ahora mismo —afirma Kentaro—. Odio estudiar.

Sumire suelta una carcajada. La expresión de Asagao no cambia.

—Lo cierto es que tengo que marcharme a Kioto por trabajo desde pasado mañana —dice ella dirigiéndose a su marido.

—Ah, ¿en serio? —Asagao ladea la cabeza.

—Podría venir bien contar con alguien más por aquí para que eche una mano cuidando de Kentaro.

—Tú no te refieres a un profesor particular —dice él, que se levanta con elegancia—, sino a una niñera.

Una voz minúscula salta en el interior de Suzuki, pero él le hace caso omiso.

—Eso tampoco es un problema —se apresura a decir—. Soy profesor, pero en el caso de los niños más pequeños, pueden aprender todo tipo de cosas aparte de lo que reciben cuando están sentados en un pupitre. —Se obliga a sonar animado—. En sentido amplio, un profesor particular no es muy distinto de una niñera.

«Lo cual es completamente falso», se dice Suzuki.

—Entonces, ¿vas a jugar conmigo? —pregunta Kentaro.

—¿Eso te haría feliz? —Asagao mira a Kentaro.

Suzuki cree haber detectado una cierta frialdad. En lugar de concederle un capricho a su hijo, parece que Asagao esté observando a un animal.

—Es que tú no juegas nunca conmigo, papá —le suelta en respuesta Kentaro, que se vuelve acto seguido hacia Suzuki—. Pero tú sí que vas a jugar conmigo, ¿no? —prosigue y suena como si estuviera probando un hechizo mágico con el que no está familiarizado—. Parece que vas a hacer lo que te digan que hagas.

Suzuki sabe que este no es el momento apropiado para ofenderse ante semejante comentario. Se limita a asentir como una figurilla cabezuda del salpicadero de un coche.

—Claro, estoy seguro de que podríamos jugar juntos.

—¿Podemos jugar al fútbol?

—Desde luego que podríamos jugar al fútbol. —Se cruza de brazos y asiente unas cuantas veces más—. Cuando estaba en el instituto, fui con la selección nacional.

—¿En serio?

Ante aquello, Kentaro se pone serio, como si estuviera a punto de hacer una declaración sobre la paz mundial.

—Papá, creo que deberíamos contratar a este señor.

La sugerencia de contratar a alguien suena graciosa en boca de un crío de primaria, pero Suzuki tampoco puede negar que el niño se ha convertido de repente en un poderoso aliado.

—¿Qué le parece? ¿Durante un periodo de prueba? —Suzuki insiste con la intención de cerrar el trato—. Su mujer ha dicho que va a viajar: ¿no le interesaría un periodo de prueba durante los días en que ella esté fuera?

Trata de calibrar el punto de equilibrio en el tira y afloja.

Asagao toma asiento y reflexiona de brazos cruzados.

—¿Qué piensas? —le pregunta Sumire.

Mientras esperan una respuesta, Suzuki hace un esfuerzo por tragar saliva.

—Tengo una idea —salta Kentaro—. ¿Qué te parece si juegas conmigo ahora? Así papá y mamá pueden hablarlo. ¿Vale, papá y mamá? Y decidís si vais a contratarlo o no.

Dicho esto tira del brazo de Suzuki.

—Venga, vamos. —Se dirige a grandes zancadas hacia la puerta principal—. Tú también vienes, Kojiro.

Kojiro se lleva la mano a la boca como si estuviera contando otro secreto.

—Yo me quedo. Estoy resfriado.

—Vale, entonces tú y yo solos, amigo mayor

—dice Kentaro, que se lleva a Suzuki a rastras. Suzuki coge su abrigo, pero el niño le dice—: ¡Eso no hace falta para jugar al fútbol! Déjatelo aquí, vamos.

Así que lo vuelve a dejar, se dirige hacia la puerta y se lleva consigo tan solo el teléfono. En el vestíbulo, vuelve a calzarse los zapatos.

Se descubre confundido por lo que está pasando. Se supone que está aquí tratando de averiguar quién es el Empujón. «¿Y qué estoy haciendo ahora mismo? ¿Quién me está gastando esta broma? ¿Qué diantre está pasando aquí?... Supongo que es lo que toca, como tú siempre decías. ¿Verdad?»

Ha dejado de llover, y entre las nubes se abren algunos claros por los que entra el sol. El agua de los canalones, la que moja los bloques de cemento del muro que rodea el jardín, parece evaporarse ante sus ojos.

—Vamos. —Kentaro coge un balón de fútbol del jardín, tira de la manga de Suzuki y señala hacia la derecha—. La orilla del río está por aquí. Allí podemos jugar al fútbol.

Atraviesan a pie la urbanización, todas esas casas que parecen iguales. Dejan atrás las residencias anodinas y, un poco más adelante, llegan a la ribera del río. No está demasiado lejos. Hay un campo de fútbol, y por lo visto con buen drenaje porque no está encharcado. También tiene piedrecillas repartidas aquí y allá, que evitan que se embarre demasiado. Porterías en cada extremo. Nadie más lo está utilizando en este momento.

Se separan unos veinte metros el uno del otro y comienzan a pasarse la pelota.

Al principio, Suzuki apunta a los pies del niño, con suavidad, haciendo rodar el balón más que lanzándolo de un puntapié. Muy poco después ya están chutándolo más fuerte, lanzando el balón por el aire y obligándose a correr un poquito el uno al otro.

Es evidente que Kentaro sabe lo que hace con un balón en los pies. Lo chuta con el interior, lo chuta con los cordones, bien de fuerza, buen control. Su postura es correcta, los dedos del pie de apoyo siempre apuntan en la dirección de sus lanzamientos. Debe de practicar mucho.

Planta bien el pie, desplaza el centro de gravedad, gira el cuerpo sobre su eje, encaja la mandíbula, descarga la pierna.

Kentaro recibe el balón y lo lanza de vuelta. Se desvía en el aire un poco hacia la derecha, pero es algo seguramente intencionado, ya que está lo bastante cerca como para que Suzuki pueda llegar a él con una carrera. Extiende la pierna y consigue detener la pelota.

«Si esto es a lo que jugamos...», piensa Suzuki, y apunta el lanzamiento desviado hacia la derecha de Kentaro. «¡Corre, que no llegas!» Kentaro es tan rápido como se imaginaba. Sale disparado hacia el lugar adonde se dirige balón y de nuevo lo envía de vuelta, casi al instante.

«¡Pillín!» Suzuki persigue la pelota y la caza por los pelos. La chuta de vuelta.

Se le está empezando a olvidar que está jugando con un niño de primaria. Da igual hacia dónde lo lance, Kentaro detiene y controla el balón con elegancia y lo devuelve, y Suzuki se percata de que él mismo comienza a meterse cada vez más en el juego. Es como si se le hubiera vaciado la cabeza. No hay espacio para ningún pensamiento sobre cualquier otra cosa: solo el balón, hacia dónde debería dirigirlo, qué debería hacer con él para impresionar a Kentaro. Casi resulta gracioso el modo en que todo lo demás le desaparece de la mente.

Con cada pase que se lanzan, la voz de Hiyoko se desvanece más y más. La imagen del hijo de Terahara destrozado por el vehículo va perdiendo nitidez. Va cediendo la presión que sentía en el pecho. «Si no me informas pronto, estos dos están acabados...», se ha desvanecido incluso esa amenaza. «¿En qué dos estaba yo pensando?» Detiene la llegada del balón con el interior del pie izquierdo.

—Ansiedad e ira, esas respuestas son animales —solía decir su mujer—. Buscar la razón subyacente o una solución, eso es algo que solo hacemos los seres humanos.

—Entonces, ¿me estás diciendo que eso es lo que nos hace especiales a los seres humanos —le preguntó Suzuki—, o que eso es lo que nos hace malos?

—Si le preguntaras a un animal cómo sobrevive, te garantizo que la respuesta sería: «Sucede sin más».

Lo que ella le estaba diciendo, piensa él, es que preocuparse por los planes y las estrategias y enrabietarse es un defecto humano. Mientras tanto, es como si chutar el balón por las buenas, de un lado a otro, lo estuviese acercando más a la solución de sus problemas. Aunque, por supuesto, ni uno solo de ellos se esté solucionando en lo más mínimo.

Su empeine impacta con la superficie del balón y lo controla como con un guante. Cuando la pierna completa su recorrido, el balón se eleva por los aires. Incluso en ese instante en el que se aleja de él disparado, lo siente de algún modo como si fuese una parte de su cuerpo, un miembro arrojadizo que describe un arco elegante hasta que aterriza justo a los pies del niño, como si estuviera ahí adherido.

Basta de pensar en Hiyoko o en el Empujón. El ir y venir del balón lo es todo. Le hace sentirse estupendamente. Le inunda la sensación de un rapto.

Hasta el instante en que Kentaro le pide un tiempo muerto, ningún otro sonido a su alrededor le ha llegado a los oídos, y ni siquiera se ha percatado de que no tiene el anillo en el dedo anular.

«Mi anillo.» Se queda blanco y se pone a mirar frenético por el suelo alrededor de sus pies.

«No lo has perdido, ¿verdad?» Está seguro de haber oído la voz de su mujer.

«Por supuesto que no —responde desde algún lugar del interior de su pecho—. Jamás lo perdería.»

A su mujer siempre le daba miedo caer en el olvido cuando ya no estuviera.

Ella siempre estaba ahí para apoyarle a él cuando las cosas iban mal, se tomaba a broma las pequeñas frustraciones de su marido, como cuando subió la factura de la luz, o cuando los futones que llevaban todo el día secándose ahí fuera se empaparon con un chaparrón repentino al caer la noche, o cuando él ponía en tela de juicio su propia valía como profesor. Entonces, ella le decía:

—No te preocupes, que tampoco es para tanto.

Sin embargo, de vez en cuando ella soltaba un suspiro.

—La gente se olvidará de mí, con el tiempo. No hay ninguna prueba de que yo he pasado por este mundo, siquiera.

Siempre lo decía alegremente, haciendo mucho teatro, pero Suzuki sabía que aquello la tenía preocupada de verdad. El hecho de no haber tenido hijos formaba una gran parte de ello.

—Si tuviéramos hijos, ellos me recordarían, jamás me olvidarían. —Esto lo dijo en más de una ocasión.

—No tienes nada de lo que preocuparte. Tampoco es que vaya a olvidarme de ti así como así.

Sin embargo, cuando Suzuki le dijo aquello, ella recurrió a esa bobada suya sobre Brian Jones.

—Nadie se acuerda de que Brian Jones estuvo con los Rolling Stones.

—Por supuesto que la gente se acuerda de eso.

—Ya, ¿sí? ¿Aunque no haya ninguna prueba de ello?

—Hay discos y CD. —Y también está esa película que rodó Godard, aunque ahí Jones sale bastante tristón.

—Siento curiosidad —dijo ella dubitativa—. Es que no creo que nadie recuerde que Brian Jones formó parte de los Rolling Stones, porque no hay ninguna prueba de ello.

—Pues yo creo que tú eres la única que se ha olvidado de él. —Pobre Brian.

A Suzuki se le había ocurrido una idea y se la propuso, justo dos meses antes de que ella muriese. Se había estado devanando los sesos con tal de encontrar algo que le diese a ella un poco de paz, y al fin dio en el clavo. Tampoco era nada del otro mundo, una idea muy simple, pero la sencillez le imprimía fuerza.

—¿Qué te parece esto? —le dijo mostrándole el anillo en la mano izquierda—. Este anillo. Todas y cada una de las veces que mire este anillo pensaré en ti. Es una promesa. Eso hará que me resulte bastante difícil olvidarme de ti.

—¿Que te sea difícil olvidarte de mí? ¿Qué se supone que significa eso, que te sea difícil olvidarte de mí? ¿Y qué me dices de algo así como un «No te olvidaré absolutamente nunca»? —Se estaba riendo.

—En la vida no hay garantías absolutas.

—Eso es que no lo estás intentando con las suficientes ganas. —Le señaló ella con el dedo—. Tienes que intentarlo con todas tus fuerzas.

—¡Lo intento, lo intento!

—Pero ¿qué dices? Si soy yo quien siempre lo está intentando. Siempre me encargo yo de limpiar y de cocinar. Siempre estoy trabajando hasta las tantas.

—No estoy muy seguro de que ahora estemos hablando sobre intentarlo en ese sentido.

Su mujer comenzó a contar con los dedos mientras iba recitando más ejemplos. Ella le ponía más ganas al animar al equipo de béisbol de ambos, hacía una mayor parte del trabajo durante el sexo o dedicaba más tiempo a la búsqueda de una buena pastelería. Su vida en pareja avanzaba a lomos de sus esfuerzos. Estaba satisfecha consigo misma, se veía a la legua.

El tremendo golpe que supuso la violenta pérdida de su mujer le daba a Suzuki la seguridad de que sería imposible que la olvidara jamás, y, al pensar en eso más adelante, se percató de que el entusiasmo de ella solo era una tapadera para su ansiedad.

Y, ahora, Suzuki ha perdido el anillo. «Como de verdad lo haya perdido...» Se inclina hacia delante para ver mejor el suelo. «A lo mejor ha salido volando cuando he chutado.» Trata de visualizar la trayectoria del balón y gatea por allí, buscando, forzando la mirada.

Por suerte, lo encuentra en el suelo más o menos a un metro de distancia. Lo recoge, lo limpia de tierra y se lo pone en el dedo. «¿De verdad te acuerdas de mí?», siente la mirada de desaprobación de su mujer. «Por supuesto que sí. Y si ahora mismo estoy metido en este caos es justo porque me acuerdo de ti.»

Kentaro va hacia él haciendo quiebros con el balón y se sientan juntos en un banquillo.

—Eres bueno jugando al fútbol, amigo mayor.

—Tú también eres muy bueno. ¿Juegas en el colegio?

Kentaro baja la mirada a los pies y frunce los labios, enfurruñado de repente.

—¿Eso es que no?

—Sí —dice el niño entre dientes—. Es que no.

—Y eso que eres buenísimo.

No se trata de un simple halago de cara a la galería. Al crío podría irle de maravilla en el equipo del colegio. Está a punto de decirle que es una lástima, y entonces cae en la cuenta: «¿No tendrá algo que ver, quizá, con el hecho de que su padre sea el Empujón?». El Empujón tiene que mantener un perfil bajo, hasta ahí parece obvio. También podría significar que nunca permanece mucho tiempo en el mismo vecindario.

—Bueno... Entonces, ¿tu familia se muda mucho de casa? —lo tantea Suzuki ligeramente.

Kentaro se queda mirándole un instante. Abre un poco los labios, pequeños, como si estuviera a punto de decir algo, pero acto seguido los cierra y los aprieta con el ceño fruncido.

—Eres superbueno jugando al fútbol, amigo mayor.

—Es posible que sepa hacer algo más que lo que me digan que haga, ¿eh?

—¡Pues sí! —A Kentaro le brillan los ojos como a un perrito que reconoce a su amo, o como a un gato callejero que se convierte en gatito doméstico—. Oye, ya que eres tan bueno en el fútbol, ¿podrías decirme qué significa PK?* Es que no se me da muy bien el inglés.

—¡Ah!

Aquella pregunta hace que Suzuki vuelva a pensar en su mujer: «¿Tú sabes lo que significa PK? —le

* Abreviatura de *penalty kick*, «lanzamiento de penalti». *(N. del t.)*

preguntó ella una vez—. Si tenemos un hijo, es posible que te lo pregunte algún día». Aunque le parecía un poco pronto para andar preocupándose por algo como eso.

—No es una palabra en inglés, sino unas iniciales —le dice Suzuki a Kentaro, y acto seguido le cuenta la misma bobada que ya le contó a su mujer—: Son las iniciales de Pooh y *kick*, y se refiere a cuando Winnie-the-Pooh hace un lanzamiento a la portería.

«Eso es ridículo», le dijo su mujer en su día, claramente insatisfecha con la respuesta, pero le dio algo de cuartelillo cuando él le explicó que no le parecía bien explicarle a un niño la idea de una «pena máxima».

—¿En serio? —Kentaro parece sorprendido ante aquella respuesta inesperada, pero suelta un gruñido casi de inmediato—. ¡Qué tontería! —Y dice esto con una voz monótona que hace que no parezca japonés.

—Pooh fue quien tiró el primer PK del mundo. Y el tigre estaba de portero. Siempre se me olvida su nombre, pero ya sabes, ese que está siempre dando botes por ahí.

—¿Tigger?

—Sí, ese mismo.

—¡Quééé tonteríííía!

«Esto es como si...» Suzuki no puede evitar pensar que así sería ponerse a charlar en broma con su propio hijo. Sonríe pensando en su mujer. «Así habría sido, seguramente, si hubiéramos tenido hijos.»

Suzuki intenta imitar a Kentaro.

—¡Quéééééé tonteríííía!

La Ballena

Se baja del taxi en la acera de enfrente del Tower Hotel. Sube los escalones de la pasarela peatonal elevada y la cruza. Desemboca directamente en una entrada en la segunda planta del hotel.

La torre tiene una altura de cuarenta pisos. Tiene que echar la cabeza bastante hacia atrás para contemplarla entera. Se abre la puerta automática, y la Ballena utiliza las escaleras mecánicas para descender hasta el espacioso vestíbulo sin quitar ojo a la ornamentada lámpara de araña que cuelga sobre el atrio. Siente la moqueta del vestíbulo muy mullida bajo sus pies, como si le estuviera diciendo a sus piernas lo cara que es. Toma asiento en uno de los sofás y mira su reloj. La una y cuarto. Ni rastro de Kaji. Cruza las piernas, saca su libro del abrigo y se queda mirándolo entre las manos. En ese instante, se ve absorbido por el universo de un joven ruso y todas sus preocupaciones.

—Gracias por venir —dice una voz unos diez minutos después.

Allí de pie, delante de él, hay un hombre de complexión menuda. Cabello blanco, arrugas muy profundas alrededor de los ojos. Un bigote ralo, allí suspendido, como si se lo hubiesen pegado a la cara. El mismo rostro de la pantalla televisiva. Siempre haciendo poses y soltando unas amenazas penosas, pero sin transmitir jamás una verdadera profundidad. La Ballena cierra el libro y lo guarda.

—¿Otro encargo tan pronto? —le dice.

—Vamos a una habitación. Preferiría que nadie me viese hablando con usted aquí fuera. Sería difícil de explicar.

—No tiene que explicarlo.

—Ser político implica tener que explicar cosas.

«Ni que haya habido ni uno solo de vosotros que haya dado jamás una explicación satisfactoria acerca de nada —está a punto de decirle la Ballena—. Lo único que hacéis es marear la perdiz.»

—Solo necesito el nombre de su secretario, foto y dirección.

—Es complicado. No esperaría que usted lo entendiese.

Kaji se marcha camino del ascensor. La Ballena va detrás de él. «Está intentando liquidarte», le repite la voz de la mujer fantasma. «Te está tomando por idiota...» Es probable que tenga razón.

Kaji lo lleva a una habitación cara. Planta veinticuatro, suite 2409. El vestidor es amplio, y hay una lujosa cama de gran tamaño en el centro del dormitorio, un escritorio largo enfrente del espejo con todo un despliegue de productos cosméticos de cortesía. La habitación está impoluta, como una patena, hasta el punto de que cualquier político con intención de llevarse allí a una chica para pasar un buen rato podría tener la impresión de que no encaja con sus sucias intenciones. Hay una mesa redonda y una silla junto a la ventana, donde la Ballena toma asiento. Kaji se queda de pie, observando el entorno.

—¿Qué pasa? —pregunta la Ballena.

—Ah... —responde Kaji, pero no dice nada más.

De repente da media vuelta y se dirige de nuevo hacia la puerta. «¿Qué está haciendo?», se pregunta la Ballena, que hace ademán de levantarse para seguirlo. Kaji abre una puerta lateral que hay en la entrada. La Ballena se asoma detrás de él. Hay un lavabo y un retrete, y al lado una ducha con mamparas de cristal. Debe de estar encendido el extractor, porque puede oír el zumbido de un ventilador. Kaji vuelve a cerrar la puerta, como si tuviera miedo de su propia imagen en el espejo.

—¿Qué me está ocultando?

La sosegada pregunta de la Ballena a su espalda parece provocar un terrible sobresalto en Kaji. Es muy probable que si los japoneses anduvieran muriéndose de hambre por las calles no se le viera tan disgustado como lo parece ahora mismo.

«Un arma o una persona», se imagina la Ballena. Esas son las dos posibles razones por las que Kaji le ha traído hasta aquí. En algún lugar de la habitación hay una pistola, un cuchillo o, tal vez, alguna clase de sedante que Kaji pretende utilizar para eliminarlo, o si no, es que hay alguien escondido en la habitación, alguien que ha venido a hacer el trabajo sucio, imagina.

—Hábleme sobre el encargo. —La Ballena actúa como si no sospechara nada y regresa a la ventana. Por fin está empezando a asomar el sol—. Deme los detalles sobre el secretario al que se supone que he de obligar a suicidarse. Puedo ponerme a trabajar en ello de inmediato.

—Verá, es que tampoco es que haya mucho detalle, que digamos.

Kaji abre su maletín de gran tamaño y saca una sola hoja de papel. Se la entrega a la Ballena. Es un currículo. Hay una foto grapada, y tiene algo escrito con una letra femenina.

—Uno de los miembros de la vieja guardia de mi personal.

—¿Va a matar a su vieja guardia?

—Yo no voy a matarlo. Se va a suicidar él, ¿de acuerdo?

Habla con la suficiente compostura, pero tiene un aire forzado. La Ballena lanza una intensa mirada a los ojos a Kaji. Hay un temblor en las pupilas.

Sin mediar palabra, la Ballena se dirige al cuarto de baño. Sobre el reluciente retrete de color rosa hay una balda con toallas dobladas y un albornoz en una percha en la pared. Agarra el albornoz y le quita el cinturón. Lo sujeta con las manos en los extremos y tira de ellos en dirección opuesta para tensarlo. Es sólido, sin duda lo suficiente para hacer una horca capaz de cortarle a cualquiera la circulación de la arteria carótida.

Regresa a la habitación con el cinto del albornoz en la mano. Kaji tiene el móvil pegado a la oreja, pero cuelga de manera apresurada.

—¿Una llamada?

—No lo cogen. —Kaji suena entristecido.

—¿A quién ha contratado? —exige saber la Ballena, que se aproxima al político.

—¿Qué?

—Ha contratado a alguien para que me liquide. ¿No es cierto? Pero ese alguien no ha aparecido, aunque usted me ha traído al lugar acordado.

—¿De qué me está hablando?

—Siento lástima por usted.

—¡¿De qué me está hablando?!

—Me contrató para hacer un trabajo, y, ahora que ya está hecho, ha decidido que no se puede fiar de mí, así que ha contratado a alguien para liquidarme. ¿Verdad que sí? Pero, en el muy remoto caso de que todo le salga conforme a lo que había planeado, acto seguido comenzará a preocuparle si de verdad se puede fiar de la persona a la que ha contratado para matarme. ¿Me equivoco mucho? Así, tendrá que seguir contratando a otro más para liquidar al anterior, etcétera, etcétera. Al fin y al cabo, hay más de cien millones de personas en nuestro país. Podría seguir con esto durante bastante tiempo, pero no es una manera muy lúcida de hacer las cosas.

—¿Me está llamando estúpido? —Ahora, Kaji parece verdaderamente ofendido.

«De verdad piensa que no es estúpido.»

—Percibo que sufre una fuerte ansiedad. Hay un modo muy sencillo de solucionar esto.

Kaji se sienta un poco más erguido, con una palpitación visible en la sien, y alza la mirada hacia la Ballena. Ya tiene las pupilas dilatadas, y es como si los ojos se le cambiaran de color. Se está dejando llevar por las palabras de la Ballena, está acompasando su respiración al ritmo de la de la Ballena.

—Todo cuanto tiene que hacer es morirse.

—Qué estupidez.

—Parece que piensa que no es usted un estúpido. —Esta vez, la Ballena lo ha dicho en voz alta.

—¿De qué me va a servir morirme?

—En última instancia, no tendrá ya que preocuparse más.

La Ballena habla con un aire de total naturalidad. Al principio, Kaji tenía en tensión todos los músculos de su cuerpo, como si se encontrara delante de un hipnotizador y estuviera decidido a no dejarse hipnotizar, pero tampoco ha tardado mucho en relajar los hombros. Una mirada plácida se apodera de su rostro, como si le hubiera bajado la fiebre.

Esto es demasiado fácil. Todos los seres humanos quieren morir. «Ahora mismo. Ha llegado su hora.» Kaji se hunde en el sofá. Parece que la tensión y el temor le hubieran consumido todas sus fuerzas.

—Voy a cerrar las cortinas —entona la Ballena.

La Cigarra

Llega a la estación de Tokio y se abre paso entre la riada humana en dirección a la entrada este. Lo hace únicamente para atajar, no para coger un tren, al contrario que el grupo de jóvenes que se le cruzan por delante tirando de su equipaje y le cortan el paso. Siente una punzada de ira. «¿Qué necesidad tienen de pasearse justo por aquí, delante de mí?» Su mano está a punto de acudir en busca del cuchillo. Lanza una mirada al reloj de la estación. Pasan veinte minutos de la una. Veinte minutos tarde.

Una parte de él quiere pasar de la reunión y cabrear al político cliente, y después ver a Iwanishi sufrir un gran apuro cuando se enfade el «señor Kaji». «¡Cigarra, ¿te haces una idea de lo que nos has hecho a los dos?!» Ya se imagina la cara de Iwanishi, cómo le irá cambiando de color.

Sin embargo, decide que seguirá adelante con esto, a pesar de que llega tarde. Es posible que el retraso no sea lo más profesional, pero tampoco se encuentra ni mucho menos en condiciones de renunciar por completo a un trabajo.

El encargo está bastante claro. Se supone que el

cliente, el político Kaji, ha quedado con un tío enorme en el vestíbulo del hotel a la una. Al principio, el cliente decía que quería que se hiciera todo allí mismo, pero, por supuesto, es ahí donde Iwanishi tiró del freno. En el vestíbulo de un hotel hay demasiada gente. Le sugirió que se llevara al objetivo a una habitación.

—Y entonces subo yo también a la habitación, ¿no? —le había preguntado la Cigarra.

—Igual que en las películas —respondió Iwanishi—. Cuando el asesino se hace pasar por el servicio de habitaciones, entra, quita la tapa de la bandeja y hay una pistola.

—Sí, muy realista. ¿Qué te parece que lance mi ataque en cuanto se abra la puerta? Tiene que ser un asalto relámpago. Oye, ¿y cómo se supone que voy a entrar en la habitación?

—Ha dicho que tú deberías llegar antes y quedarte esperando.

—Mmm, ¿quedarme esperando?

—El señor Kaji no quiere quedarse a solas con ese tío. Quiere que suceda en cuanto ellos entren.

—¿Le da miedo quedarse a solas con él? Suena como algo que diría una tía buena.

—Hoy en día ya no hay tías buenas. ¿Tú has visto a alguna?

—Qué va, pero tienen que existir.

—Eres un cretino. En cualquier caso, los políticos sí que pueden decir que les da miedo quedarse a solas con alguien.

—Claro, claro. —La Cigarra se escarba en el oído—. Hagan lo que hagan, los políticos sí se pueden ir de rositas.

—A ver, este hotel tiene dos llaves para cada habitación. Utilizan tarjetas. Te vas al mostrador de recepción, pides una de las tarjetas, entras en la habitación y te escondes.

—No me gusta esconderme.

—Ya te digo yo que sí. Las Cigarras se ocultan bajo tierra durante siete años.

—No están escondidas. Están esperando a que llegue su momento.

—Lo que tú digas. Tú vete a la habitación del hotel y mata a ese tío en cuanto entre. Y no la cagues: tu objetivo es el tío enorme. El bajito del bigote es el señor Kaji. No vayas a joderla.

Iwanishi le dio el número de la habitación.

—¿Y de qué va lo de ese tío enorme?

—¿Tiene eso algo que ver con tu encargo, con eso que has dicho de que no puedes matar a alguien que sea grande y fuerte?

—Eso no es lo que estoy diciendo, ni mucho menos. —La voz de la Cigarra sonaba convincente—. Normalmente, los grandullones solo tienen pinta de duros. Lo único que quiero es un poco más de información, eso es todo.

—Pues yo tampoco sé nada sobre él. Lo más importante es que hagamos un buen trabajo y nos ganemos la confianza del señor Kaji. ¿Me has oído? Esto podría ser muy grande. Haz las cosas bien.

—Ya, te refieres a algo así como que si te quieres ganar su afecto, tendrás que hacerlo perfecto. —La Cigarra intentó decirlo como si estuviera citando a cierto personaje.

Tal y como él esperaba, Iwanishi se quedó allí sentado en silencio con un aire ligeramente perdido.

—¿Eso... eso es una letra de Jack Crispin? —Estaba claro que no le gustaba el hecho de no saberlo.

—Ya te digo.

—Oh. Ja. Oh.

«Tío, este menda vive toda su vida entera siguiendo a Jack Crispin», se maravilló la Cigarra.

Ahora avanza y ve con el rabillo del ojo unas oleadas de familias procedentes del andén de la línea de Keiyo, de regreso de pasar el día en el parque temático, que traen bolsas con ese ratón de los dibujos animados, el de los guantes blancos. La Cigarra acelera el paso.

Llega al vestíbulo del Tower Hotel a la una y media. Cruza la moqueta mullida a grandes zancadas camino del mostrador de recepción. Siente la mirada de aversión que le lanzan los tres empleados del hotel, pero recibe la llave de la suite 2409 sin preguntas de ninguna clase en cuanto se la pide al hombre de la izquierda. Tiene el aspecto de una tarjeta bancaria. Con la tarjeta en la mano, se encamina hacia el ascensor. La puerta se abre en el momento justo en que él se acerca. Entra y pulsa el botón para cerrar la puerta, varias veces, como si aquello fuese a acelerar el proceso. Con urgencia, insistente.

El ascensor se detiene, y él sale. Echa un vistazo rápido al cartel que orienta sobre la situación de las habitaciones y arranca con paso decidido hacia la derecha. Ya está delante de la suite 2409. Mira a diestra y siniestra. Nadie por allí. Ni huéspedes ni personal del hotel. «Si esto fuera una peli de Kubrick, sería más o menos ahora cuando todo se inundaría de sangre», piensa. Le gusta esa escena.

Se lleva la mano derecha al bolsillo interior de la cazadora y prepara el cuchillo. Entonces se percata de que no se ha traído ropa para cambiarse. Muy a menudo termina sus encargos salpicado de sangre. Por eso acude siempre a realizar los trabajos vestido con un atuendo que compra para esa ocasión y que después tira a la basura. Esta vez se le ha ido de la cabeza por completo. No es que le estén dando ganas de borrarse de esto ni nada por el estilo: está preparado para hacer lo que haya que hacer, pero no tiene ropa para cambiarse. «Estoy en baja forma.»

Comprueba su reloj. Un considerable retraso respecto de la hora pactada. De eso al menos sí que está seguro.

Inserta la tarjeta en la ranura que hay bajo el picaporte y la vuelve a extraer. Parpadea una lucecita y se oye cómo se libera el cerrojo. En ese instante, carga con el hombro contra la puerta e irrumpe en la habitación.

Ve a alguien, una cabeza más alta que la suya. «Ese es.» Cierra la puerta al instante. «El tío enorme.» Se abalanza hacia el interior de la habitación con el cuchillo extendido delante de él. Gira el cuerpo. Levanta el cuchillo para atacar.

Entonces se detiene en seco. No es el tío enorme. La persona que hay en la habitación tan solo parece alta porque está colgada del techo. Hay una toalla o algo parecido atado a una rejilla de ventilación, y el otro extremo es un nudo de horca del que cuelga un cuerpo con un leve balanceo.

«¿Qué coño es esto?»

Bajo el bigote, el ahorcado tiene los labios cubiertos de unas burbujas de saliva. El cuerpo rota muy despacio. Debajo de él hay un charco. Seguramente se ha meado encima. «Mala pinta. Esa mancha deja marca en la moqueta.» Un olor asalta a la Cigarra, como una mezcla de sudor y verduras en putrefacción.

Permanece allí de pie con la mente en blanco por un instante. Entonces piensa: «¿Es posible que Kaji se haya puesto tan triste al ver que no aparecía que ha decidido ahorcarse?». Se siente un poco mal por ello, incluso. «Creo que esta vez sí que la he cagado.»

Suzuki

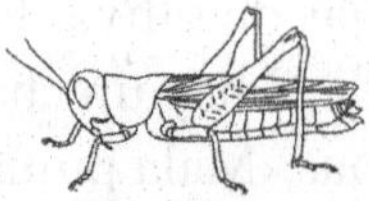

Cuando regresan a la casa, Kentaro vuelve a lanzar el balón al jardín.

—Cuando has terminado de utilizar algo, vuelve a dejarlo en su sitio, donde debería estar. —Suzuki lo dice sin ni siquiera pensarlo: era algo que su mujer solía decir constantemente.

Kentaro se queda allí de pie un instante, enfurruñado, y entonces vuelve a dejar el balón en la estantería.

—No sé cuál es su sitio —se queja el niño, y esto deja extrañado a Suzuki.

En el preciso instante en que ponen el pie sobre el cemento de la entrada, un olor a queso les pica en la nariz. Es el olor de un queso especialmente mohoso, tan fuerte que resulta casi amenazador. Un recordatorio de que el queso es una materia natural que se está pudriendo. El olor tiene matices de sudor y saliva, pero, en sentido más amplio, es el olor de la vida en acción.

—¡Pasta! —exclama Kentaro, que trata de quitarse los zapatos de manera atropellada—. La pasta que hace mamá está buenísima. Tú también la vas a tomar, amigo mayor.

El campo de fútbol en la ribera del río no estaba ni mucho menos anegado, pero Suzuki aún lleva barro en los zapatos. Vuelve a salir de la casa un momento para limpiárselos, elimina los pegotes y descubre más barro pegado en las suelas.

Le suena el móvil en el bolsillo. Hiyoko. Suzuki se aleja de la casa, hasta la verja, y responde. La joven no deja de llamarlo, y la frecuencia le da una idea de lo frenéticos que deben de estar todos y de lo infructuosos que deben de estar resultando sus esfuerzos por localizarlo. Sin quitarle ojo a la puerta principal, abierta, se lleva el aparato a la oreja.

—¿Y bien?

—Nada todavía.

—Dime dónde estás.

—Sigo sin saber si es él.

No ha avanzado nada en sus averiguaciones sobre si este hombre es el Empujón, y es lo más lógico del mundo, ya que se ha pasado la última hora jugando al fútbol con el hijo.

—Pero ¿estás haciendo algo?

«Jugar un rato al fútbol.»

—Todavía estoy rellenando el foso de tierra.

—Que no estás sitiando un castillo. Que no hay foso. Se nos está agotando la paciencia.

—Lo hago lo mejor que puedo.

—Ya han muerto dos de los nuestros.

—¿Qué? —«¿Es eso un ay, por cierto?»

—Dos de nuestros empleados estaban tardando mucho. Terahara les ha pegado un tiro hace diez minutos.

—¿Por qué?

—No estaban haciendo su trabajo, y se ha enfadado.

«¿Habrase visto jamás una empresa semejante?», le dan ganas de decir, pero se contiene. En realidad, sí que existe una compañía semejante, y por eso él está donde está en este preciso momento. Su mujer fue asesinada, él juró venganza, y ahora va siguiéndole la pista al Empujón.

Están buscando a Suzuki, pero todavía no han dado con él. Seguramente andarán dando pisotones de furia y rechinando los dientes de pura frustración, pero no tienen ninguna otra forma de localizarlo que no sea por teléfono. Quizá pudieran averiguar dónde está si rastrearan su móvil, pero, hasta donde él sabe, eso no ha sucedido aún.

—¿Qué haríais si echo a correr?

—¿A qué te refieres con echar a correr?

—Es algo que se me ha ocurrido, nada más. Si echase a correr ahora mismo, lo más probable es que me escapara. Quiero decir que no sabéis dónde estoy.

—Sabemos dónde vives. —Hiyoko recita la dirección de su apartamento.

—No me hace falta volver por allí.

—¿Y crees que te íbamos a dejar escapar como si tal cosa? —Por primera vez hay algo de tensión en la voz de Hiyoko.

—No estoy diciendo eso, pero no me habéis encontrado aún.

—Ni tampoco te has escapado aún. No puedes. Y si lo intentas, esa joven pareja va a morir. Además, lo que te pasará a ti será horrible. Peor que morirte.

«Ya he pasado por algo peor que morirme.» Se

sorprende ante la desprendida frialdad de aquel pensamiento. Frío como una cuchara metálica. «Mi mujer está muerta. Asesinada por un inconsciente incapaz de pensar en nadie más allá de sí mismo. Eso fue peor que morirme.»

—Acércate a ese tipo y pregúntale, ¿eres tú el Empujón?, y después te largas a casa. Eso es todo cuanto tienes que hacer.

—Voy a colgar. —Suzuki ya se ha hartado de ella. Llegados a este punto, el único contacto que tiene con Hiyoko es telefónico—. Vuelvo dentro.

Asagao está sentado en el sofá con las piernas cruzadas, leyendo el periódico. No levanta la mirada hacia Suzuki.

—Ha sido divertidísimo —dice Kentaro, emocionado—. El amigo mayor juega genial al fútbol. —Sale hacia la sala de estilo japonés que hay junto al comedor, como si tuviera algo importante que hacer allí.

—Pues qué bien —dice Asagao con un tono de voz que suena como si supiera más que de sobra que no hay nada bueno en su vida.

Suzuki, que no tiene claro dónde meterse, se pone a dar vueltas por el salón y el comedor. Se debate entre si debería sentarse en el sofá o ir a ver a Kentaro y pedirle que le respalde para que consiga el trabajo de profesor particular.

Con un sobresalto, repara en que Kojiro está allí plantado a sus pies. No es que dé un respingo, pero sí se sorprende. El niño alza la mirada hacia él, y sus cabellos delicados caen hacia atrás.

—¿Te quieres sentar? —le pregunta en un susurro.

—Oh, mmm. Claro. —Toma asiento en el sofá enfrente de Asagao—. ¿Qué tal tu resfriado? —prueba a preguntar al niño.

—¿Mi resfriado? —Por un segundo, Kojiro parece aterrorizado, pero acto seguido se le pone una cara muy seria, con el mentón recogido—. Estoy bien —grazna—. Lo hago lo mejor que puedo.

No es lo que diría la mayoría de los críos, y Suzuki se sorprende sonriendo. Al mismo tiempo, se acuerda de las veces que su mujer le decía que no lo intentaba con las ganas suficientes. La conversación con Hiyoko le ha dejado una sensación tensa en la cabeza, y ahora se va liberando como unos nudos que se deshacen.

—¿Ah, sí? ¿Lo estás intentando con muchas ganas?

—Oye. —Kojiro se inclina para susurrarle, allí de pie a la misma altura de los ojos de un Suzuki que está sentado—. ¿Qué me vas a enseñar?

—¿Que qué te...? —Le da la impresión de que no tiene absolutamente nada que enseñar a unos niños pequeños—. Pues eso mismo me pregunto yo.

De pasada, ve un reloj de pared. Están a punto de dar las dos de la tarde. Asagao está mirándole a él, con esos ojos que parecen atravesarle.

—Vamos a comer un poco tarde. Pasta, según parece. ¿Quiere unirse a nosotros?

Suzuki percibe un fugaz atisbo de complicaciones. Al invitarlo a la mesa de la familia, ¿significa que Asagao lo está aceptando? ¿O lo está poniendo a prueba?

—¿Está seguro?

—Habrá comida de sobra. Lo mejor de su manera de cocinar es que lo hace para un regimiento. —Asagao no sonríe, ya ha vuelto con su revista.

—Es cierto. Esto es pasta a granel. —La voz procede del comedor, donde Sumire se encuentra ahora mismo, de pie, y tiene un plato cargado de pasta en cada mano.

Suzuki acepta uno con cortesía. Kentaro entra como un tiro, como si aquel olor lo hubiese invocado, con las manos llenas de unos tenedores que trae a la mesa. Kojiro viene detrás.

Una vez puestos los platos de pasta en la mesa, todos toman asiento y los atacan. El aroma del queso gorgonzola inunda la habitación como una nube de vapor.

—Delicioso —dice Suzuki con un solemne respeto.

—Te lo dije —dice Kentaro orgulloso y alargando las palabras. Entonces mira a Kojiro, sentado junto a él—. Eh, ¿qué estás haciendo?

Kojiro está mirando su álbum de adhesivos de insectos. Suzuki ve de pasada algunos escarabajos con caparazones de colores extraños y unas larvas de mariposa con un abdomen de aspecto venenoso. Casi le dan ganas de pedirle al crío que se guarde ese álbum durante la comida.

Kojiro aparta su plato de pasta, saca un bolígrafo y comienza a escribir en una tarjeta postal. Baja la cabeza y la pega prácticamente a la postal, como si le fuese a dar un lametón.

—Sí, ¿qué estás haciendo? —pregunta Suzuki.

Kojiro levanta un segundo la cabeza.

—Ganar un escarabajo rinoceronte.

El niño parece muy serio, habla con una voz más bajita que nunca, como un insecto al frotarse las alas, una contra otra.

—Dice que si envías diez de la misma pegatina ganas un escarabajo rinoceronte —explica Sumire—. Uno muy raro y asqueroso.

—Un escarabajo rinoceronte hércules —dice Kojiro entre susurros, como de costumbre. Vuelve a centrarse en la tarjeta postal, pero acto seguido mira a Suzuki y le señala la contracubierta de su álbum—. ¿Qué dice aquí?

Parece ser la dirección a la que ha de enviar su postal.

—Estudio de diseño Kurozuka, Centro de Concesión de Premios —dice aquel nombre que suena tan dudoso. Suzuki le lee el resto de la dirección—: Tsujioka, distrito de Bunkyo, Tokio.

—T-s-u-j-i-o-k-a —va diciendo Kojiro en voz alta mientras escribe con un aire adorable—. D-i-s-t-r-i-t-o d-e B-u-n-k-y-o.

No es que tenga una letra precisamente limpia, pero la caligrafía del niño transmite un esfuerzo sincero.

—¿Qué le parece, señor Suzuki? ¿Podrá usted ayudarnos a cuidar de mis chicos? —Sumire se limpia un poco de salsa del labio y sonríe—. Parece que hay algún insecto asqueroso que también va a formar parte del trato.

—Claro que sí...

La respuesta de Suzuki carece de confianza y de

entusiasmo, y suena muy poco convincente. Asagao tiene pinta de haber tomado buena nota de aquello, y suelta un claro resoplido de desdén.

—Eh, Kojiro. —Kentaro planta la mano encima de la postal de su hermano para impedirle escribir—. ¿Sabes lo que significa PK en inglés?

—No, ¿qué? —Kojiro, muy diligente, mira a su hermano.

—¡Que chuta Pooh! La P es de Pooh, y la K es de *kick*. Eso es lo que me ha dicho el amigo mayor. Qué malo, ¿eh?

Parece que Kojiro no ha entendido nada, y se queda mirando a Kentaro con cara de perplejidad. Sumire sonríe en un gesto de cortesía.

—Por supuesto, hay muchas otras cosas de todo tipo que puedo enseñarte. —Ahora, por lo menos, Suzuki le pone un poco de brío al asunto.

—Vale, vale, a ver qué me dices de esto, amigo mayor: ¿has probado alguna vez ese queso de la tele? —Kentaro desvía la conversación en una dirección inesperada. Suzuki trata de unir mentalmente los puntos—. Ya sabes, el que sale en los dibujos, el que le gusta a los ratones. Es un queso en forma de triángulo y con agujeros. —Traza con entusiasmo un triángulo en la palma de su mano—. Tiene muy buena pinta. ¿Lo has probado alguna vez?

—Mmm...

—También se lo pregunté a papá, pero no me contesta. ¿Dónde se consigue un queso como ese?

El chico parece contar con todo un universo de quesos que ha extraído de los cómics y los dibujos animados.

—Ah, sí, ese queso está realmente delicioso.

Kentaro y Kojiro se miran emocionados.

—¡Lo sabía! ¡Ya sabía yo que ese queso estaría bueno! Vale, vale, ¿verdad que los topos sí que llevan gafas de sol, a que sí? Y ¿puede uno comerse cruda la carne de un mamut lanudo?

Suzuki no es capaz de decir cuánto de todo ello se cree Kentaro. Responde a todas las preguntas, una detrás de otra, e intenta mantener en su aspecto un equilibrio entre un exceso de ansiedad y un exceso de apatía. Le da la sensación de que es un esfuerzo honesto.

—¿Y qué pasa con esos? ¿También están deliciosos? —Kojiro se inclina hacia él para preguntarle, con la mano en la boca.

—¿Qué pasa con qué? —pregunta Suzuki.

Todos prestan atención e intentan entender lo que dice la minúscula voz de Kojiro.

—Esos perritos que te salvan cuando te pierdes en la nieve de las montañas.

—¿Los san bernardos? —Suzuki se imagina a unos perros peludos de rescate.

—¡Sí, sí, esos perritos grandes!

—¡Esos no te los puedes comer!

Kojiro niega con la cabeza.

—Los perritos no, los barriles que llevan al cuello. ¿Qué hay dentro?

—¿Whisky?

—Sí, eso.

Suzuki y Sumire se echan a reír ante el entusiasmo de Kojiro. Asagao guarda silencio, pero los ojos se le arrugan en las comisuras. Kentaro se emociona.

—¡Sí, yo quiero probar el whisky!

Ahora es el propio Suzuki quien siente curiosidad sobre el contenido del barril de los perros de salvamento. Se imagina que debe de estar extremadamente rico.

—Vamos a perdernos en las montañas —dice Kojiro con su voz en miniatura mientras todos los demás le sonríen de oreja a oreja.

Cuando se apagan las risas, Suzuki siente un mareo repentino. La saludable comida familiar le desorienta. Le cuesta casar este hogar tan lleno de paz con la posibilidad de que Asagao sea una especie de asesino siniestro, y no digamos ya el hecho de que el propio Suzuki vaya tras la pista del Empujón y se encuentre ahora mismo investigando a esta familia. Nada de esto parece real.

Da vueltas al tenedor metido en la pasta. Al ver el remolino de fideos, champiñones y salsa que se forma en su plato tiene la sensación de verse arrastrado a un vórtice. Tiene los ojos abiertos, pero es como si hubiera caído de bruces en un sueño.

Ve una escena inquietante.

Coches, montones de coches. Negros, elegantes, que entran en una urbanización a gran velocidad, uno detrás de otro. Se detienen delante de esta casa.

Diez hombres trajeados o tal vez más se bajan de los coches y entran en el jardín. Unos tipos duros y algunos jóvenes con gafas y un aire más intelectual. Los hombres de Terahara. Empleados de Fräulein. Llegan hasta la puerta y entran. Hiyoko está en medio del grupo, dando órdenes. Suzuki ve la mesa del salón, a Kentaro acurrucado debajo.

A su lado está Kojiro en cuclillas, mirando a derecha e izquierda.

—¿Qué está pasando? —pregunta el pequeño a su hermano.

Están asustados los dos, pero no tienen ni idea de lo desesperada que es en realidad la situación. Sumire está en la cocina, blanca como una pared, petrificada. Dos hombres a los que no ha visto en su vida le plantan una pistola en la cara. El asomo fugaz de una sonrisa nerviosa. Entonces se percata de que esta alteración no es una broma ni una comedia, y comienza a temblarle el labio.

Cambio de escena, a otra distinta.

En una luz tenue, un almacén. Los dos niños están atados en el suelo. Sumire está chillando y tirándose del pelo. Están sucediendo unas cosas terribles. Un interrogatorio. Torturas.

—¿Se encuentra bien? —La voz de Asagao trae a Suzuki de regreso.

Se había quedado con un tenedor cargado de pasa enrollada delante de la boca, inmóvil.

—Ha sido como si alguien te hubiera desconectado, amigo mayor —dice Kentaro.

—Me he... perdido en mis pensamientos. —«Solo estaba pensando en algo horrible que os pasaba a todos vosotros», aunque esto se lo guarda para sí.

Ha tenido la sensación de estar teniendo una visión del futuro. El corazón le suena con tanto estrépito como un timbre de alarma.

—¿Qué es perderse en tus pensamientos? —pregunta Kentaro con la boca llena de pasta y masticando de forma que quede a la vista de todo el mundo.

Sumire lanza una mirada a Suzuki, a todas luces preguntándose en qué estará pensando, pero no dice nada. Sigue asemejándose a una estudiante universitaria, con curiosidad al respecto de todas las cosas.

Se termina la pasta y suelta el tenedor. Le parece una lástima dejar toda esa salsa en el plato, pero no tiene ninguna intención de rebañarlo hasta dejarlo limpio.

—Me preguntaba —se aventura Suzuki, que se da la vuelta hacia Asagao. «Ha llegado la hora. Es lo que toca. Como tú siempre decías»—. ¿Cómo se gana usted la vida, señor Asagao?

Intenta no pestañear. Lo está observando para ver si hay alguna vacilación, o si Asagao le responderá siquiera.

—Es ingeniero. —La respuesta procede de Sumire—. Ingeniero de sistemas, ¿no? La verdad es que ni siquiera sé a lo que se refiere con eso, pero es lo que él dice que hace.

—¿En serio?

—No me cuenta nada de lo que pasa en su trabajo.

No hay el menor cambio en la expresión de Asagao. Ni se endurece ni se ablanda.

—Entonces, ¿eso significa que trabaja con programas de ordenador y cosas por el estilo?

—Sí, cosas por el estilo. —La respuesta de Asagao parece vaga a propósito, como si estuviera intentando provocarlo.

Suzuki busca algo que decir a continuación. Ojalá pudiese hacerle una pregunta que tan solo pudiera responder un verdadero ingeniero de sistemas, pero no sabe qué pregunta es esa.

—¿Qué sabe usted sobre la langosta? —La pregunta repentina de Asagao le pilla con la guardia baja.

—¿Cómo? —Suzuki intenta que su cerebro reaccione a la fuerza—. ¿Se refiere al insecto?

Kentaro se incorpora en la silla, con interés. Al mismo tiempo, Kojiro, que parece haberse activado al oír la palabra «insecto», empieza a pasar emocionado las páginas de su álbum.

—A veces te suelta las cosas más extrañas —interviene Sumire, que chasquea la lengua.

—Empiezan siendo saltamontes.

—Los de color verde, ¿no?

—Verdes, sí, pueden serlo —dice Asagao sin levantar mucho la voz—. Pero hay otros que no son verdes.

—¿Los hay?

—Cuando viven juntos en grandes números, sufren una metamorfosis, se convierten en una nube de langosta.

—Viven juntos en grandes números... Se refiere a la densidad de población, ¿verdad?

—Sí. Ese tipo es de un color más oscuro, con las alas más largas. Y son agresivos.

—¿Más oscuro?

Al otro lado de la mesa, Kojiro señala una página abierta de su álbum.

—Mira. —Da unos toquecitos sobre un adhesivo que muestra una langosta de color terroso—. Como este.

—La langosta se comporta de un modo distinto

al del saltamontes. En términos lógicos, cuando hay muchos viviendo juntos en un mismo lugar, hay menos alimento para repartir, así que tienen la necesidad de volar a algún otro sitio, y se convierten en unos insectos voladores más fuertes.

—Tiene sentido. —Los insectos cuentan con todo tipo de mecanismos ingeniosos de supervivencia.

—Pero ¿sabe usted? —Y aquí Asagao hace una pausa por un instante, desliza su plato para apartarlo y apoya el codo en la mesa. Junta las manos y mira fijamente a Suzuki. Tiene unos ojos negros como dos pozos, demasiado oscuros para ver el fondo. Y con eco—. Creo que no son solo los saltamontes.

—¿A qué se refiere?

—Todo animal que viva en una situación de densidad elevada modificará su conducta. Se vuelven más oscuros, impulsivos, agresivos. Antes de que se den cuenta, se han convertido en una nube de langosta.

—Nubes agresivas de langostas, ¿eh?

—Se desplazan en unos grupos enormes y vuelan de aquí para allá devorándolo todo. Se comen incluso a sus propios muertos. Algo distinto por completo del solitario saltamontes de color verde. Y lo mismo sucede con el ser humano.

—¿Y cómo es eso? —Suzuki se ha sentido plenamente identificado, como si aquello llevara escrito su nombre.

—Cuando los seres humanos viven unos encima de otros, empiezan a enloquecer. La gente que vive hacinada, todos metidos en el mismo sitio. El tráfico en hora punta, las multitudes en los lugares turísticos. Lo cierto es que resulta fascinante, cómo funciona.

Suzuki se sorprende asintiendo de forma enérgica, aun sin pretenderlo, y repite las palabras de su viejo profesor:

—En algunos aspectos, los seres humanos tienen más de insectos que de mamíferos.

—Exacto. Tiene usted absolutamente toda la razón.

Qué bien sienta que le digan a uno que tiene absolutamente toda la razón, «aunque es probable que este no sea el mejor momento para preguntar si los pingüinos también son como los insectos».

—Cualquier saltamontes puede volverse oscuro, convertirse en langosta. Entonces puede abrir las alas y marcharse a otro sitio. El ser humano no puede hacer eso, pero sí se vuelve más agresivo.

—¿La gente se comporta siempre así? ¿Como un enjambre?

—Sobre todo en las grandes ciudades. —La mirada de Asagao es penetrante, pero ni mucho menos amenazadora—. Es mucho más difícil llevar una vida pacífica.

Suzuki se imagina un arbolillo fino, silencioso y firme, que se alza entre la muchedumbre. Al mismo tiempo, una fuerte sospecha comienza a emerger en su interior. Tan solo están hablando de la langosta, pero aquello suena cada vez más como si Asagao estuviera confesando ser el Empujón.

El rostro de Asagao muestra una expresión impasible, aunque hay un brillo en lo más profundo de sus ojos.

Suzuki tiene la impresión de que esa mirada lo está poniendo a prueba.

Intenta no tragar saliva. Tiene la tremenda sospecha de que si hace el menor ruido con la garganta, Asagao se descubrirá como el Empujón y saltará sobre él.

—¿Piensa usted que si hubiera menos gente viviríamos de manera más pacífica? —le pregunta.

—Lo más seguro —responde Asagao sin vacilar.

Suzuki pone la directa:

«Y, como quiere usted reducir el número total de personas con tal de ayudar a regresar a la normalidad a esos que se han convertido en una nube de langosta, entonces se dedica a empujar a la gente delante de coches y trenes.» O, al menos, eso es lo que tiene ganas de decirle.

Un momento después, se percata de que tiene a su lado a Kojiro, y el niño tiene su móvil. Lo había dejado sobre la mesa, allí esperando. Ahora, Kojiro está pulsando los botones.

«No», piensa Suzuki, y se lo arrebata. No quiere que se produzca ninguna llamada accidental a Hiyoko. Quizá lo haya hecho de un modo un poquito más agresivo de lo que debía, porque Kojiro se queda con los ojos muy abiertos.

—Este aparato se rompe con mucha facilidad, no lo toques. —Es una excusa penosa, en absoluto convincente.

—De eso nada —dice Kentaro sin rodeos—. Está mintiendo, se le nota en la voz. Es solo que no quiere que toques su teléfono —susurra Kentaro a voces al oído de su hermano pequeño.

Kojiro asiente con la cabeza y regresa con gesto desanimado a su tarjeta postal.

La Ballena

Regresa al parque, lo atraviesa por el centro y se encuentra con que la fuente está soltando agua, tan feliz. El chorro traza una elegante curva en el aire en su descenso hacia el estanque. El impacto en la superficie provoca una ondulación en los reflejos de las zelkovas, y la imagen de las ramas desnudas sobre el estanque se le antoja como una compleja red de vasos sanguíneos que laten con impresionante realismo. De buenas a primeras, se corta el chorro de la fuente.

Con los hombros encogidos en su recorrido hacia la zona donde duerme, la Ballena piensa en su conversación con Kaji una hora antes.

—¿Por qué me iba yo a suicidar? —le había preguntado Kaji al principio, indignado, pero terminó comprendiéndolo en el transcurso de su conversación con él.

La Ballena pensó que tal vez tendría que mencionarle a Kaji a sus tres hijas o, si no, sacar la pistola y amenazar al político con dispararle si no se suicidaba él, pero tampoco llegaron a eso.

Le preguntó si aquel episodio era una trampa, y Kaji lo reconoció de inmediato.

—He contratado a alguien para que venga a eliminarlo —confesó.

Aquello de «eliminarlo» le sonó tan anticuado que la Ballena puso una cara rara. «Hay que conservar las ballenas, no eliminarlas», pensó.

—Se suponía que debía estar aquí esperándonos —se quejó Kaji.

—Lo siento por usted.

Kaji no tardó en abandonar toda resistencia y se sometió con docilidad.

La Ballena podía percibir que, en cierto modo, Kaji sabía que su tiempo en política tocaba a su fin, que se estaba convirtiendo en una reliquia vieja e inútil. Era probable que estuviera buscando una salida. Incluso parecía estar percibiendo la idea romántica de que al quitarse la vida iba a dejar helado al mundo de la política.

—Morir me dará una nueva vida —masculló con entusiasmo allí sentado, frente al escritorio con su pluma y listo para sumergirse en una extensa carta—. Ya estoy viendo las caras de esos periodistas cuando lean esto —dijo y lanzó unas gotas de saliva por los aires.

Al final, la Ballena le preguntó:

—¿Por qué se metió en política?

Llegados a ese punto, Kaji tenía una expresión distante, casi en éxtasis. Bajó la mirada hacia la Ballena.

—Bueno... ¿Y quién no querría entrar en política?

La Ballena asintió una sola vez ante la más que previsible respuesta.

Con la imagen del cuerpo de Kaji en el rabillo del ojo, cómo se iba poniendo rígido, recogió el sobre del escritorio. Iba dirigido «A todos los que dejo atrás», con una letra absurda de puro extravagante. «Qué típico.»

Salió de la habitación, bajó en el ascensor y abandonó el hotel. De camino a la estación de Tokio, pasó por delante de unos grandes almacenes con un cubo de basura en la puerta. Rompió la carta y la tiró allí mismo.

—¿Cómo ha ido?

Alguien le vocea, a su espalda, y él se detiene. Se encuentra justo en medio de todas las tiendas. En una especie de cruce.

Cuando se da la vuelta, ve a un hombre que lleva puesta una gorra de béisbol con la imagen de una lupa. Con gafas, los pómulos hundidos. Es Tanaka. Se apoya en el bastón que lleva en la mano derecha. Debe de tener mal la cadera. Tiene una postura completamente torcida.

—Acabas de volver de hacer un trabajo, ¿verdad?

Otra vez, la Ballena siente una completa confusión. No está seguro de si esto es real o si solo está teniendo visiones. Ahora bien, si esto es una alucinación, no llega con el mareo habitual, y también está el hecho de que este tal Tanaka no es una de las víctimas suicidas de la Ballena en el pasado. O, al menos, que él recuerde.

—¿Un trabajo?

—Tienes cara de alguien que acaba de salir del

trabajo, así que he sacado mis propias conclusiones. ¿Has podido aplacar esos remordimientos de los que hablabas esta mañana?

—No. —El nombre «Empujón» se le ilumina intermitente en la imaginación—. No se trataba de eso.

—Entonces debes de haberte ocupado de alguna otra cosa que te estaba preocupando. Pareces bastante aliviado.

—Kaji.

—¿Kaji? —No está claro si Tanaka sabe a qué se está refiriendo la Ballena—. Bien, pues te sugiero que hagas lo que puedas con tal de ocuparte de lo que sea que esté provocando que te aferres a ese remordimiento. Entonces podrás retirarte. Si continúas por este camino...

—Si continúo por este camino, ¿qué?

—Te convertirás en uno de los muertos.

—¿Como tú?

—¿Qué quieres decir con eso?

—¿Estás vivo?

—¿No lo distingues con solo mirarme?

—¿Tengo pinta de poder hacerlo? —La voz de la Ballena se endurece.

—Terminarás absorbido por tus alucinaciones —dice Tanaka.

—¿Qué?

—Tu vida empezará a formar parte de las alucinaciones que ves. Debes tener cuidado. No serás capaz de distinguir qué es falso y qué es real.

—Ya soy incapaz.

—Hay ciertas señales que uno puede buscar, señales de que se trata de una ilusión. Por ejemplo, si estás en la calle y los semáforos no dejan de parpadear, o si estás subiendo o bajando unas escaleras y te parece que no se acaban nunca. O digamos que estás en la estación y que el tren pasa y sigue pasando durante una eternidad, y entonces piensas: madre mía, este tren es larguísimo...: esa es una señal inequívoca. Todo esto son signos de que estás sufriendo alucinaciones. Los semáforos y los trenes son desencadenantes habituales. Los semáforos son típicos del comienzo de la visión, y los trenes justo antes de salir de ella.

—Suena como si prácticamente cualquiera pudiese acabar viendo cosas que no están ahí.

—Cierto, así es —responde Tanaka con voz desapasionada—. Cambiando de tema, hace poco he leído algo que me ha causado gran impresión: el futuro se desarrolla conforme al plan de Dios.

—¿El futuro? ¿Qué plan?

—Básicamente, que lo que va a suceder se halla fuera del alcance de nuestra capacidad de influencia, todo está ya decidido. Un espantapájaros que habla lo dice en este libro.

—¿Y tú te tomas en serio a un espantapájaros que habla?

—Qué es novela y qué es realidad... La gente ha de existir en la una o en la otra, aunque les resulta imposible distinguir cuál es cuál, pero lo que es más importante aún, ¿qué tienes pensado hacer al respecto de tus remordimientos? —lo presiona Tanaka—. El futuro ya está decidido. Bien podrías dejar que la naturaleza siguiera su curso. Ya has pasado el día trabajando.

Imagino que eso te servirá de catalizador. A partir de este punto, las cosas comenzarán a ir bien, a desenvolverse como el manso fluir de un río.

—Los ríos acaban llegando al mar.

—Al finalizar este trabajo con Kaji, ¿te has tropezado con algo que te haya podido señalar el siguiente paso?

—¿El siguiente paso? —Este sermón de tres al cuarto está irritando a la Ballena, pero no puede ni mucho menos ignorarlo.

—Una pista nueva.

—Pues lo cierto...

La Ballena se mete la mano en el bolsillo del abrigo. Ha tomado nota de un número en el hotel. Es el último número al que ha llamado Kaji cuando estaban juntos en la habitación. Lo más probable es que sea el otro profesional al que ha contratado Kaji, el que se suponía que debía matar a la Ballena. No estaba en absoluto seguro de por qué lo anotaba, pero ya tenía el bolígrafo en la mano antes de que se diera cuenta de lo que estaba haciendo.

—Eso forma parte del plan. —Es como si fuera transparente para Tanaka.

«Ajusta cuentas.»

Era la voz de Tanaka, pero la Ballena no distingue si lo ha dicho en voz alta. «Salda tus cuentas pendientes.» Una vez más, claro está, eso lo podría haber dicho él mismo.

La Cigarra

«¿Y qué le cuento a Iwanishi?»; la Cigarra se devana los sesos. El cuerpo colgado en la habitación del hotel, con la soga al cuello y como si fuera una ilustración de manual de un ahorcamiento, tenía que ser ese tal Kaji.

—Tu objetivo es el tío enorme. El bajito del bigote es el señor Kaji. No vayas a joderla —había insistido Iwanishi.

«Ese no era el tío enorme. Eso fijo. Este tío era bajito, y supongo que ese desastre que tenía sobre el labio era alguna clase de bigote.»

Arranca hacia el metro, pero no le apetece cogerlo aún, así que pasa el rato en los grandes almacenes. Menudo coñazo sería recibir la llamada de Iwanishi preguntándole si está hecho, todo emocionado, así que apaga el móvil.

«La manera más rápida de obtener tu libertad es matar a tus padres.» La Cigarra leyó eso una vez en una novela. Hoy en día, sin embargo, la mejor manera de ser libre es apagar el móvil. «Tan simple que es una estupidez.»

—Todo es culpa tuya. —Puede oír ya los gritos

que le pega Iwanishi—. Esto ha sucedido única y exclusivamente porque has llegado tarde. ¿Cómo nos vamos a presentar delante del cliente después de que hayas pifiado el encargo por haber llegado tarde?

—Sí, pero —la Cigarra se imagina contestando— nuestro cliente, este tal Kaji, fue y se suicidó, así que no hay nadie ante quien presentarse. Cero problemas.

—¿Y qué pasa con nuestros honorarios, el dinero que se suponía que íbamos a recibir por esto? ¿No te sientes responsable ni en lo más mínimo?

—¿Por qué iba yo a ser responsable de eso?

—¡Porque has llegado tarde!

—Bueno, claro, si lo dices de esa manera...

Se toma un café en una cafetería, se pasea por la galería comercial. Pasa el tiempo.

—Eh, Cigarra, mira que encontrarte por aquí...

Recibe un toque en el hombro que le hace dar un respingo. Se da la vuelta. Ante sí tiene a una mujer regordeta que luce algo que no está seguro de si es un bañador o un *body* de lencería.

—Eh, hola, Momo. Oye, ¿no hace un poco de frío para ir con eso puesto?

Se le transparenta todo, los pechos y el resto, pero lo cierto es que no le excita.

—Te he estado buscando. Bueno, yo no; es Iwanishi quien te está buscando. Si estás pasando el rato por aquí, ¿puedo suponer que tenías pensado acercarte a mi tienda?

—Probablemente.

En realidad, ni siquiera era consciente de adónde se dirigía, pero sí parece que sus pasos lo estaban llevando en la dirección de la tienda de Momo. La mayoría de las veces en que se encuentra cerca de la estación de Tokio hace una parada en la tienda de revistas porno de Momo, así que habrá estado caminando hacia allá por mera costumbre.

La Cigarra no sabría decir qué edad tiene Momo. El año pasado, ella dijo que era su año del zodiaco chino, pero eso tampoco aclaraba mucho las cosas: bien podría tener veinticuatro, treinta y seis o cuarenta y ocho años. Al menos estaba seguro de que no tenía doce.

—¿Iwanishi me está buscando? ¿Qué quiere? Porque si quiere algo, debería llamarme y ya está. Quiero decir que tenemos la fortuna de contar con las comodidades de la vida moderna. Tal vez él no lo sepa, pero hoy en día existen unos teléfonos que puedes llevar encima allá donde vayas.

—Venga, hombre. Que tienes apagado el móvil.

—Ah, vaya, pues ahora que lo mencionas...

—Me acaba de llamar. Tío, qué pesado: «La Cigarra está en tu local, que lo sé, no me coge el teléfono, y si lo ves, dile que será mejor que me devuelva las llamadas». Estaba hecho un desastre, como un tío al que la novia no le responde al móvil.

La Cigarra se siente como si acabase de pegarle un mordisco a una chinche apestosa. La noticia es indignante, hasta el punto de que empieza a picarle todo el cuerpo.

—Piensa que soy de su propiedad, y si no puede ponerse en contacto conmigo, se pone de los nervios.

—Pero ¿no eres de su propiedad?

—¿Qué?

Momo le ha dado donde más le duele, y esto lo deja sorprendido.

—Que digo que si le estás tocando las narices.

Momo tiene un aspecto ligeramente irritado. Parece que eso es lo que ella ha estado diciendo desde el principio. «¿La habré oído mal?»

—Tampoco es que haya una ley que te obligue a tener el móvil encendido.

—La gente tiene que poder ponerse en contacto contigo, cielo. El mundo funciona a base de información. Esta ciudad no está hecha de edificios, calles y peatones, sino de información. ¿Te han contado alguna vez esa historia de la liga nacional americana, hace unos veinte años, la del blanco que bateó más de cuatrocientas bolas?

—¿Está en el almanaque de béisbol?

—¿Sabes cómo consiguió batear tantas? Pues lo hizo porque se conocía todas las señas. Tenía a un tipo en la grada con unos prismáticos que se fijaba en todas las señas de los rivales, y después se las marcaba a él.

—¿Y?

—Estoy diciendo que quien tiene la información es quien sobrevive.

—¿Y eso no es hacer trampas?

—En nuestro sector, la información es un arma.

—Nuestro sector. Hay que joderse, Iwanishi lo llama igual. Menuda estupidez. ¿El sector del asesinato de gente?

—Iwanishi no te cae nada bien, ¿eh?

—Le odio. Le odio a muerte.

—En la quietud, el canto de la cigarra penetra en las rocas. Es un haiku de Basho.

—¿Y eso a qué viene ahora?

—Pues que hay una cigarra, por ti, y están las rocas, por el *iwa* de Iwanishi. Digas tú lo que digas, vais de la mano.

—Ya, me parto. Muy bien, ¿qué más te ha dicho Iwanishi?

—Veamos. Quería saber cómo ha ido el trabajo, como es natural, y estaba tratando de averiguar si estabas en mi tienda. Y bueno, sí que es cierto que vienes bastante a verme, aunque nunca compres nada.

—No tengo muy claro qué se supone que significa eso. Vale, pues supongo que llamaré a Iwanishi, entonces. —Exasperado, la Cigarra arranca para marcharse, pero cambia de idea—: Oye, por cierto, ¿has oído algo sobre lo de Terahara?

De inmediato salta a la vista que a Momo le incomoda aquello.

—¿Cómo no iba a oír algo sobre eso? Todo el mundo está en ello.

—¿Qué quieres decir con «todo el mundo»?

—Todo el mundo en nuestro sector, entero.

—Otra vez nuestro sector... Sí que he visto a un par de tipos sospechosos que le estaban dando a alguien una paliza —dice pensando en su pelea de navajeros en el callejón. Los dos perros, Shiba y Tosa—. ¿Quién o qué es el Empujón? He intentado preguntar a esos tíos, y se han puesto muy violentos.

—Sí, bueno, tampoco me sorprende. —Momo levanta un dedo—. Es el tío que se ha cargado al hijo de Terahara, que es lo que ha provocado todo este lío.

—¿En serio hay alguien que se llama «el Empujón»?

—Pues no lo sé de primera mano, con total certeza, pero se supone que mata a la gente dándoles un empujón por la espalda. Casi no hay ninguna información sobre él. Nunca me entero de mucho relacionado con ese tipo.

—¿En serio? —Le asombra descubrir que hay algo que Momo desconoce.

—Alguna cosilla, aquí y allá, pero nunca es nada sólido. Si te soy sincera, pensaba que era solo una leyenda urbana, o un invento que se le había ocurrido a alguien.

—¿Qué quieres decir?

—Pues, mmm... Vale, tenemos a un tipo como tú, a quien se contrata para que mate a alguien, y este tipo la caga en un trabajo, así que va y dice: «Se me ha adelantado el Empujón», o «El Empujón me lo ha impedido». Excusas por el estilo. Le echan todas las culpas a un personaje inventado que se llama «el Empujón». Al menos, así es como me suena a mí todo esto. O se lo oyes decir a alguien cuando le está echando la charla a otro: «Date prisa y termina el trabajo, o se te adelantará el Empujón».

—Te refieres a algo así como que si cuentas una mentira vendrá el rey Enma y te arrancará la lengua, ¿no?

—Sí, justo eso. —Su expresión es de una absoluta seriedad—. Eso es lo poquísimo que sé sobre el

Empujón, a pesar de que yo me entero de tantas cosas.

—¿Sabes algo de la Ballena? —La Cigarra le menciona el nombre del que acaba de oír hablar.

—El tío de los suicidios. Es famoso.

—¿Ah, sí? ¿Famoso?

—Da miedo y es muy grande. Ya sabes, como una ballena. Le vi una vez, de lejos. —Suena como si Momo estuviese hablando de aquella vez que vio una ballena de verdad en el mar.

—¿Y tú crees que al hijo de Terahara se lo ha cargado el Empujón?

—Quién sabe. Hay demasiadas posibilidades. Todo tipo de rumores. Ese chico no sabía comportarse, le tenía tirria todo tipo de gente.

—Sí, eso seguro.

—El hijo de Terahara fue a por el negocio de alguien, que después se la ha querido devolver, ese tipo de historia, eso es todo lo que llega a mis oídos.

—Suena bastante probable.

—Sin embargo, por lo visto, uno de los empleados de Terahara le ha seguido la pista a alguien. —Ahora mismo, Momo está en racha—. ¡Pero se niega a informar y decirles dónde está el Empujón!

—¿En serio? —La Cigarra frunce el ceño—. Pues deberían ir a por ese tío y hacer que lo suelte todo. Trabaja para ellos, ¿no?

—No pueden hacer eso porque tampoco saben dónde está su empleado. Lo único que pueden hacer es llamarle por teléfono. No lo encuentran. ¿Sabes por qué?

—No, ¿por qué?

—Porque Tokio es muuuy grande.

—Guau, qué agudeza —dice la Cigarra con malicia.

—Y hoy en día puedes llevar un teléfono encima.

—Asombroso.

Y aunque le esté tomando el pelo a Momo, no puede evitar ladear la cabeza en un gesto de perplejidad: «¿A qué viene que ese empleado se tome tantas molestias con tal de entorpecerlo todo?».

—Debe de ser el típico al que le encanta rebelarse contra sus superiores.

—Ah, pues yo sé cómo se siente ese tío. —Ese empleado seguramente quiere ganar por la mano a Terahara—. Pero está siendo bastante torpe.

—Desde luego que sí. No hay modo de que salga entero de esta.

—¿Y qué va a hacer Terahara?

—Está recopilando hasta el último detalle de información que puede. Vinieron a verme a mí. Estoy segura de que también le habrán hecho una visita a Iwanishi.

—Qué va, nadie quiere su ayuda. —Y, según está diciendo esto, la Cigarra cae en la cuenta de que esta vez él va un paso por delante de Iwanishi. En la cara se le pone una sonrisa enorme. Siente la expectación, cómo se va hinchando en su interior con un suave latido y hace que le tiemble el vello en la piel, siente cosquillas en la boca del estómago—. Una cosa. ¿Tú crees que me puedo llevar la gloria si descubro dónde está el Empujón?

—¿La gloria? Pero ¿tú de qué década has salido, cielo?

—Todo el mundo está buscando al Empujón, ¿no? Y nadie sabe dónde está. Así que el premio se lo lleva el primero que llegue.

—Mira —continúa Momo—, yo solo he oído que de alguna manera van a llamar a capítulo a ese empleado.

—¿Le van a obligar a presentarse? Pero si él no va a acudir. Desde luego que ese sabe que no se va a librar así como así si le echan el guante. Le van a hacer chillar hasta que hable. Si de verdad estuviera dispuesto a acudir cuando lo llamasen, habría hablado desde el principio.

—Eso cabría pensar —Momo abre los brazos—, pero ya sabes, estoy segura de que nada de esto le parece real a ese tío.

—¿A qué te refieres con que nada de esto parece real?

—Pues a que a ese empleado tampoco es que nadie le esté apuntando a la cabeza con un montón de pistolas. El tío está a lo suyo como todos los días. Quizá esté toda la ciudad como loca tratando de encontrarle, pero él no lo ha asimilado aún. Estoy segura de que sabe que corre peligro, pero no está sintiendo de verdad ese peligro.

—Eso es lo que tú crees que está pasando, ¿no?

—Digamos, por ejemplo —Momo levanta un dedo—, que se avecina un tifón brutal. La gente lo oye en las noticias y dice: ay, salir es peligroso, y se queda en casa. Sin embargo, hoy en día los edificios son mucho más recios que antes, así que la gente tampoco llega a percibir lo que está sucediendo de puertas para afuera. No oyen el viento y quizá ni siquiera vean la lluvia. Encienden la televisión, que les habla sobre todos los daños, y ¿sabes lo que hacen?

—No.

—Se asoman a mirar fuera —dice Momo muy despacio para darle énfasis—. Abren la ventana, o la puerta, y ven lo que está pasando fuera. «¿De verdad está la cosa tan mal?» Quieren saberlo. Cualquiera lo haría. En ese momento, una racha de viento parte una rama de un árbol y se la estampa en las narices. Así que cierran la ventana a cal y canto, convencidos por fin: «¡Ay, qué tifón más terrible!», dicen.

—Ya. —Lo que dice Momo tiene sentido—. Entonces, este empleado de Terahara sabe que corre peligro, pero aun así podría acudir, según tú.

—La gente nunca cree que vaya a sufrir ningún daño, hasta que de verdad les pasa.

—Lástima que una vez que sucede ya sea demasiado tarde.

La Cigarra percibe que comienza a cocerse una idea en sus pensamientos.

—Oye —le dice a Momo—, ¿sabes dónde se supone que le van a interrogar y torturar?

—¿Qué se te ha perdido a ti por allí?

—Voy a pescar a ese empleado.

—No seas estúpido. —Es evidente que Momo no se lo está tomando en serio—. ¿Prefieres que Terahara te esté buscando a ti?

—Voy a sacarle a ese tío dónde está el Empujón. Y después lo encontraré y lo liquidaré yo.

—Pero ¿qué estás diciendo?

—Mientras la gente de Fräulein anda por ahí haciendo el capullo, yo me vengaré por ellos. Terahara no se puede enfadar por algo así.

—Mmm, puede que hasta te lo agradezca.

—¿Verdad que sí? —Se nota a la legua que la Cigarra está encantado consigo mismo—. Y de esa forma se borrará de un plumazo el hecho de que haya llegado tarde al último trabajo.

Momo escucha boquiabierta a la Cigarra, que de repente rebosa confianza.

—Supongo que de verdad estás buscando la gloria.

—¿La gloria? Pero ¿tú de qué década vienes?

Suzuki

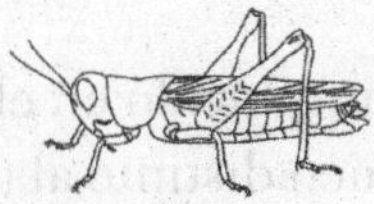

Recogen la mesa. Los movimientos de Sumire son rápidos y eficaces al lavar los platos. Suzuki nota que Asagao no le quita los ojos de encima a él, todo el rato.

—¿Qué tal un café? —pregunta la mujer cuando termina en el fregadero.

Al otro lado de la mesa, Kojiro ha sacado otra postal, y está encorvado sobre ella.

—3, 2, T-s-u-j-i-o-k-a —recita en voz alta la dirección, medio cantándola—. D-i-s-t-r-i-t-o d-e B-u-n-k-y-o.

Es adorable. Debe de ser que quiere enviar más de una. «Así habría sido, seguramente, si hubiéramos tenido hijos», piensa Suzuki, y entonces se imagina a su mujer. Aplastada entre un coche y un poste del teléfono, el cuello doblado en un ángulo imposible.

De inmediato resultó obvio que quien conducía el coche que atropelló a su mujer era alguien peligroso. Suzuki no quedó satisfecho con que lo catalogaran como un típico accidente de tráfico, así que empleó sus ahorros para contratar a un detective privado.

—Señor Suzuki, creo que será mejor que lo deje estar —le dijo el detective después de investigarlo, y aquello tenía más de advertencia que de informe.

—¿Eso es todo? ¿Se supone que debo olvidarme de esto?

—El vehículo implicado en el accidente está relacionado con alguien distinto al titular.

Acto seguido le explicó que el accidente lo había provocado uno de esos coches que robaba el hijo de Terahara para darse una vuelta. El detective no quiso decirle más que eso, pero Suzuki le insistió y por fin consiguió que le revelara lo que sabía sobre Fräulein.

—¿Así que existe todo ese mundo marginal del crimen?

En esa época, Suzuki solo era un profesor que, en su inocencia, se quedaba sorprendido al enterarse de aquello. Terahara, Fräulein, todo esto tenía la pinta de ser una fantasía, y, quizá por lo furioso que estaba, no se le ocurrió tener miedo. Únicamente estaba furioso y asombrado.

—Hay todo tipo de mundos —le dijo el detective—. Por ejemplo, ¿sabe usted cuántos tipos de insectos hay?

«Supongo que por aquel entonces también estábamos hablando de insectos», recuerda Suzuki ahora.

—Hay un millón de especies. Un millón. Y más que se descubren todos los días. Hay quien dice que, si contamos las especies que no hemos descubierto aún, podría haber no menos de diez millones.

—Más de diez veces las que conocemos ahora —respondió Suzuki de forma vaga.

—Lo mismo sucede con todos los mundos que normalmente no alcanzamos a ver.

—¿Perdido en sus pensamientos? —Asagao observa el rostro de Suzuki.

—¿Tanto le preocupa si le vamos a contratar o no? —le dice Sumire, que suena empática.

—Ah, no. No es eso. —Y Suzuki les cuenta entonces con honestidad—: Solo estaba pensando en mi mujer.

—¿Está casado, señor Suzuki? —Sumire se inclina hacia delante con un aire travieso, exactamente igual que haría una estudiante universitaria al enterarse de un cotilleo sobre la vida amorosa de alguien; su mirada se detiene en el anillo de Suzuki, y se le ensancha la sonrisa.

—Sí... —Suzuki lo deja ahí, a medias, y le da vueltas al anillo en el dedo.

Le queda holgado y le da la sensación de que se le podría caer de buenas a primeras.

—¿Cómo se conocieron, cómo se conocieron? —Sumire está claramente interesada.

—En un bufé libre.

Conoció a su mujer en una ocasión en que viajó solo a Hiroshima, cinco años atrás. Se hospedaba en un hotel un tanto elegante a un breve paseo en trolebús desde el centro de la ciudad.

El desayuno se servía en el restaurante de la última planta, estilo bufé. Había una mujer que tenía en la mano un plato cargado de comida. La mujer con la que se casaría. Se encontraba delante de él en la fila del bufé.

Una tortilla francesa, *karaage* de pollo, ensalada de judías verdes con sésamo, fritura de pescado blanco, salchichas...: llevaba el plato hasta arriba con todo un festín, una mezcolanza de comida japonesa y occidental, sin ninguna muestra de coherencia ni de planificación. Le dejó impresionado que no se le cayese nada. Resultaba tan fascinante que se le olvidó servirse su propio desayuno.

En algún momento ella debió de sentir que él no le quitaba ojo, porque le fulminó con una expresión en la cara como si dijera: «¿Qué, algún problema?».

Cuando ella dejó su plato en una mesa, Suzuki vio que regresaba de inmediato a la fila, esta vez para coger un cuenco de curry y llenarse un plato de pastelitos, entre otras cosas.

Despertó el interés de Suzuki, aunque no hasta el punto de sentirse en condiciones de solicitarle una explicación sobre su desayuno, pero lo que sí hizo fue sentarse a la mesa de al lado. Decidió que, con toda cortesía, iba a señalarle su plato y decirle: «Es impresionante», igual que podría decirle un «eso tiene pinta de ser serio» a alguien que luciese un vendaje en la cabeza.

No pareció molestarla.

—Bueno —empezó ella—, diría que estoy en una competición de uno contra uno, imagino.

—Una competición... ¿de uno contra uno?

—No estoy tratando simplemente de ver cuánto soy capaz de comer ni ninguna otra estupidez semejante.

—Tampoco creo que eso sea tan estúpido.

—Cuando me planto delante de cada comida, pregunto: ¿quiero comer de esto?

—Preguntas, ¿a quién?

—A mí misma, obviamente. Entonces, si la respuesta es que sí, me lo sirvo en el plato. Eso es todo. Solo soy yo contra mí misma. En realidad, la cantidad de comida que termina en mi plato no tiene nada que ver.

—Mmm, pues yo diría que sí que tiene mucho que ver, pero, oye, que cada cual es cada cual.

—¿Y la comida que has elegido tú? Penosa, si quieres que te dé mi opinión. —Señaló hacia la mesa de Suzuki.

Él solo tenía dos platos: uno con un panecillo y otro con un poco de yogur.

—Si eso es todo lo que vas a desayunar, ya te podrías haber quedado en alguno de esos hoteles de negocios. No te tomas en serio el bufé.

—Nunca desayuno demasiado.

—Tú te lo pierdes. —En sus ojos había una mirada casi acusatoria, como si tuviera delante a un criminal—. Cuando tienes tantas opciones donde elegir como aquí, no te puedes contener, tienes que comer y comer. Es lo que toca.

«Es lo que toca.» Ahora que Suzuki lo piensa, su mujer ya lo dijo en su primer encuentro.

Cuando él ya estaba listo para levantarse de la mesa y marcharse, ella estaba pálida y se agarraba la barriga. Su plato continuaba más que medio lleno, con el aspecto de una montaña a la que le hubieran arrancado un pedazo.

—Oye, ¿quieres probar algo de esto? —le preguntó ella, y su voz había perdido toda su ampulosidad.

—¿Reevaluando tus elecciones?

—Pensaba que competía contra mí misma, pero resulta que era contra toda una multitud. Me he visto superada en número.

—Supongo que sí.

—Tengo la sensación de que, si fuese capaz de comerme todo esto, entonces sería capaz de comerme cualquier cosa terrible que la vida me pusiese delante.

—La digestión de los alimentos y digerir los problemas de la vida son cosas un pelín distintas.

Comenzaron a salir un mes después de aquello, y transcurrido un año y medio ya estaban casados. Fueron a España de luna de miel, y ella hizo exactamente lo mismo entonces, en el bufé del desayuno.

—Estoy inmersa en una competición de uno contra uno.

—¿En un bufé? ¿Como en los hoteles, quiere decir, para el desayuno?

—Sí, exacto. En el bufé del restaurante de un hotel.

—¿Le tiró los tejos a su mujer mientras ella se servía la comida?

—Yo no diría que le tiré los tejos.

—Si consigue hoy el trabajo, seguro que su mujer estará orgullosa de usted.

Sumire es bastante directa, no le preocupa realmente la posibilidad de tocar algún tema sensible, pero a Suzuki no le molesta. Se sentiría fatal si reventara su emoción contándole que su mujer estaba muerta.

Es entonces cuando suena el teléfono. Se le encoge el estómago.

—Disculpen, tengo una llamada. —Se saca el móvil del bolsillo y se levanta—. Seguro que me llevo algún grito por estar disfrutando de la pasta y me dicen que vuelva ya. —Intenta parecer despreocupado.

Camina hacia la entrada y se lleva el aparato a la oreja.

—Ven conmigo. Ya. —La voz de Hiyoko suena cortante.

—Suenas igual que si estuvieras solicitando la presencia de tu amante.

—Si te sientes con la suficiente confianza como para ponerte a hacer bromas, te sugiero que vuelvas aquí ahora mismo. ¿Has averiguado algo? ¿Ese hombre es el Empujón? ¿Cuántas veces más voy a tener que preguntarte esto? Da igual. Vuelve aquí y me cuentas dónde está.

—Todavía no. —Lo único que puede hacer es retrasar las cosas.

—No sé qué crees que estás haciendo, pero no dispones de un tiempo ilimitado. Llegados a este punto, podemos asumir por las buenas que ese hombre es el Empujón. Ya sabes que nosotros no somos la policía, ni un tribunal de justicia. Si sospechamos de alguien, lo castigamos. Si existe la posibilidad de que alguien sea culpable, entonces es culpable. Así que vuelve aquí, ya, y podrás contarnos lo que has averiguado hasta ahora.

—Si lo hago, me sacaréis una confesión a la fuerza.

—¿Crees que nos íbamos a poner violentos contigo?

—¿Acaso me equivoco? —Suzuki se muestra incrédulo.

—Por supuesto que no lo haríamos. Con eso no obtendríamos ningún beneficio.

—¿Y esos dos chicos? ¿Se encuentran bien?

—¿De quién me hablas ahora?

«De quién me hablas.»

—Los dos a los que drogaste ayer. El chico y la chica a los que metimos en el asiento de atrás del coche. —«Ese chaval que se parecía a mi alumno.»

—Ah, esos. Claro que están bien, perfectamente.

—Eso no suena muy sincero, que digamos.

—Es verdad, te lo prometo. Los tenemos retenidos en la oficina.

—¿Retenidos?

—Vigilándolos. No están encadenados, ni nada por el estilo. Se les ve un poco idos, puede que por las drogas, pero están vivos, en la oficina. Además, resulta que se les da muy bien cumplir órdenes. Tal vez los contratemos. Parecen interesados.

—Esto es ridículo.

—¿Por qué no nos vemos y lo hablamos? Oye, ¿dónde me has dicho que estabas?

—Eeeh... —Hiyoko ha deslizado la pregunta con tal naturalidad que Suzuki está a punto de responder—. No puedo decirte dónde estoy.

—No has picado, ¿eh? —Hiyoko se ríe—. Vale,

te doy una hora. Preséntate en la estación de Shinagawa a las cuatro. Al lado del antiguo hotel. Yo te recojo. Iremos a la oficina, y me podrás contar qué has averiguado.

Hiyoko le proporciona la dirección exacta.

—Preferiría no esperarte ahí. —No le cuesta nada imaginarse allí plantado esperando y que de repente lo metan a la fuerza en un coche.

—¿Tienes algún problema con el sitio? Bueno, ¿y dónde nos vemos, entonces?

—No, el sitio está bien, es que...

—Como llegues un solo minuto tarde, lo lamentarás. Yo podría perdonártelo, pero Terahara perderá la cabeza. Es posible que mate a otro en tu lugar.

—¿A quién?

—Pues a alguien que se llame como tú, por ejemplo. Tal vez a unos cuantos.

—Hay mucha gente que se apellida Suzuki.

—Razón de más.

—Venga ya. —Le dan ganas de tomárselo a broma, pero no es capaz de reírse: sí que parece algo que haría esta gente.

Se descubre mirando la hora en su reloj, y eso le sorprende.

«¿De verdad voy a ir a su encuentro?»

«¿Aunque lo más probable es que sea una trampa?»

«Aunque, bueno, seguro que no llegan tan lejos conmigo. No merezco la pena.» La sensación arraiga. Al notar sus vacilaciones, Hiyoko insiste:

—Por cierto... Ay, pero esto no será de gran interés para ti, seguramente.

—Entonces no me lo cuentes.

—El idiota del hijo aún respira.

—¿Qué?

—Ese tontaina del hijo de Terahara. Supongo que mala hierba nunca muere. Lo han apañado en el hospital y ha recobrado la consciencia.

—Ni de broma. Eso no es posible de ninguna de las maneras.

—Ya te lo contaré cuando nos veamos. ¿No? ¿No despierta eso tu interés? Todavía no te has vengado por lo de tu mujer, y esto significa que aún tienes una oportunidad. No querrás dejarla pasar, ¿verdad que no?

—No es posible que haya sobrevivido a eso.

—Seguro que te lo estarás preguntando. Vuelve.

—Es que no es posible. Es que...

—El muy idiota recibe un tratamiento especial por parte de su padre, de los políticos —prosigue Hiyoko—, pero, para nuestro regocijo, parece que también recibe un trato especial por parte de Dios.

La Ballena

Se baja del tren y se encamina directo hacia la ribera del río, aunque no será ese su destino: tan solo es la ruta más corta hacia donde se dirige. Las rachas de viento entran de costado y le abofetean en la cara. Eleva la mirada y ve un pájaro que vuela en lo alto con las alas como dedos bien abiertos. No distingue si es una cometa o un cernícalo. Sería capaz, si pudiese oír sus chillidos, pero pía justo cuando sopla el viento, y no puede oírlo con claridad: ¿es un *pi-jioro-jioro* o un *qui-qui*?

Son las cuatro de la tarde. El sol no se ha puesto aún, pero está bajo en el cielo, suspendido justo sobre el anillo de edificios que alcanza a ver a la izquierda, en la distancia.

Entonces se percata: el río se está balanceando. Su curso serpenteante se está deformando hacia él y todo apunta a que se va a desbordar por las orillas. A sus pies, el suelo se abomba, y el escenario entero comienza a temblar. Entonces llega el habitual vértigo.

—¿Por qué has llamado a Iwanishi? —pregunta una voz.

Se da la vuelta, irritado, preguntándose quién

será esta vez el fantasma, pero no ve a nadie. Niega con la cabeza. Sigue sin haber nadie.

—En serio, ¿tanta falta te hacía saber a quién había contratado ese político? —prosigue la voz.

Sigue sin haber nadie.

«Así que, ahora, estos fantasmas ni siquiera se muestran.» La Ballena vuelve a alzar la mirada. El pájaro sigue volando, aunque, en realidad, es más bien flotar lo que hace. «¿Es esa cosa lo que me está hablando? O sea, que no distingo si es una cometa o un cernícalo, ¿pero sí puedo oírlo hablar?»

—¿Por qué te has empeñado tanto en llamarlo? —insiste—. No me digas que te has creído una sola palabra de lo que te ha dicho ese tal Tanaka.

No hay absolutamente nadie más a su alrededor. Tampoco se oye el ruido de ningún coche. No está seguro de si se trata solo de una coincidencia o si se debe a que se encuentra sumido en una de sus alucinaciones.

Treinta minutos antes, la Ballena había llamado al número que tenía anotado, el mismo con el que Kaji estaba tratando de contactar.

El pájaro que vuela en círculos habla de nuevo.

—Este Iwanishi te ha dicho sin más dónde está su apartamento. ¿No te parece raro?

—Estaba muy nervioso. —Se percata de que está conversando con un pájaro—. Quizá no sea lo suyo lo de pensar las cosas con calma. El típico que dice las cosas para salir del aprieto en cada momento.

Recuerda la conversación telefónica con Iwanishi. El hombre había cogido el teléfono antes de que sonara una sola vez y se había puesto a hablar sin más, con una voz estridente.

—¿Cigarra? ¿Por qué tenías el móvil apagado?

—¿Cigarra?

—Ah, vale, que no eres él. Perdona. ¿Quién eres?

«¿Eres tú a quien ha contratado Kaji?», se planteó decir la Ballena. «¿Eres tú quien tenía que matarme? Si es así, ¿dónde estás y qué estás haciendo? ¿Por qué no has venido al hotel? Kaji está muerto. No has cumplido tu encargo. ¿Cómo puedes estar como si nada?»

Entonces cae en la cuenta de que es posible que esta persona no fuera la que debía ejecutar materialmente el trabajo. No ha detectado en su voz ningún rastro de esa gravedad y cautela tan particulares que tienen los asesinos. Podría ser un administrativo o un gestor. Así, la Ballena le respondió:

—Tu hombre está en el suelo. Inconsciente. En el hotel.

Se lo estaba inventando, en busca de una oportunidad. No estaba en el hotel, ni había nadie inconsciente.

—¿La Cigarra? —respondió de manera refleja, hecha un manojo de nervios, la voz al otro lado de la línea—. ¿Quién está en el suelo? ¿La Cigarra?

—Sí. La Cigarra. —La Ballena le siguió el juego.

—¿Qué cojones ha hecho ese cretino? Llevo intentando hablar con él desde yo qué sé cuándo. No me lo puedo creer. Oye, ¿dónde estás ahora mismo?

—Dime dónde estás tú, y yo te lo llevo —le dijo la Ballena con tono suave.

—Ponme a la Cigarra.

—Te lo he dicho, está inconsciente. —La única

respuesta que podía darle—. ¿Prefieres que me lo lleve al hospital? ¿O a la policía?

Imaginó que el hombre no iba a querer ninguna de las dos cosas, y acertó.

—No, no. No hace falta llegar a esos extremos. Tráelo aquí y ya está.

—¿Dónde es «aquí»?

—¿Quién eres tú?

—Trabajo para Kaji.

Era una mentira razonable. La Ballena supuso que mencionar el nombre de su cliente serviría para que el otro bajase la guardia.

—Oh, ah, ya veo. Para el señor Kaji, ¿verdad?

Aquello le debió de cuadrar, una explicación de por qué la Ballena tenía su número. Le dio la dirección de su edificio de apartamentos. La Ballena lo memorizó y pensó que la naturaleza tan confiada de aquel tipo era algo verdaderamente fuera de lo común.

—Basta con que lo deje en el portal, ¿no? —dijo la Ballena con voz de hastío.

El hombre mordió el anzuelo.

—Mejor súbelo a mi casa. Número 603. Me llamo Iwanishi.

—Ahora mismo voy para allá.

La Ballena estaba a punto de colgar cuando Iwanishi añadió algo:

—Oye, espera. ¿Ha hecho el trabajo la Cigarra? Lo que el señor Kaji quería que se hiciese.

—Lo ha hecho. —Otra mentira—. Enseguida nos vemos.

Cortó la llamada. Pensando en la hora y el lugar, calculó que sería más rápido coger un tren que ir en taxi, con todo el tráfico que había. Entró directamente en la estación de Japan Railways que tenía delante y accedió al andén en el momento preciso en que llegaba su tren.

—Es increíble lo negligente que ha sido ese hombre al teléfono —dice el pájaro, que ya no parece una cometa ni un cernícalo, sino tan solo una silueta difusa.

—Ese tal la Cigarra debe de ser el que hace realmente los trabajos.

—¿Qué tienes pensado hacer cuando vayas a ver a Iwanishi?

—Mantener una conversación.

Según lo dice, la Ballena se lo piensa. «¿Es cierto eso? ¿Estoy yendo para allá tan solo para conversar?»

—Sabes que no es solo para conversar. —El pájaro vuela en círculos en las alturas, en contraste con el cielo de fondo—. Cuando hable contigo, ese tal Iwanishi morirá. Tú eres el especialista en suicidios. Ese tío acabará muerto. Tu plan es que él se suicide. ¿Verdad? Pero deja que te pregunte... ¿por qué?

—Porque estoy harto de esto. De todo esto. Quiero hacer borrón y cuenta nueva. Quiero despejar absolutamente todo lo que me rodea. Estoy saldando mis cuentas pendientes.

—En palabras de Tanaka —dice el pájaro en tono burlón—. Estás haciendo justo lo que él te ha dicho que hagas.

Percibe un resplandor en su cabeza. Cierra con

fuerza los ojos y acto seguido los vuelve a abrir. El panorama parece más vívido. No hay ningún pájaro en lo alto. Localiza un cuervo sobre un poste del teléfono hacia la derecha, pero quizá lleve ahí desde el principio.

Desde un poco más allá, siguiendo por el terraplén, llega el sonido de unas voces alegres. Mira y ve una pista de tenis vallada, cuatro personas que van vestidas para un tiempo mucho más cálido y juegan un partido de dobles, soltando raquetazos a diestro y siniestro.

«Parece que he vuelto a la realidad —piensa él, pero al instante hace un gesto negativo con la cabeza—. Esto también podría ser una alucinación. ¿Quién lo sabe con certeza? Yo no.»

Podría continuar en el mundo de los espectros y los fantasmas. Desconectado siquiera de un mínimo fragmento de la realidad. No era algo imposible. Lo que más le inquieta es el hecho de que, si se encontrara aún en ese otro reino, tampoco le importaría.

Es fácil localizar el edificio de apartamentos. Nueve plantas, de un gris apagado, con un aura de humedad mohosa por mucho que haya dejado de llover.

Cruza el umbral, entra en el ascensor y pulsa el botón del sexto piso. ¿De verdad le ha creído Iwanishi a pies juntillas? ¿Estará allí esperando obedientemente? La Ballena tiene serias dudas. Bien podría ser que Iwanishi esté agazapado en el 603 con un arma en ristre.

«Tampoco pasaría nada.» La Ballena está convencido de ello. No hace falta ninguna clase de planificación ni de anticipación para despejar todas estas complicaciones. No necesita de ningún plan enrevesado para saldar sus cuentas pendientes.

Plantado ante la puerta del 603, toca el timbre sin vacilaciones. Nadie responde. Prueba otra vez. Sigue sin oírse nada.

«Así que al final era una trampa», piensa, pero la retirada no se le pasa por la cabeza. Lleva la mano al picaporte. Lo gira muy despacio, tira de la puerta. No está cerrada con llave. Se adentra en el vestíbulo. Se oye una voz procedente del interior del apartamento.

—Te ha llevado tu tiempo. —Unos pasos se acercan—. Ya sabes, quien no pierde la noción del tiempo no pierde la noción de sí mismo.

La Ballena sabe que este hombre no sospecha nada en el preciso instante en que oye el tono de su voz. No está agazapado con el arma en ristre, ni ha pedido refuerzos. Cree de corazón que uno de los subordinados de Kaji le trae a la Cigarra.

Aparece un hombre enjuto por la puerta del final del pasillo. Lleva gafas, pero no tiene un aire intelectual. Tiene mala cara, la mandíbula afilada.

—Sí, has tardado un rato. ¿Y dónde está la Cigarra? Lo has traído, ¿no? Lo único que hace es causar problemas, joder. No se ha puesto en contacto ni una sola vez, y no tenía ni idea de lo que estaba pasando. Y tampoco he sabido nada del señor Kaji. —Va soltando una ventolera de palabras mientras camina—. ¡Eh, tío, qué cojones pasa contigo! ¿Has entrado en mi casa con los zapatos puestos?

—¿Eres Iwanishi? —La Ballena comienza a acortar la distancia.

—Oye, espera, ¿qué pasa aquí? —Iwanishi retrocede un paso, después otro—. No me has dicho cómo te llamas, no has dicho ni hola ni nada por el estilo. ¿No tienes modales, o qué? Cortesía, tío. ¿No te lo han enseñado nunca? Pues la cortesía es la clave para llevar una vida que merezca la pena vivir... ¿Sabes quién dijo eso? Qué más da... Entonces, ¿la Cigarra ha hecho el trabajo, o qué? ¿Ha liquidado a ese tío enorme? —Va lanzando salivazos a derecha e izquierda conforme habla, hasta que, de repente, se queda petrificado y boquiabierto.

Se está dando cuenta de que este hombre que se le viene encima es el tío enorme.

—Eres tú —murmura.

Es como si se le viniera abajo todo el cuerpo. Ahora está a cuatro patas, regresando a gatas hacia el salón principal.

La Ballena lo sigue. Pone el pie en la habitación, y sus zapatos dejan un rastro de tierra en el suelo de madera. Hay un sofá negro a la izquierda y un escritorio de metal justo enfrente.

Iwanishi está rodeando el lateral del escritorio, buscando a ciegas un cajón.

La Ballena avanza en silencio. Planta bien el pie izquierdo y lanza una patada salvaje con la derecha en el momento justo en que la mano de Iwanishi se mete en el cajón. Iwanishi rueda de espaldas. La pistola que ha cogido cae al suelo con un ruido metálico.

La Ballena hace caso omiso del arma, se sitúa sobre Iwanishi, se inclina muy ligeramente y dispara la mano para agarrar al hombre por la mandíbula.

Iwanishi suelta un lloriqueo de dolor, de manera que la Ballena aprieta con más fuerza y le espachurra las mejillas como quien tritura una manzana con la mano hasta que Iwanishi guarda silencio. Lo levanta en el aire, y los pies le cuelgan en un débil pataleo.

Se le deben de haber clavado los dientes en el interior de los carrillos, porque le sale por la boca una mezcla de sangre y babas, un burbujeo en los labios que gotea al suelo como si tuviera la boca llena de fresas y las estuviera masticando todas a la vez.

La Ballena baja el brazo y lo suelta. Iwanishi se va al suelo, se toquetea la mejilla, ve la sangre en los dedos y gimotea:

—Pero ¿qué cojones crees que estás haciendo, gilipollas?

Sin decir nada, la Ballena estudia la habitación. Busca algo que pueda servir para un ahorcamiento, pero no encuentra nada. Considera la posibilidad de ir al cuarto de baño a buscar una toalla, pero ve que no hay ninguna viga ni rejilla de ventilación de la que pueda colgar a este hombre. Examina la ventana. Es lo bastante ancha como para que quepa una persona.

—Pues será un salto —murmura la Ballena, que baja la mirada a un Iwanishi que poco a poco se va poniendo de rodillas.

—¿Qué problema tienes tú conmigo?

—Kaji te contrató. Estabas intentando matarme.

—¿Y eso está mal? Cuando recibo un encargo, me ocupo de que se realice el trabajo. —Parece que Iwanishi se ha olvidado de su diferencia de tamaño, de su impresionante desventaja en fuerza física—. Tampoco es que tú seas mucho más respetable. Tú haces lo mismo.

—¿Lo mismo?

—¡Matas a gente!

—Te equivocas. —La Ballena se sorprende por la firmeza con la que ha corregido a Iwanishi—. La gente que tiene un encuentro conmigo acaba suicidándose, eso es todo.

—¿Tú eres el tío de los suicidios? —El rostro de Iwanishi se queda paralizado.

—¿Has oído hablar de mí?

—¡Por supuesto que he oído hablar de ti! Así que tú eres la Ballena. Ya te digo si eres grande.

—¿Pensabas que una ballena sería pequeña?

En ese instante, Iwanishi por fin junta todas las piezas del motivo por el que la Ballena viene a hacerle una visita a su casa y le está bloqueando cualquier vía de escape.

—Espera, espera, espera. ¿Yo? ¿Estás aquí por mí?

—Aquí no hay nadie más.

—Espera, lo digo en serio, ¿por qué quieres que me suicide? ¿Tanto te ha escocido que aceptara el encargo de Kaji?

—No.

—Entonces, ¿por qué?

—Estoy saldando mis cuentas pendientes. Todas ellas.

—¿Qué coño se supone que significa eso? —Iwanishi pestañea varias veces—. ¿Qué le ha pasado a la Cigarra? Supongo que a él también te lo has cargado, ¿eh?

La Ballena se acerca y extiende ambas manos para agarrar a Iwanishi por los hombros. Clava en él la mirada y dice en voz baja:

—¿Listo para saltar?

Los ojos de Iwanishi parecen desorbitarse y le tiemblan ligeramente. Es como si las pupilas se le fundieran con el blanco de alrededor. Se le relajan las arrugas de la frente y las comisuras de los labios. «Como todo el mundo», piensa la Ballena. Siempre que alguien está a punto de suicidarse, adopta una expresión de profunda quietud, como si hubiera superado todas las dudas o temores. Casi de serenidad. Como si estuviera soñando. Conforme.

«Es como si todos hubieran estado deseando morir.»

Tal vez protestaran, chillaran, se mearan encima o tratasen de huir, quizá hincasen las uñas en la soga que se les clavaba en el cuello, pero al final todos parecían felices de que su vida llegara a su fin.

—Está justo ahí detrás. —La Ballena señala con un gesto de la barbilla por encima del hombro de Iwanishi.

Iwanishi se da la vuelta, y en sus ojos hay una mezcla de éxtasis y vaciedad.

—Tu última mirada al mundo.

Iwanishi da un paso hacia la ventana, como si tirara de él.

La Ballena le observa, convencido de que no tendrá que hacer nada más. Iwanishi va a saltar.

Entonces siente la oleada de un mareo. «Ahora no.» Apenas chasquea la lengua en un gesto de exasperación cuando nota una presión brutal en la cabeza, como si alguien le estuviera estrujando el cerebro hasta hacérselo gelatina.

El dolor remite. Parpadea varias veces. Como era de esperar, ya no ve a Iwanishi delante de él. En su lugar, de pie un poco a la derecha, hay una mujer de mediana edad.

—Debes de estar muy molesto por que haya aparecido ahora, precisamente ahora —dice con un regocijo travieso que se refleja en las mejillas regordetas y en la papada de su rostro fantasmal.

La Ballena no dice nada y hace ostensible su intención de no cruzar una mirada con ella. «Nada de esto es real —se recuerda—. Tengo a Iwanishi delante. No puedo verle, pero sé que está ahí.»

—Así que tienes pensado obligar a suicidarse a este pobre hombre de las gafas —dice la mujer sin rodeos, señalando hacia el lugar donde se halla Iwanishi—. Vas a obligarle a saltar, igual que me hiciste a mí, ¿verdad?

La Ballena entorna los párpados y hace cuanto está en su mano por tratar de ver a Iwanishi, pero ahí no hay nada. Sigue atascado en su alucinación.

—Aunque una cosa sí te digo —continúa la mujer, que habla del tirón, tal y como haría seguramente cuando estaba viva—. Este hombre te ha mirado a los ojos y está actuando como si se fuera a suicidar, pero no es más que teatro.

—¿Qué? —responde la Ballena en contra de su voluntad, y se vuelve para mirar al fantasma de la mujer del político.

—Este hombre es listo. Solo está haciendo teatrillo. Te está engañando.

Despacio, la Ballena vuelve a mirar al frente. Lo único que ve es la ventana. Más allá de esas cortinas tan deprimentes de encaje se ve el sol poniente. Las luces en los edificios de diferentes alturas, la hiedra que trepa por los postes del teléfono, los jirones de las nubes desperdigadas. Puede ver todo esto con suma claridad, pero no a Iwanishi.

—Tú baja la guardia, y este tío cogerá esa pistola del suelo y te matará a tiros, aunque tal vez sea para bien. Al fin y al cabo, la gente quiere morir, ¿no es eso? Tú no eres una excepción.

Cuando la mujer le dice esto, la Ballena percibe una sensación desconocida para él que le va ascendiendo por el cuerpo desde los pies, como cuando mana la sangre de una vieja herida. «¿Qué es esto?», se pregunta al sentir que se le pone el vello de punta. Un instante después se percata.

Es el miedo.

El miedo se ha apoderado de él.

Abre mucho los ojos. Sigue sin haber rastro de Iwanishi. «¿Dónde está el mundo real?» Sus ojos se mueven a toda velocidad a izquierda y derecha buscando la realidad.

Suena un teléfono.

Un trino electrónico agudo. Su cuerpo permanece petrificado durante el primer y largo timbrazo. Con el segundo siente una leve sacudida, como un *pop* en la cabeza. La sacude con fuerza y parpadea varias veces.

La habitación se vuelve más luminosa. La señora cotorra se ha ido, sustituida por la repentina imagen de Iwanishi.

Antes lo tenía justo delante, mirando por la ventana, pero en algún momento se ha desplazado hacia la derecha. Está en el suelo a cuatro patas, alargando el brazo para coger algo.

Allí mismo está la pistola, en el suelo, justo al lado de los dedos estirados de Iwanishi. La Ballena arranca también a por ella. A su espalda, el teléfono del escritorio continúa sonando, monótono y estridente. Levanta la pierna derecha y le suelta una patada en la cara a Iwanishi, que cae al suelo, se estampa contra la papelera y desperdiga trozos de papel y envases de ramen instantáneo.

La Ballena se hace con la pistola.

—No te muevas.

Parece que el teléfono no tiene intención de dejar de sonar.

—Te has descubierto, memo.

—¿Descubierto?

—Al quedarte ahí de pie, mascullando para ti. ¿Estás loco, o qué? —Los ojos de Iwanishi son el reflejo de su difícil situación, pero su rostro luce una sonrisa forzada—. Pues vaya con el tío de los suicidios.

La Ballena apunta con el arma sin decir nada. Libera el seguro. Lleva su propia pistola en el bolsillo de la chaqueta, pero no está cargada. Es solo para asustar a la gente y hacer que se suicide.

—Ya, el tío de los suicidios. Pues tampoco eres para tanto —se carcajea Iwanishi—. Seguro que la Cigarra ni siquiera está muerto. Dudo mucho que alguien como tú pudiera acabar con él.

El teléfono sigue sonando.

—¿Te importa que lo coja? —Iwanishi tiene ambas manos en alto en un gesto de rendición.

—¿Por qué piensas que te lo iba a permitir?

—Venga, hombre, ¿no se me concede una llamada antes de morir? —No parece que Iwanishi esté hablando realmente en serio, sino más bien haciendo lo que él cree que es una gracia.

Sin apartar el arma, la Ballena dice:

—Haz lo que quieras. —No es una muestra de compasión. La vida de Iwanishi se ha terminado sí o sí—. Coge tu llamada. Después saltas.

—¿Tengo que saltar, entonces? —Los labios de Iwanishi se curvan en una sonrisa compungida. Luego habla en voz muy baja, y no está claro si se dirige a la Ballena o si habla para sí—: Tal y como dice Crispin: «Si quieres escapar de esta vida, tendrás que saltar por la ventana».

La Ballena está a punto de preguntarle quién diría semejante estupidez, justo cuando Iwanishi coge el teléfono.

La Cigarra

—¿Adónde se van a llevar a ese empleado? —pregunta la Cigarra, que tiene a Momo sujeta por los hombros y la está zarandeando.

—Te he dicho que te lo iba a contar, no hace falta que te pongas tan brusco —le dice ella como si estuviese calmando a un crío—. Y, como cabría esperar, un asunto sucio requiere de un escenario sucio.

Saca un cuaderno de notas y va dibujando un plano sencillo mientras le habla sobre un edificio que se encuentra a quince minutos de coche de la estación de Shinagawa.

—Antes era una fábrica de coches, pero la cerraron hace tiempo ya, y no han vuelto a abrir nada en ese sitio. Está en medio de un bosque grande de cedros, que no se ve muy a menudo en Tokio. Y ya sabes, imagino que nadie quería lidiar con la fiebre del heno.

—El polen ha echado a la gente de allí, ¿eh?

—Todas las construcciones que hay por la zona son talleres y edificios viejos, y uno de ellos pertenece a la organización de Terahara. Tiene una pinta tan sospechosa cuando lo ves que me tuve que echar a reír. Las paredes blancas están sucias hasta arriba de hollín, o sea, negras, y también tiene todas las ventanas rotas.

—¿Has estado allí?

—Por trabajo.

—¿Repartiendo revistas porno?

—Sí, eso también, pero ya sabes tú que también tengo mis temas secundarios aparte, cielo.

—Nunca he tenido muy claro cuál de tus temas es el secundario.

—Pues eso, que he hecho algún trabajo allí subcontratada por la compañía de Terahara.

—¿En serio, subcontratada?

—Las grandes empresas siempre sacan trabajo fuera. ¿Cómo es la palabra que usan en inglés, *outsourcing*? Pues eso hice yo. Llamar a números de la guía telefónica al azar, y cuando lo cogía una persona mayor, la amenazábamos. Vamos a hacerle daño a su nieto, ese tipo de cosas. Si no quiere que le pase nada al chico, envíenos dinero. Funcionaba sorprendentemente bien. Estábamos diez allí metidos en una habitación, cada uno con su móvil, marcando números.

—Suena fácil y cómodo ese trabajo. —La Cigarra piensa en los encargos que recibe de Iwanishi y suelta un suspiro—. Tiene algo así como cero riesgo.

—Sí. Teníamos algunos ganchos, ya sabes, actores. Se hacen llamar los Intérpretes, y se les da fenomenal las actuaciones. Se ponían a gritar y hacían como si les estuvieran pegando.

—Entonces se van a llevar a ese empleado a este edificio.

—¿Al que va detrás del Empujón pero no quiere soltar prenda? Sí, digo yo que sí. La gente de Terahara suele ir allí cuando tiene algo feo entre manos.

Sin duda que le iban a dar una soberana paliza a este tío.

«Dinos dónde está el Empujón.»

«No, preferiría no contároslo.»

«Pues hasta aquí podemos hacer, entonces. Ya nos dirás si cambias de opinión, por favor...»

No, la cosa no iba a ser así. Le iban a torturar, eso iba a ser, lo llamaran como lo llamasen.

—¿Cuándo? —pregunta la Cigarra.

—No podría decirte con seguridad, pero he oído que han contratado a alguien para eso, así que imagino que empezarán hoy.

—¿Quién es esa gente?

—Supongo que podríamos decir que son unos especialistas en torturas. El tipo de gente que disfruta haciendo daño a los demás. Se les da bien obtener información.

—Suena a una panda de indeseables.

—Bueno, es que han matado al hijo de Terahara, y ese no se anda con juegos. Pero, escucha, ¿de verdad estás pensando en agarrar a ese tío?

—Todo el mundo sabría lo acojonante que soy.

—No tengo muy claro que sea una buena idea que te entrometas.

—¿Estás diciendo que debería ser un buen chico y seguir las órdenes de Iwanishi?

—No, no es eso lo que estoy diciendo. Solo digo que la organización de Terahara no es ninguna broma. Son verdaderamente peligrosos.

—Tengo las manos libres para hacer lo que yo quiera.

—¿Y qué se supone que significa eso?

—Significa que yo no soy el títere de nadie.

Dicho esto, la Cigarra le arrebata de la mano a Momo el plano que ella le ha dibujado y se marcha. Resultará más rápido llegar en coche a las afueras de Shinagawa. Le da vueltas al tema en la cabeza mientras se pasea por las calles.

Después de darse un pequeño paseo, abandona una avenida flanqueada por edificios de oficinas y gira por una callejuela adyacente donde se topa con un SUV aparcado. Es de color gris y blanco, con una baca en el techo para los esquís y la tablas de *snowboard*. Parece que el motor está en marcha. La carrocería del coche vibra de manera ostensible, como si quisiera alardear de que está funcionando. Tampoco están bloqueadas las puertas. Las llaves cuelgan del contacto. Supone que al dueño le gusta mantenerlo fresco y no ha querido quitar el aire acondicionado. Sea quien sea, se ha imaginado que iba a volver enseguida, así que le ha parecido bien dejarlo en marcha. Craso error.

«Inmejorable», se dice para sus adentros, se desliza en el asiento del conductor y tira de la puerta para cerrarla. Mete la marcha. «Esto —piensa la Cigarra extasiado—, encontrar un coche así: voluntad divina.»

Se incorpora a la amplia vía interprefectural, pero tiene un mal presentimiento sobre el tráfico, que podría saturar los cruces, y enseguida gira por una calle lateral. El reloj marca las cuatro de la tarde.

Las calles secundarias no están tan despejadas como a él le hubiera gustado, y, poco tiempo después, ve que los coches están comenzando a reducir la velocidad. Chasquea la lengua y se detiene detrás de ellos. Mira hacia delante, por la curva suave que describe la calle, y divisa unas obras a unos cien metros de distancia. Un hombre está dirigiendo el tráfico con un bastón rojo.

Por simple capricho, decide hacer una llamada. Es muy aburrido estar allí sentado con el pie en el freno. Enciende el móvil y marca el número que tiene guardado. El número de Iwanishi.

Escucha el tono de la llamada y se rasca la cabeza.

«Iwanishi no se imaginaría jamás que voy detrás del Empujón.» Quiere oír la sorpresa en su voz y reírse de él.

El tono de espera sigue sonando y sonando.

—¿Qué cojones está haciendo que no lo coge? —gruñe la Cigarra.

El coche que encabeza el embotellamiento por fin empieza a moverse. Está a punto de colgar cuando oye:

—¿Qué?

De inmediato se imagina la sonrisita altanera de Iwanishi.

—Soy yo. Te ha costado un rato cogerlo.

—Te jodes. Estoy ocupado.

—Tú nunca estás ocupado con nada. Lo único que haces es ver la tele o dormir.

Hay una breve pausa, como si Iwanishi estuviera tragando saliva.

—Así que al final estás vivo, ¿eh?

—Por supuesto que estoy vivo. ¿Qué idiotez de pregunta es esa?

La Cigarra se pega bien el móvil a la oreja. De una en una, las luces de freno de los coches de delante se van apagando.

—Escucha, Cigarra, te sorprenderían las cosas que hago.

—Me da la sensación de que esa frase tenía que decirla yo. —La voz de la Cigarra gana volumen—. Es más, creo que te dejaría muy sorprendido saber hacia dónde me dirijo ahora mismo.

—¿Adónde?

—A Shinagawa. —La Cigarra es incapaz de seguir hablando sin reírse. «No soy un perrito faldero que se queda ahí sentado contigo»—. A las afueras de Shinagawa. A un edificio que hay allí.

—Hay montones de edificios en Shinagawa.

—Este edificio es propiedad de Terahara.

—¿Del señor Terahara? ¿De qué narices estás hablando? —Iwanishi suena distraído.

—Ah, ¿quieres saber para qué voy allí? —La Cigarra hace una pausa para paladear la emoción que siente en el pecho—: Voy a liquidar al Empujón.

—¿Qué?

El sonido de la sorpresa en la voz de Iwanishi es delicioso. La Cigarra está a punto de soltar un grito de alegría.

—Así está la cosa. Hay un tío que sabe dónde está el Empujón. Parece que la gente de Fräulein le ha dicho a este tío que vaya a verlos, pero yo voy a cazarlo antes que ellos.

—¿Cazarlo? Pero ¿qué coño tienes tú en la cabeza?

—Tú quédate ahí sentadito, colega, y ya te contaré yo cómo va el tema.

Iwanishi no dice nada. La Cigarra tiene delante un sedán que comienza a moverse, así que levanta el pie del freno.

—Pues eso, que luego te llamo.

—Espera. —Hay una cierta urgencia en el tono de voz de Iwanishi—. ¿Dónde es el sitio? ¿Adónde vas, exactamente?

—No sé, tío, a algún sitio que no soy capaz de explicarte. —«Te he ofrecido un tráiler, y vas a tener que esperar si quieres ver el resto de la peli. Lo último que quiero es que me estorbe un tonto del culo como tú»—. De todas formas —añade en voz alta—, me he librado de ti. Esa es la cuestión. Qué, ¿te sorprende?

—No me sorprende. —En la voz de Iwanishi no hay tonillo de ninguna clase, ni tampoco suena como si estuviera hablando con un subordinado. Si acaso, suena afectuoso.

—Qué me dices, ¿eh?

—Tú siempre has sido libre —dice Iwanishi con sinceridad—. No tiene nada que ver conmigo.

Durante unos segundos, la Cigarra se queda sin saber qué replicar.

—Lo que tú digas. Tú quédate ahí, en tu apartamentito de las narices.

—Que te jodan. —Iwanishi habla con un aire ligero, pero hay algo más grave debajo de eso—. Pues muy bien, Cigarra. Ya nos veremos.

—Claro, pero bueno, si nos vemos, seguro que te pones ahí en plan: «Oye, tío, ¿dónde está el regalo que me has traído de tu viaje?».

—En serio, tienes que aprender a cerrar la puta boca —le dice con un deliberado tono de exasperación—. Por cierto, ¿sabes lo que dijo Jack Crispin cuando se retiró?

—Pues, sabes, hace tiempo que quería preguntarte, ¿de verdad existe ese tío?

—Cuando Crispin se iba a bajar de los escenarios, un reportero de una revista le preguntó qué deseaba hacer cuando estuviera ya jubilado. ¿Sabes lo que le dijo?

—Por supuesto que no lo sé. —La Cigarra se siente como si hubiera asistido ya literalmente a docenas de estas situaciones de mierda que en realidad no eran una conversación. Se plantea la posibilidad de colgar, pero decide hacerle esa concesión a Iwanishi. En cuanto mate al Empujón, piensa cortar sus vínculos y no volver a verle. «Tampoco pasa nada si dejamos que el tío haga su rutina una última vez»—. ¿Qué dijo?

—«Quiero tomarme una pizza.»

—Mmm, vale.

—Eso es lo que dijo. «Cuando me jubile, quiero tomarme una pizza.» —Iwanishi se está riendo, pero también suena como si estuviera llorando, lo cual le da un cierto repelús a la Cigarra.

—Podía tomarse una pizza estuviese jubilado o no.

—¡Ya lo sé! —dice sin aliento Iwanishi—. ¡Me parto! ¡El tío es genial!

—Es una estupidez. Hasta luego.

—Sí, claro, en cualquier caso, Cigarra, sal ahí a dejarte la piel. No vayas a perder.

—¿A qué vienen estos ánimos?

Cuelga el teléfono y hunde el pie en el acelerador. Baja la ventanilla. Entra la corriente de aire.

Suzuki

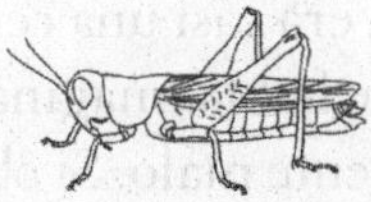

—Me llaman de vuelta a la oficina por un tema sobre uno de mis alumnos —miente Suzuki—. Debo excusarme durante un rato.

Sumire muestra los dientes, tan blancos, mientras se ríe.

—¿Durante un rato? ¿Eso es que va a regresar aquí? ¿No tiene que ir a ninguna otra casa?

—No, bueno, yo... —tartamudea Suzuki—. De un modo u otro, me encantaría trabajar con ustedes.

«Al fin y al cabo, no he averiguado aún si él es el Empujón.»

Mientras lo dice, no puede evitar pensar en el hijo de Terahara. El eco de las palabras de Hiyoko resuena en su mente. «¿Podría estar vivo? ¿Después de eso? ¿Tan espectaculares han sido los avances en el campo de la ciencia médica? De ser así, se han pasado un poquito de espectaculares.»

Al final, Suzuki ha accedido a encontrarse con Hiyoko. Por supuesto que sabía que podría ser una trampa. Podía ser, perfectamente, que ella tan solo estuviera intentando sacarlo de allí al ponerle delante de las narices las vidas de esos chavales que nada tenían que ver con esto, que se estuviera inventando eso de que el hijo de Terahara continuara vivo. Suzuki era muy consciente de ello. Le parecía muchísimo más probable que así fuera que el que no lo fuese. Más que probable, era casi una certeza.

Pero también se había imaginado que no sucedería nada terriblemente malo. Si obra con un mínimo de precaución, puede impedir que ellos hagan ningún movimiento, así que en lugar de quedar en un intercambiador próximo a la estación, ha pedido que el encuentro se realice en algún sitio donde haya más gente alrededor.

—Yo solo quiero oír lo que me tengas que contar, así que te lo voy a poner tan fácil como pueda —le ha dicho ella sin alterarse—. Pues que sea en la cafetería.

La familia Asagao sale al completo a la puerta para despedirse de Suzuki.

—¿Tienes que irte? —pregunta Kentaro cuando él ya se ha puesto los zapatos.

—¿Te marchas? —dice una vocecita a sus pies.

Suzuki se sorprende al oírla, baja la cabeza y descubre a Kojiro abrazado a su pierna izquierda. Lleva puestas sus diminutas sandalias, y mete la mano en el bolsillo de Suzuki como si quisiera retenerlo allí.

A Suzuki se le ocurre una idea.

—Sí, lo sé. Oye, ¿por qué no echo yo al buzón esas postales que estabas escribiendo? Si es que aún piensas enviarlas, claro.

Sin embargo, Kojiro le dice que no con la cabeza.

—Todavía estoy escribiendo más.

Suzuki se pregunta cuántos adhesivos repetidos tendrá el crío.

Mientras tanto, Kojiro canturrea para sí:

—Distri-to deeee Bun-kyooo, To-kio-o.

—Luego volvemos a vernos, entonces —dice Sumire.

—Gracias por su tiempo y su hospitalidad —responde Suzuki.

Asagao no dice nada. Cuando Suzuki posa la mano en el picaporte y está a punto de abrir la puerta, interviene la mujer.

—Oiga, señor Suzuki.

Él da un respingo, como si aquella voz hubiera sido un disparo por la espalda. Se da la vuelta hacia ella.

—No sé si tiene que ir muy lejos, pero a lo mejor podemos llevarle en coche, ¿no? —Sumire sonríe con una apariencia completamente despreocupada, y se vuelve hacia Asagao—. ¿Qué te parece?

—Desde luego —asiente—. La estación está un poco lejos de aquí. Se llega más rápido en coche.

Esto deja a Suzuki sin saber cómo reaccionar por unos instantes. Masculla algo sobre que piensa que tampoco es necesario.

—¿Hacia dónde se dirige? —le pregunta Asagao, que sigue envuelto en una especie de aire de transparencia, y Suzuki juraría que llega a ver las escaleras que hay detrás de él.

—A Shinagawa. —No tiene tiempo para ponerse a valorar si decir la verdad es o no es la mejor de las ideas. Tiene la sensación de verse atraído a esto contra su voluntad—. A una cafetería en la estación.

—Puedo llevarlo a la estación de Shinagawa.

—No, no, está bien así.

—No es ninguna molestia.

Hay un sedán azul aparcado delante de la verja, y, antes de que le dé tiempo a asimilar lo que está pasando, Suzuki se encuentra en el asiento del acompañante. No tiene ni idea de cómo ha sucedido: de repente, el coche estaba allí, y él estaba abriendo la puerta y abrochándose el cinturón de seguridad. No le queda la menor impresión de que sus pies hayan tocado el suelo al acercarse al coche. Nadie ha tirado de él para que avanzase ni le ha empujado por detrás: no sabe cómo, pero ha acabado en el asiento del acompañante. «Exactamente igual que nacer», piensa. Ha sucedido sin más: él nació, y aquí está ahora. Con un sobresalto, recuerda aquello que le dijo su mujer: «Es cierto, nacemos y vivimos nuestra vida, y no hay nada que demuestre que ha sucedido jamás. Igual que tampoco podemos estar seguros de que Brian Jones estuvo realmente con los Rolling Stones».

Asagao engrana la marcha con una serie de gestos automatizados y se pone en movimiento.

El sedán se desplaza con suavidad y, mientras tanto, Suzuki no deja de esperarse que Asagao se vuelva hacia él y le diga: «Te tengo calado».

Por lo que ve a través de la ventanilla, sabe que, en efecto, se dirigen hacia Shinagawa, aunque eso tampoco logra hacerle sentir mejor. Encoge los hombros para encorvarse y hacerse lo más pequeño posible.

Al instante, sin embargo, se le ocurre que esta es su mejor oportunidad de hacerle alguna pregunta. Están solos en el coche, así que podría ser una buena ocasión para averiguar si este hombre es en realidad el Empujón. Suzuki comienza a ganar confianza para hacerlo y siente que el valor despierta en su interior igual que un ejército de soldados que instiga una revolución. «Ha llegado la hora», gritan.

Se vuelve hacia Asagao, que va al volante.

—He estado pensando —empieza a decir, pero se le resecan las palabras y se le atascan en la garganta.

«Quería preguntarle si es usted el Empujón.» No es capaz de decirlo. En su subconsciente sabe que se caerá por el precipicio si avanza un solo paso más. Sus soldaditos valerosos se detienen en seco, intimidados por un enemigo que, resulta obvio, es más poderoso.

—¿Qué? —pregunta Asagao.

—Kentaro es un niño realmente bueno —suelta, y hace un gesto de dolor, molesto consigo mismo por haber hecho un cambio de dirección tan drástico, pero al mismo tiempo se dice que, si está buscando una manera de llegar a él, quizá los niños no sean un mal punto de partida.

—¿Eso cree usted? —La reacción de Asagao es difícil de interpretar. Tal vez no tenga mucho interés en el tema, o quizá esté manteniendo sin más la cara de póquer—. No se le dan bien los estudios, pero es buenísimo jugando al fútbol.

—Sí que lo es. En el entorno apropiado, estoy seguro de que le iría de maravilla en el fútbol.

—¿En el entorno apropiado?

—Oh, yo...

Suzuki se queda callado. No puede decir sin más que el niño no tendrá éxito como jugador de fútbol con un padre como el Empujón.

—¿Y Kojiro?

—Es adorable —responde Suzuki con honestidad—. Es como un cachorrito monísimo. Pero ¿por qué habla siempre tan bajito?

—Ah, eso —dice Asagao muy despacio y sin apartar los ojos de la carretera—. Se lo enseñé yo.

—¿Qué le enseñó, exactamente?

—Cuando algo es importante de verdad, la gente lo oirá aunque lo digas en voz baja.

—¿Es cierto eso?

—Cuando los políticos chillan y berrean, ¿hay alguien que los escuche de veras?

—Nadie escucha nada de lo que digan los políticos de una u otra forma.

—Piénselo. Cuando alguien tiene realmente un problema, no puede levantar la voz.

Suzuki no tiene ni idea de qué es lo que quiere decir Asagao, pero, por algún motivo, tampoco puede insistirle más.

—¿Hay algo que le gustaría decirme?

—No. —Suzuki siente un espasmo en la barriga—. No, nada en absoluto.

Sus soldaditos se baten en completa retirada.

—Hemos llegado —dice Asagao.

Han pasado veinte minutos desde que salieron de la casa. Este anuncio repentino casi hace que Suzuki dé un bote en el asiento. Mira a la derecha y a la izquierda.

—¿A Shinagawa? —Estira el cuello y vuelve a mirar a su alrededor, pero no alcanza a ver la estación ni las vías por ningún lado.

—Solo tiene que seguir recto. —Asagao hace un gesto con el mentón. Ha detenido el coche en el arcén de una calle de un solo carril y dirección única. En efecto, la estación se encuentra cincuenta metros más adelante—. ¿Dónde es su reunión?

—En una cafetería dentro del edificio de la estación. —Suzuki menciona el nombre del establecimiento—. Puedo ir andando desde aquí. Muchas gracias por acercarme —dice con cortesía, mira el reloj del salpicadero y ve que dispone de diez minutos hasta su reunión de las cuatro en punto.

—Gracias por jugar con Kentaro.

—Oh, ha sido un placer.

Suzuki desbloquea la puerta del acompañante y la abre.

Se baja del coche e inclina varias veces la cabeza ante Asagao, que ya está engranando la marcha en el coche. El vehículo gira justo al llegar al semáforo y se aleja.

—¿Es usted el Empujón? —por fin se ve capaz de preguntar, unas palabras que llegan con un impresionante retraso.

Hay una actividad frenética en la glorieta frente a la estación de Shinagawa. Trabajadores trajeados y viajeros con unas maletas enormes se apresuran aquí y allá. Se detienen los taxis, uno detrás de otro, engullen a sus pasajeros y se largan. Llega un autocar grande, y apenas se ha detenido cuando se baja una horda de extranjeros excesivamente ligeros de ropa para esas alturas del año y se meten en la estación.

Suzuki se desliza junto al autocar y se adentra en el edificio de la estación. El interior es amplio, muy espacioso, con riadas de gente. Sube por las escaleras y recorre el largo pasillo.

La cafetería donde ha dispuesto el encuentro con Hiyoko es la misma en la que estuvo el día en que accedió a trabajar para Fräulein. Ella la recordaba perfectamente, al parecer, ya que cuando él la propuso, Hiyoko replicó: «Un encuentro especial en nuestro sitio especial». Y lo dijo con dulzura, como si se tratase de una cita.

No es una cafetería muy grande. El dueño barbudo está detrás de la barra, hay una camarera y —además de Suzuki— tan solo otros dos clientes, un par de hombres. Se sienta a una mesa desde donde puede ver la puerta de acceso. Mira el reloj y ve que son justo las cuatro en punto. Sigue sin tener ninguna sensación de peligro. Llega a la conclusión de que podrá pedir ayuda si sucede algo, y los otros clientes o el personal llamarán a la policía.

Ya se ha bebido la mitad del vaso de agua que le ha traído la camarera cuando aparece Hiyoko. Luce un traje de color azul oscuro. La chaqueta tiene un corte conservador, pero la falda es extremadamente corta, lo cual le da un aspecto muy desequilibrado.

—Bueno, bueno, por fin te pillo. —Sonríe casi con aire nostálgico.

Se acomoda en el asiento frente a él y pide un café.

—¿Está... realmente vivo el hijo del señor Terahara? —La voz de Suzuki asciende hacia tonos más agudos.

—Qué respetuoso por tu parte llamarlo «señor». Primero cuéntame hasta dónde has seguido a nuestro amigo.

—Solo quiero saber si está vivo.

—Yo diría que antes tienes la responsabilidad de informar.

—¿Sobre qué?

—Sobre el Empujón. El hombre al que ibas siguiendo es el Empujón, ¿no? Cuéntame dónde vive. Terahara está hecho una furia, y eso no es nada bueno.

—Creo —comienza diciendo Suzuki con la respuesta que ha preparado— que es probable que no sea él. Le he observado de cerca hasta hace apenas un momento, y no es más que una persona.

—¿Y qué narices significa eso, que no es más que una persona? Un asesino que mata a alguien a puñaladas es una persona. Una mujer que envenena a su vecina es una persona.

—Creo que no tiene nada que ver con nada de esto. No es el Empujón.

No obstante, en el fondo de su corazón Suzuki tiene la certeza de que Asagao sí es el Empujón. Ese aire impasible que tiene, su mirada cortante, esa manera en que parecía tener calado a Suzuki... La fuerza que proyecta no es propia de un hombre normal y corriente. El simple hecho de hablar con él te hacía sentir como si te estuvieran abriendo en canal con una hoja muy afilada. En su conversación sobre la langosta, Suzuki había detectado un escalofriante desprecio hacia la humanidad. Asagao es el Empujón. Esa es la conclusión más lógica. Esa silenciosa sensación de amenaza que desprende no tiene nada de normal y corriente. Y si no es el Empujón, no hay forma de explicar la inquietud que Suzuki siente cuando está cerca de él. Fue él quien empujó al hijo de Terahara al paso de un coche. Suzuki está seguro de eso.

Pero tampoco tiene la menor intención de contarle a Hiyoko nada de esto.

Siente un nudo en el pecho con tan solo imaginarse los rostros sonrientes de Kentaro y Kojiro. No puede permitir que se vean envueltos en esto.

—Deberías olvidarte de ese hombre al que he seguido. No es el Empujón, ni mucho menos.

—Decidir eso es mi trabajo, no el tuyo —dice Hiyoko muy seria.

Suzuki por fin comienza a percatarse de que corre un peligro mucho mayor de lo que él había previsto.

—Me parece que no nos estás tomando muy en serio. Si pensabas huir, deberías haberlo hecho ya. En cambio, has venido gateando en cuanto te hemos llamado. La gente que no es capaz de escoger una dirección y ser consecuente con ella no lo pasa muy bien en la vida, que digamos.

—No sé dónde está el Empujón. No es el hombre al que he seguido. Podéis darme todas las palizas que queráis, que seguiré sin saberlo.

—Mira por dónde, darte una paliza es justo lo que vamos a hacer, querido.

No ha terminado de escuchar esas palabras cuando Suzuki comienza a sentir la cabeza más pesada. Se sorprende, intenta mirar a su alrededor, pero se siente cada vez más y más adormilado. Se le cierran los párpados. De repente trata de abrir los ojos, a la desesperada, pero en cuanto lo consigue se le vuelven a cerrar.

«Somníferos.» La cabeza le funciona demasiado despacio, pero ¿en qué momento ha podido hacerlo Hiyoko? Suzuki sabe que a ella le gusta utilizar somníferos con la gente, y por eso se ha asegurado de no permitir que se acercase lo más mínimo a su vaso desde que entró en la cafetería. No ha tenido ninguna oportunidad de ponerle droga en la bebida, y de pronto se le ocurre: «¿Los Intérpretes?».

«Interpretan cualquier papel», había dicho ella, y Suzuki cae en la cuenta de que los otros clientes —y tal vez también el personal— seguramente sean miembros de los Intérpretes. Y seguramente ellos le hayan puesto droga en el agua. «Eso es lo que ha pasado —gimotea para sí—: ¿Cómo he podido ser tan estúpido?» No obstante, apenas le da tiempo de lamentarse antes de perder la consciencia.

Siente una fuerte sacudida en el cuerpo y abre los ojos. Le duele la cabeza. De inmediato deduce que lo han metido en la parte de atrás de un coche. O de una furgoneta. Han quitado los asientos, y está tirado en el suelo del vehículo. Dos hombres lo tienen sujeto. Le han quitado el abrigo, y puede notar el metal frío a través del jersey.

Está atado de manos y pies, pero no con una cuerda ni con cinta adhesiva, sino con algún tipo de correa.

—Mira que eres patético, tío.

El hombre de pelo corto a su derecha aproxima el rostro sobre el de Suzuki, como si estuviera a punto de escupirle. Suzuki cree reconocerlo como uno de los dos hombres de la cafetería.

—¿Eres de los Intérpretes?

Oye que Hiyoko se ríe en el asiento delantero del acompañante.

—Qué buena memoria tienes, ¿eh? Pero no, estos no son de los Intérpretes. No nos llevamos muy bien con ellos ahora mismo. Estos hombres son especialistas en tortura.

—¿Q-qué?

—Los contratamos para torturar a la gente.

La única respuesta que Suzuki es capaz de articular es un quejido en voz baja.

—Y tú eres bobo de remate, ¿lo sabías? No me puedo creer que te hayas tragado una mentira tan estúpida.

—¿Una mentira?

—¿Cómo va a ser posible que el idiota del hijo siga vivo después de que lo hayan espachurrado de ese modo?

«Eso pensaba yo, que no podía estar vivo de ninguna de las maneras. —Se siente aliviado y aterrorizado al mismo tiempo—. Era una trampa desde el principio. —Tal y como él sospechaba, por desgracia. Lo invade una sensación de repugnancia—. Soy un idiota.»

—Hay que ser tonto —dice el hombre a la izquierda con la nariz plana. El cabello le cuelga lacio y apagado. Lleva una tirita en la mejilla derecha y debajo se adivina la sangre—. Estabas segurísima de que este tío iba a venir —le dice a Hiyoko—. Parece que tenías razón.

—Bueno, ya sabes. Es lo que tiene el peligro, que aunque la gente lo entiende intelectualmente, nunca termina de parecerles del todo real.

—¿Qué quieres decir? —El hombre del pelo corto se vuelve hacia ella.

—Que aun así piensan que no les va a pasar nada. —Hiyoko se vuelve a reír—. Da igual lo peligrosa que sea la situación, dan por sentado que todo va a ir bien. Si hay una caja donde dice «Peligro», se imaginan que no puede ser tan peligrosa, hasta que la abren. Por eso un criminal que está en busca y captura va y se mete en un salón de pachinko. No va a pasar nada, eso cree. Las cosas no se van a torcer tanto y tan rápido. Está convencido de que los problemas llegarán de forma gradual. Por eso la gente sigue fumando aunque sepan que eso puede conducir a un cáncer de pulmón.

«Tiene razón», piensa Suzuki. Él estaba convencido de que el peligro iría aumentando gradualmente. Sabía que Hiyoko podía estar mintiéndole, sabía que podía ser una trampa, que podría estar juzgando mal la situación, pero, aun así, nunca ha creído de veras que fuese a suceder ninguna de esas cosas.

—Será mejor que nos cuentes rápidamente lo que sepas. Somos especialistas —dice el hombre del pelo corto. Suzuki ve cómo se mueve su boca, las contorsiones de unos labios que tienen el aspecto de la hueva de bacalao—. En lo que a la tortura se refiere, somos lo mejor de lo mejor.

Suzuki siente como si le pasaran un cubito de hielo por la espina dorsal.

Sujeto boca arriba, Suzuki clava la mirada en el techo de la furgoneta. «Esto va mal», piensa, pero al mismo tiempo, de alguna manera, no deja de tener la sensación de que no le va a pasar nada. «Imagino que sigo sin tomarme esto lo bastante en serio.»

Recuerda algo que dijo su mujer cuando estaba delante de la tele, viendo unas imágenes de unas guerras que se estaban librando en otros países. «¿Sabes? Yo creo que aunque tuviésemos delante a unos soldados enemigos en formación, nosotros no tendríamos la sensación de estar en medio de una auténtica guerra. Supongo que en la mayoría de las guerras de la historia la gente nunca pensaba que las cosas se fueran a torcer tanto.» Lo dijo encogiéndose de hombros, pero sonaba triste. «Parece que tenías razón.» Se le había olvidado que su mujer había dicho aquello, hasta ahora. Se concentra en los nervios de su propio dedo anular, donde descansa el anillo de ella. «Cuántos de los problemas del mundo suceden porque la gente no se los toma lo bastante en serio.» Y su mujer tenía absolutamente toda la razón.

Ni idea de adónde lo están llevando. Echa un vistazo a la derecha y la izquierda por las ventanillas, pero, más allá de unas nubes cada vez más oscuras y una maraña de cables de alta tensión, no hay nada que alcance a ver y que le pueda dar alguna idea de dónde están ni de adónde se dirigen. Está amordazado con cinta adhesiva, que huele tan fuerte que le produce un mareo.

Pasado un rato, Hiyoko dice:

—Ya hemos llegado. —Suena emocionada, como una niña que llega por fin al zoológico después de tanto tiempo esperando para ir.

—Oh —interviene por primera vez el conductor.

—¿Qué pasa? —pregunta Hiyoko.

—Hay alguien aquí. —La voz del conductor suena absolutamente plana.

—¿Aquí, dónde? ¿Qué has visto?

—Alguien en la carretera.

—Aquí no hay nadie.

—Lo había. Ha salido corriendo. Ya no está.

—Tienes que dejar las drogas.

Suzuki se imagina que el conductor será uno de los clientes de Fräulein. Se hacen adictos a las sustancias con las que trafica la compañía, y acaban convenciéndolos para que presten sus servicios con tal de conseguir más.

El hombre del pelo largo y la nariz plana abre la puerta y se baja. Parece que le pasa algo en una pierna y la arrastra. Cuando se mueve, se oye el tintineo de alguna clase de cadena que lleva atada en la cintura.

—Quédate quieto. Te vamos a levantar.

El hombre del pelo corto mete las manos por debajo de las axilas de Suzuki. Engrilletado e incapaz de mover brazos ni piernas, él se queda allí tumbado, tieso como un tablón de madera.

Los dos hombres lo levantan y lo llevan hacia el edificio como si estuvieran cargando un mueble. Va boca arriba, y lo único que ve son los nubarrones en el cielo.

No puede saber hasta qué planta los lleva el ascensor. En cuanto se abre la puerta, lo tumban de lado y lo vuelven a levantar. Recorren un pasillo, cruzan una puerta, entran en una habitación. Es un espacio amplio y diáfano que tal vez alguna clase de empresa utilizara en su día, pero ahora está vacío. No queda nada más que las paredes de cemento desnudo. El suelo entero es de baldosas frías.

Todo aquel espacio está sumido en un fuerte olor a antiséptico, como si lo hubieran desinfectado de manera escrupulosa.

Lo colocan sobre algo parecido a un colchón en el centro de la sala. Está lleno de polvo. Tose. No puede abrir los ojos durante unos segundos.

—Déjame decirte que no quiero tener que hacerte daño.

Hiyoko se sienta en una silla a varios metros de distancia. Tiene ruedas, y va rodando hacia él. De no haber tenido la boca amordazada con cinta adhesiva, Suzuki le habría dicho que la cree.

—Pero como ya te he dicho en otras ocasiones,

nuestra empresa no se dedica exactamente a hacer las cosas... de manera legal.

A Suzuki se le acelera la respiración. Le escuece la nariz con el olor de la cinta adhesiva.

—Y somos de lo más insistentes.

«Eso sí que lo sé.»

Suzuki gira la cabeza. El colchón despide un desagradable olor a moho húmedo. Los dos hombres se colocan de pie junto a él, uno a cada lado. El de la tirita, a su izquierda, se calza unos guantes de cuero negro.

—Te he dado todo tipo de oportunidades. Incluso en la cafetería, ahí te he dado la última y definitiva. No sé cuántas veces te he pedido que me des la dirección del hombre al que ibas siguiendo, pero tú no has querido soltar prenda, aunque no sé muy bien por qué. A ti no te va nada en esto. ¿O sí?

Se percata de que el hombre del pelo corto, a su derecha, tiene ahora en la mano un martillo de aspecto mugriento.

En ese instante, por vez primera, Suzuki está verdaderamente asustado. No se puede mover ni sabe qué es lo que van a hacerle. La mente se le llena de terror.

Se imagina a Asagao, luego a Sumire, después a Kentaro y a Kojiro, uno por uno. Puede ver su casa, recuerda dónde está ubicada. «Si hablo, ¿me salvará eso?» Se queda impresionado ante la rapidez con la que ha flaqueado su determinación. Casi puede sentir la mirada de desprecio de su mujer, que le pregunta cómo ha sido capaz de abandonar a esos niños a las primeras de cambio.

—Supongo que sí, que tiene algo de admirable.

La estética del silencio. O algo por el estilo. —Los labios de color rojo carmesí de Hiyoko se curvan en una sonrisa—. Pero tiene su precio. ¿Ya te has decidido?

Con un sobresalto de pavor, Suzuki se da cuenta de que no le han quitado la cinta adhesiva de la boca. Hiyoko tiene pinta de haber dejado ya muy atrás el punto en el que le importaba lo que él tuviera que decir. Ya no pretenden sacarle ninguna información.

—Nos vamos a tomar nuestro tiempo, eso es seguro. —El hombre de la tirita le dedica una mirada lasciva—. Te vamos a hacer daño, pero no vamos a permitir que te mueras.

Un puño impacta en el estómago de Suzuki. No puede coger aire, tan solo alcanza a gemir, pero en realidad no es su voz, sino más bien un sonido que su cuerpo deja escapar. Asciende la saliva, aunque no tiene adónde ir a causa de la cinta adhesiva que le tapa la boca, y vuelve a descender, se le queda en la tráquea. Se atraganta. Otro puñetazo. Algo le sube desde la barriga. Pasta sin digerir, seguramente.

—Los dedos de las manos, los de los pies, los codos, las rodillas —entona rítmico el hombre del pelo corto, que descarga el martillo.

Lo descarga con fuerza, una y otra vez.

La Ballena

Observa la ventana abierta. La cortina ondea al viento como una lengua que se aventurara con suavidad a investigar el interior de la estancia. Lo que no hace, sin embargo, es mirar a través de la ventana. Lo único que hay que ver ahí es el cuerpo destrozado de Iwanishi. Y podrían verle los vecinos que ya se arremolinan alrededor del cadáver. Ha pasado los últimos minutos escuchando el sonido de las puertas que se abrían y se cerraban de forma apresurada por el resto del edificio de apartamentos. Poco después se oía un clamor de voces y chillidos.

La Ballena inspecciona la habitación. Baja la mirada hacia el teléfono en el escritorio y ve la imagen del rostro de Iwanishi sobre el aparato, esa cara como la de una mantis religiosa, justo antes de saltar por la ventana.

—Sí, claro, en cualquier caso, Cigarra, sal ahí a dejarte la piel. No vayas a perder. —Iwanishi tenía una amplia sonrisa al colgar la llamada, algo que parecía fuera de lugar. Se le veía más ligero, aliviado, como si se hubiera quitado un enorme peso de encima—. Bueno, eso sí que no me lo esperaba.

—¿El qué? —le preguntó la Ballena mientras deslizaba la hoja de la ventana para abrirla. La cortina comenzó a ondear, una invitación al salto—. ¿Quién era el del teléfono?

—La Cigarra —sonrió Iwanishi mostrando los dientes manchados de placa y lanzó una bocanada de aliento agrio—. Un tío que trabaja para mí. El que se suponía que tenía que matarte.

Las cejas de la Ballena reaccionaron con un tic.

—¿También vas a ir a por él?

—¿Ir a por él?

—Has dicho que estabas saldando todas tus cuentas pendientes, lo cual, imagino, significa que tendrás que matar a la Cigarra.

«Ajusta cuentas. Salda tus cuentas pendientes.» La Ballena oía a su alrededor el eco de aquellas palabras.

—¿Dónde está ese tal... Cigarra?

—En un edificio, en Shinagawa.

—Hay montones de edificios en Shinagawa. —La inmediata respuesta de la Ballena fue la misma que Iwanishi había dicho por teléfono.

—Me ha dejado muy sorprendido, la verdad. Va camino de un edificio que es propiedad del señor Terahara.

«Terahara.» La Ballena ya se ha cruzado con él en varias ocasiones. Terahara, el jefe de Fräulein. Se imagina su rostro: un hombre de tez morena con barba de tres días; espalda recta, corto de tamaño pero duro, como un pedazo de mineral.

—Si tú eres el famoso tío de los suicidios, entonces estoy seguro de que conoces al señor Terahara, pero ¿sabías que acaban de atropellar a su hijo?

La Ballena no respondió, aunque reprodujo en su imaginación la escena que había visto la noche anterior, el accidente de circulación en el cruce de Fujisawa Kongocho. Un hombre empujado a la calzada de entre la multitud de gente que esperaba a que cambiase el semáforo. Un monovolumen que se lo lleva por delante y lo lanza por los aires. «El Empujón.» El nombre brillaba cegador en su mente.

—Lo ha hecho el Empujón. —El rostro de Iwanishi quedó dividido por una sonrisa morbosa—. O al menos eso es lo que ha decidido el señor Terahara.

—¿Y qué?

—Por lo visto hay un tío que sabe dónde está el Empujón.

Iwanishi le dio todos los detalles que conocía a pesar de que la Ballena no se los había pedido. Había oído que este empleado de Terahara había seguido al Empujón hasta su casa, pero dado que no le contaba a sus jefes dónde estaba, le habían llamado para que se presentara e informase. Tenían pensado darle una paliza para sacárselo.

—Suena como si no supieses nada con seguridad.

—Ese cabroncete de la Cigarra dice que va a interceptar a este empleado. Me lo acaba de contar ahora mismo.

—¿Dónde? —La Ballena se dio cuenta de que tenía la boca seca—. Dímelo. —Su exigencia fue como un disparo hacia Iwanishi—. ¿Adónde ha ido tu hombre? Ese tal Cigarra.

«Todo está conectado. —La Ballena se miró el pecho y lo vio moverse agitado, aunque lo hiciera despacio—. Tal y como dijo Tanaka. Una cosa llevará a una serie de concatenaciones. El futuro está escrito conforme al plan de Dios. Bien podría estar en lo cierto.»

—Entonces vas a ir a por la Cigarra, ¿eh? —Se ensanchó la sonrisa de Iwanishi.

—¿Me lo vas a impedir?

—Ni de coña.

—Entonces, ¿te gusta la idea?

—Es solo que te hace sentir bien cuando alguien que trabaja para ti se mete en algo que tú crees que le viene demasiado grande. —Iwanishi soltó un bufido y se rio por la nariz—. Aunque me odia.

—¿Y tú no le odias a él?

—Ni me cae bien ni le odio, pero si mi único empleado se larga y se lo monta por su cuenta, supongo que puedo volar libre, sin remordimientos.

Iwanishi parecía haber recuperado el sentido común, pero seguía pensando en tirarse por la ventana.

—No vas a volar. Vas a morir.

—Mira lo que te digo —resopló con orgullo Iwanishi—. No aguanto a la gente que se suicida. El ser humano es el único animal que recurre al suicidio como vía de escape. Muy fuerte, ¿verdad? Mientras que los demás animales jamás se suicidarían, por muy mala que fuera su situación. Son conscientes de los sacrificios que se han hecho para que ellos puedan vivir. Los humanos somos arrogantes, ¿sabes? Por eso voy a volar. Lo de la muerte es secundario. —Abrió de golpe el cajón del escritorio. Por un segundo, la Ballena pensó que buscaba un arma y lo encañonó con la pistola—. No dispares, que no estoy intentando nada —le dijo Iwanishi al tiempo que alzaba las manos—. No quiero que me maten antes de morirme yo.

Bajó los brazos con calma y metió la mano en el cajón. Acto seguido se dio la vuelta hacia la Ballena y le mostró una fotografía pequeña; era un retrato en blanco y negro para un carnet de identidad.

—¿Qué es esto? —La Ballena sujetó la foto entre los dedos.

—La Cigarra.

El joven de la fotografía tenía el cabello de aspecto suave a la altura de las orejas y la nariz afilada. Salía con el ceño fruncido en un gesto de irritación, pero con un aire juvenil.

—Le iba a conseguir un pasaporte, pero se me olvidó. —Cualquiera habría dicho que Iwanishi se enorgullecía de su olvido—. Este es el aspecto que tiene la Cigarra. No la cagues.

—¿Por qué me das esto?

—Quiero veros a ti y a él a puñetazo limpio.

—Tú no podrás ver nada.

—Ha dicho que el sitio está en Shinagawa. El cuartel general de Terahara está en algún lugar por esa zona, aunque me da que él se encuentra en otra parte. Si van a hacer polvo a uno de sus empleados, seguramente lo harán en otro sitio. Fijo que tú lo conoces, incluso.

—¿Conocer qué? —La Ballena observaba inquisitivo a Iwanishi.

—El otro sitio de Terahara. Está apartado de la calle principal, en una callejuela sucia. Al lado de unos cedros. Es famoso en nuestro sector.

—Asesinamos a gente. ¿A eso lo llamas sector?

—Curioso. La Cigarra me dijo lo mismo. —Iwanishi puso una sonrisa pícara, agarró un plano detallado que había sobre la mesa y se lo entregó a la Ballena—. Toma. Este edificio. Es aquí donde deben de estar.

—¿Estás de mi lado, o contra mí?

—Ninguna de las dos cosas. Solo soy un espectador. Soy el público. —Iwanishi se levantó de la silla del escritorio como un resorte y se acercó a la ventana—. Bueno. Hasta siempre. No quiero vivir como si estuviera muerto. Qué gran frase.

Y entonces saltó por la ventana. No gritó. Tan solo pasó un instante hasta que se oyó el sonido de su cuerpo al reventar contra el pavimento.

La Ballena no se quiere tropezar con ninguno de los vecinos, así que baja con brío por las escaleras de atrás hasta la planta baja. Hay un coche de policía delante de la entrada del edificio. La sirena no está encendida, pero sí las luces. Sale del edificio y regresa por la misma calle por la que vino. Sigue el curso del río, hacia la estación, con la idea de ir desde allí hasta Shinagawa. Comprueba la hora en el móvil. Las cinco menos diez de la tarde.

Camina con largas zancadas y detiene un taxi que por casualidad gira hacia la misma calle, justo a su lado. Es más rápido en coche. Le muestra al taxista la sección que ha arrancado del plano.

—¿Es aquí adonde quieres ir? —El taxista suena un poco molesto.

—Ahí es adonde quiero ir.

La Ballena siente un dolor en el estómago en cuanto el taxi se pone en marcha. Como si le estuvieran clavando unos tornillos en la tripa, girando y perforando cada vez más hondo. Se aprieta con la mano en la barriga y apoya la frente en la ventanilla de la izquierda mientras trata de calmar la respiración. No puede coger nada de aire y boquea con impotencia. Tiene la sensación de que la sangre se le ha congelado en las venas.

—Oye, tío, ¿te encuentras bien? —El taxista le mira por el retrovisor.

La Ballena no es capaz de pronunciar una sola palabra para responder.

—Si tienes que vomitar, dímelo, que paro.

Con los ojos cerrados y bien apretados, la Ballena se concentra en su respiración, le castañetean los dientes. «Frío», piensa, y comienza a tiritarle el cuerpo. Mete la mano de golpe en el bolsillo del abrigo, encuentra el libro al que le falta la cubierta y tiene las esquinas dobladas. Lo agarra con fuerza. «¡No hay nada preocupante en todo esto! No es más que un simple trastorno físico.»

No le cabe la menor duda de que aparecerá un fantasma en cualquier momento y se mofará sentenciando que todo se debe a su sentimiento de culpa.

Quince minutos más tarde, el taxi se detiene.

—¿Aquí vale? —le pregunta el taxista—. Métete por allí a la izquierda, coge la siguiente a la derecha y ya estarás allí.

La Ballena mira a su alrededor, comprueba su mapa. Se va sintiendo un poco más en su ser.

—¿No quiere llevarme hasta allí?

—Hay un montón de cedros junto a la entrada. Se ven justo ahí delante. —El taxista vuelve ese rostro de barba de tres días y señala hacia la izquierda—. Me da una fiebre del heno fortísima. Si me acerco un poco más, la lío parda.

—Parda.

—Se me ponen los ojos todo llorosos, podría tener un accidente.

—Estamos en noviembre. ¿Acaso hay algún polen ahora mismo?

—Chist, no se vaya a enterar el polen.

«Este taxista con su barba de varios días bien podría ser uno de mis fantasmas», piensa, aunque sabe que no es el caso.

Coge el importe de la cartera y se lo entrega. Acto seguido sale del coche. El taxi se larga a toda velocidad y desaparece en un instante. «Debe de tenerle pánico a ese polen.»

Un giro a la izquierda lo lleva a un callejón estrecho. Apenas habría espacio allí para que cupiese otro coche en paralelo. Edificios destartalados flanquean la calle en ambas aceras.

El espacio no tarda en abrirse a una vía más amplia. Hay un SUV aparcado a unos veinte metros de distancia. Está mirando hacia él y medio subido al bordillo, con una inclinación lateral.

Un joven se está bajando del coche. De inmediato, la Ballena se agacha en un hueco que hay en una pared del edificio más cercano. El joven es delgado, pero se maneja con una facilidad fluida. Sus movimientos elegantes y su pelo de aspecto suave sugieren la imagen de un gato.

La Ballena capta su rostro de perfil. Es la cara de la foto de Iwanishi. «La Cigarra.»

La Cigarra

El SUV robado marcha a una velocidad bastante decente, y la Cigarra no tarda en llegar al edificio. Está justo donde ha dicho Momo que debería estar.

Cinco pisos de altura, de color gris oscuro. Todas las ventanas parecen opacas, quizá por la acumulación de mugre. El agua gotea de las grietas en las paredes como si estuviera sangrando.

Lo deja atrás con el coche y gira por la primera a la izquierda. Los neumáticos chirrían ligeramente, pero ahora no es momento de preocuparse por eso. Recorridos unos metros, sube el coche al bordillo y lo detiene. Lo deja inclinado hacia un lateral.

Está a punto de bajarse cuando se fija en una manta que hay en el asiento de atrás. La levanta. «Más vale que no haya nadie ahí escondido», piensa, pero solo hay dos cajas de cartón vacías. Las vuelve a cubrir con la manta, abre la puerta y se baja del coche.

Se dirige a la entrada del edificio.

Al otro lado de la calle ve una arboleda de cedros, lúgubres y amenazadores. Alcanzan los cuatro o cinco metros de altura. Es difícil saber hasta dónde llegará ese bosque, pero parece profundo. Esos troncos de color rojo oscuro se alzan rectos y se estiran hasta convertirse en una corona de agujas. «Son como lanzas que perforan el cielo», piensa, impresionado. Se balancean con el viento, las agujas se rozan y hacen ruido. Ahora le recuerdan a un animal gigantesco con el pelo erizado que rasca el suelo con la pezuña.

En ese preciso instante ve que se acerca una furgoneta. Sale disparado y dobla una esquina para esconderse.

La Cigarra aguza el oído. La furgoneta que se detiene. La voz de una mujer. Se asoma desde detrás de la pared.

La mujer está abriendo el portón trasero. Salen dos hombres de la furgoneta y se meten en el edificio sin perder un segundo, de modo que la Cigarra no llega a verles la cara con claridad, pero están trasladando alguna clase de carga. Entonces ve que no es una carga cualquiera: es una persona, atada de la cabeza a los pies.

«Así que este es el famoso empleado. —La Cigarra se relame—. El empleado de la boquita cerrada, poco colaborador y desafortunado al que van a torturar a la de ya.»

En cuanto ve que la furgoneta se marcha, él arranca hacia el edificio.

«Sí, claro, en cualquier caso, Cigarra, sal ahí a dejarte la piel. No vayas a perder», se repite mentalmente las palabras de Iwanishi. «Iba a salir ahí a dejarme la piel sin que tú me lo dijeses.»

La zona que hay delante de la entrada está cubierta de baldosas blancas. El suelo está sembrado de colillas y de restos de chicle.

Entra, llega hasta el ascensor, ve que se ha detenido en la quinta planta, se da media vuelta y vuelve a salir a la calle. Se dirige hacia la salida de incendios. Sería más sencillo subir en ascensor, pero si lo llama desde abajo, la gente de la quinta planta podría percatarse. Tal vez se pondrían en guardia y lo estarían esperando, y eso no sería bueno.

Sube con cuidado por la escalera de incendios. Cuando llega a la quinta planta, tira de la puerta de emergencia para abrirla y se cuela dentro. Un pasillo. El ascensor en el extremo opuesto. Recorre el pasillo y llega a una puerta gruesa a mano izquierda. Aproxima el oído al cristal esmerilado que hay junto a la puerta y trata de hacerse una idea de lo que está sucediendo allí dentro. No le da la sensación de que haya mucha gente, y cuando ha visto llegar la furgoneta, solo se han bajado la mujer y los dos hombres.

Carga contra la puerta, la abre y entra disparado, cuchillo en mano. Cuando uno lanza un ataque por sorpresa, lo más importante es la velocidad.

Unos tubos fluorescentes iluminan la habitación, pero deben de ser viejos o estar muy desgastados, porque no dan mucha luz, que digamos. Aun así, puede ver lo suficiente para manejarse. En el centro de la sala, una mujer se da la vuelta hacia él. Al principio, tan solo parece estar mirando, muy atenta, luego ve a la Cigarra y se le abren los ojos como platos.

La Cigarra va hacia ella. Ve a un hombre tumbado en un colchón. «He venido a rescatarte, colega.»

Según avanza, va evaluando a todos los presentes, aparte de la persona del colchón. Aguza sus nervios en la dirección de cada uno de ellos, uno por uno. Tal y como él sospechaba, solo hay una mujer y dos hombres. Eso es todo. La mujer estaba sentada en una silla de oficina con ruedas, pero ahora está de pie, rígida.

«La mujer primero.» Es una decisión bastante sencilla. Ninguno de los dos hombres empuña un arma. El de la izquierda del colchón lleva puestos unos guantes de cuero, y el del lado derecho tiene una herramienta en la mano. Un martillo. Si alguien tiene un arma, será la mujer. Cuanto más delicado es el aspecto de una mujer, más probable es que lleve oculta una pistola con toda la calma del mundo.

Se abalanza disparado e impacta con el puño en la mandíbula de la mujer, que se tambalea al suelo con cara de estupefacción, como si no le hubieran propinado jamás un puñetazo. Sus zapatos de tacón salen volando. Tal y como él se imaginaba, la mujer ocultaba una pistola, porque ahora cae al suelo con un estruendo metálico y sale deslizándose hacia un lateral.

Uno de los hombres viene a la carga con el puño en alto. El cuchillo de la Cigarra destella fulgurante.

La posición del cuello del hombre, el alcance de su propio brazo, la longitud de la hoja, la distancia hasta su oponente...: lo ha tenido todo en cuenta. Descarga el brazo con el cuchillo y se imagina a sí mismo rajando una sábana colgada que tiene delante. Es un movimiento que domina a base de práctica, con la inercia del peso de todo el cuerpo. Es el resultado de años de entrenamiento cortando sábanas colgadas del techo, algo que lleva haciendo desde que empezó a trabajar para Iwanishi. «Pero bueno, mírate, con tus rutinas de entrenamiento, practicando la manera de soltar el brazo exactamente igual que un jugador de béisbol. A ver si vas a ser tú nuestro sano deportista, ¿eh?», se sonreía Iwanishi.

La hoja alcanza el cuello del hombre. La Cigarra nota cómo se hunde en la carne, secciona la arteria carótida y parte el hueso.

El hombre clava la mirada en la Cigarra, boquiabierto, y deja de moverse. Le tiembla la lengua, pero no surge sonido alguno. Se le nublan los ojos. La sangre borbotea de la herida y, de repente, sale a chorros como un géiser, como quien pisa una manguera y de pronto la libera. La Cigarra empuja al hombre, y el cuerpo cae al suelo y se desangra en un charco cada vez más grande.

La Cigarra recupera la postura inicial y se da la vuelta para enfrentarse al del pelo corto. El hombre blande el martillo en la mano derecha, y él le ve la cara por un instante.

—¡Oye! —gira sobre sí mismo, y el martillo pasa de largo por delante de él. El tipo se tambalea hacia delante con la inercia de la arremetida. La Cigarra sonríe de oreja a oreja—. Pero si es mi viejo amigo Shiba.

El mismo al que se había encontrado unas horas antes en un callejón cerca de la estación de Tokio. Ese cuyo corte de pelo militar le da el aspecto de un shiba inu. La Cigarra echa un vistazo al otro hombre, en el suelo, al que le acaba de rajar el cuello. La cadena en la cintura. «Y ese era Tosa. Vaya. Un feliz reencuentro. Shiba y Tosa. O tal vez Taro y Jiro, los perros prodigiosos.»

Shiba vuelve a la carga con otro golpe de martillo. La Cigarra entorna los ojos. Es capaz de interpretar la trayectoria del brazo, ver el arco. Viene por la izquierda hacia su rostro. Hace caer el torso hacia atrás y deja que el martillo le pase rozando la nariz tan solo para comprobar lo rápido que va realmente.

Se incorpora de golpe.

—La vez anterior os he dejado marchar, pero esta vez, ni de coña. Lo siento. Como dice la canción, «solo te puedo perdonar una vez».

La fuerza del ataque de Shiba le hace perder el equilibrio, pero de alguna forma consigue recobrar el control y vuelve a levantar el martillo. «Lo va a lanzar —se percata la Cigarra—. ¿Quién lanza su arma desde tan cerca?», y, según esta idea va cobrando forma en su cabeza, suelta un latigazo con la mano y arroja su cuchillo.

Va girando como un molinillo en el aire y se hunde en el ojo derecho de Shiba.

El hombre retrocede tambaleándose, sin emitir ni un sonido. Incapaz de entender por qué ha dejado de funcionarle el ojo derecho, al parecer invadido más por un peso insoportable que por el dolor, se hunde y cae al suelo.

—¿Por qué? —gruñe confundido.

La Cigarra, que piensa que le ha preguntado a él por qué ha apuñalado a este hombre, responde:

—Porque vosotros no sois tan duros como Taro y Jiro.

Saca del bolsillo el segundo cuchillo que lleva

guardado, se acerca a Shiba y lo apuñala en el plexo solar. Empuja la hoja por el pecho en sentido ascendente. Igual que siempre hace. Otro movimiento habitual. La misma vibración en la mano que cuando corta un paño grueso. Cuando saca el cuchillo de un fuerte tirón, escucha el sonido del bombeo de la sangre.

Shiba está listo. La Cigarra se vuelve para enfrentarse a la mujer una vez más. Comprueba que la pistola continúa en el suelo y se asegura de que está fuera de su alcance. La mujer debe de haberse puesto en pie ahora mismo, porque no ha cogido aún la pistola.

—Voy a ser muy sincero contigo. No te voy a dar un trato especial solo porque seas una mujer.

—Y a todo esto, ¿quién eres tú?

La Cigarra puede notar que no está tan relajada como intenta aparentar. La estudia de la cabeza a los pies. Pelo corto, traje de chaqueta, medias negras. Zapatos de tacón tirados muy cerca de ella. Piel pálida. Blanca como la de un maniquí.

—Lamento decírtelo, pero me llevo a este tío conmigo.

La Cigarra se pone en cuclillas, deja el cuchillo junto a su zapato y echa un buen vistazo al hombre tumbado en el colchón. Está atado con unas correas de cuero, muy apretadas, tanto que la Cigarra apenas puede desplazarlas. Se pone con las correas, con ambas manos, e intenta abrir un poco de holgura entre ellas para ir separándolas poco a poco, pero no consigue grandes progresos.

—Maldita sea, están bien puestas.

«¿Qué narices pasa con estas correas? Va a ser más difícil quitarlas que matar a esos dos.»

Entonces percibe un movimiento en los pies de la mujer. Antes de detenerse a pensar siquiera, la Cigarra se da la vuelta, agarra el cuchillo y ya está otra vez de pie.

La mujer corre a toda velocidad hacia la puerta y se deja allí tirados los tacones. La Cigarra chasquea la lengua y se prepara para volver a lanzar el cuchillo, pero finalmente se contiene. «Y qué, si se escapa», piensa.

Se acuclilla junto al colchón una vez más y vuelve a empezar con las correas. Trabaja con paciencia, poquito a poco, y logra aflojarlas. Entonces cae algo de la mano del hombre. Hace un ruidito metálico al golpear contra el suelo. La Cigarra lo atrapa y lo sube a la altura de los ojos. Un anillo. La piedra incrustada no parece muy elegante, pero quizá se las arregle para sacarle algo de calderilla, así que se lo guarda en el bolsillo de los vaqueros.

—He venido a rescatarte —dice la Cigarra al oído del hombre, que pestañea con rapidez—. A que estás impresionado, ¿eh?

Suzuki

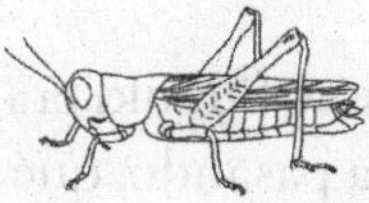

No tiene ni idea de quién es esta persona que ha venido a rescatarlo. Casi tiene la certeza de que no se han visto nunca. Lo que sí sabe con seguridad es que este hombre le ha liberado de las correas que le mantenían sujeto.

Ha aparecido justo cuando a él estaban a punto de machacarle los dedos de la mano con el martillo. Le habían propinado un puñetazo en el estómago, una patada en las costillas y, a continuación, el hombre del pelo largo había dado un tirón de la mano de Suzuki y la había presionado contra el colchón, sujetándola por los dedos.

—Muy bien, machácalos —señaló al hombre de pelo corto, que soltaba unos vigorosos golpes de prueba con el martillo.

—Te vamos a destrozar un dedo o dos, y entonces hablarás.

Suzuki se imaginó los dedos pulverizados por el martillo, vio los huesos hechos añicos, las venas hechas un desastre y las uñas astilladas. Sintió un frío gélido en la piel. Tuvo un momento espantoso en que se le retorció el estómago por la certeza de que aquello no tenía vuelta atrás.

Fue entonces cuando oyó que alguien irrumpía en la estancia.

Sus dos torturadores se detuvieron para levantar la mirada. No tenían ni idea de lo que estaba sucediendo.

Desde su posición, Suzuki era incapaz de ver con claridad qué estaba pasando, qué tipo de pelea se había iniciado, y cerró los ojos.

Los volvió a abrir con cautela cuando cesaron el ruido y las reverberaciones. Tenía delante el cuerpo del hombre que antes estaba a la derecha, el del pelo corto con el martillo. Estaba tirado boca abajo, mirando en la otra dirección. Suzuki podía ver los delgadísimos tobillos que asomaban de los pantalones del hombre, al que le temblaba el cuerpo.

Suzuki miró a su izquierda y vio al del pelo largo, también en el suelo, tirado en un charco oscuro, y tardó un momento en percatarse de que se trataba de la propia sangre de aquel tipo.

La única persona que quedaba en la habitación era el que había venido a salvarlo, un hombre con un aspecto bastante juvenil. No podría tener más de veintipocos años. Miró a Suzuki como un niño con escasa capacidad de concentración, muy inquieto, de esos que disfrutaban robando en las tiendas y sacándole el dinero a la gente. «He venido a rescatarte», le había dicho el joven, pero a Suzuki no le pareció que tuviese mucha pinta de salvador de nadie.

Ahora, el hombre lo levanta y le dice que ande. Suzuki se limpia con la manga la saliva seca de alrededor de la boca. Siente el impulso de vomitar.

—Whisky —dice Suzuki, que se queda sorprendido consigo mismo—. Necesito que me des whisky de tu barril.

—¿Qué?

—Eeeh, mmm, nada. —El velo que le nublaba la mente le había dado la impresión de que le estaban rescatando en lo alto de las montañas.

El joven se presenta como «la Cigarra». No hay razón para que le diga su nombre, pero aun así, él lo hace con orgullo. Debe de ser un alias. También debe de estar impacientándose con el ritmo que lleva Suzuki, porque le insiste en que vaya más rápido.

—Vamos, date prisa —le dice, y entonces se acerca y le ofrece el hombro.

—¿No había una mujer aquí? —Suzuki se pregunta qué habrá sido de Hiyoko.

—Se ha escapado. Es bastante rápida. Habrá ido a buscar refuerzos, seguramente. A los criminales siempre les falta tiempo para pedir refuerzos. Serán memos. Ni que pudieras resolverlo todo con un montón de matones. ¿Verdad que sí?

—¿Quién eres tú, exactamente? —Suzuki no puede evitar preguntárselo.

—Soy la Cigarra, ya te lo he dicho.

«Pues no parece que tengas pinta de insecto que canta.»

—¿Trabajas para Terahara?

—A mí no me metas en el mismo saco que a esos tontos del culo. Eres tú quien trabaja para Terahara. Yo tengo mi propio tinglado, un pequeño negocio personal. Pero, oye, parece que eres bastante famoso.

—¿Soy famoso?

—Tú sabes dónde está el Empujón, ¿no?

Suzuki no sabe cómo responder. Lo más probable es que un rápido «¿De qué estás hablando?» o un «Todo el mundo dice lo mismo sobre mí, pero yo no tengo ni idea de qué están hablando» hubieran servido para rechazarlo, pero pierde la oportunidad. Tartamudea, en cambio, se le tensa la expresión de la cara, traga saliva. Todo esto dice mucho más que cualquier frase.

—Vale, sí que sabes sobre el Empujón —insiste el joven—, ¿a que sí?

Recorren el pasillo y llegan al ascensor. Se encuentra detenido en la planta baja.

—No creo que vaya a subir nadie —dice la Cigarra, que pulsa el botón de bajada, y el ascensor cobra vida con un sonido mecánico.

—¿Y si bajamos en el ascensor —arranca diciendo Suzuki con una preocupación repentina— y están ahí esperándonos los hombres de Terahara?

Puede imaginarse la escena. El ascensor llega a la planta baja, se abren las puertas. Ahí están Hiyoko y su banda, con las armas en la mano. Disparan todos a la vez. Es una escena que ha visto infinidad de veces en las películas, pero a Suzuki solo le hace falta vivirla una vez, y todo se habrá terminado para él.

—Sería lo mismo que meterse en un avispero.

—Una cigarra en un avispero no es algo que uno vea todos los días —sonríe despreocupado la Cigarra.

La puerta del ascensor se abre a paso de tortuga. La Cigarra rodea a Suzuki con el brazo y le empuja por detrás, al interior del ascensor.

—Supongo que nos estamos arriesgando, pero sigo creyendo que no hay problema. No me ha parecido que llegara un montón de coches al edificio. Aunque esa mujer hubiera llamado a sus matones, esa gente no suele ser la más lúcida, por lo general, y aparecerían montando un escándalo. Oiríamos todo tipo de chirridos de frenazos y todo lo demás. A menos que oigamos eso, yo diría que estamos bien.

—Tienes razón, pero tampoco es algo seguro. —Suzuki se da cuenta entonces de que la Cigarra lo tiene retenido por la espalda, sujetándole las manos.

—Bueno —oye decir a la Cigarra—. Si se abre la puerta y hay ahí un montón de armas apuntándonos, te voy a utilizar como escudo. Lo siento.

La lentitud del ascensor resulta desquiciante. Parece como si estuviera intentando exasperarlos con su descenso de manera premeditada, balanceándose a un lado y a otro como si se pudiera caer de pronto, en cualquier instante.

—Quiero que me lleves con el Empujón.

—El Empujón. —Suzuki le da vueltas a ese nombre en la boca. Es como si todo el mundo estuviera buscando al Empujón—. ¿Para qué quieres tú ver al Empujón?

—Para conocerlo. Charlar con él.

—¿Eso es todo?

—¿Qué estás pensando?

—¿Tienes alguna cuenta que saldar con él?

—¿Es obligatorio tener alguna cuenta pendiente con él si uno quiere verlo?

Llegan a la planta baja. Suzuki contiene el aliento. La puerta comienza a deslizarse y a abrirse. Solo le queda rezar. Se le llena la cabeza de imágenes: innumerables cañones de pistolas, infinidad de dedos en el gatillo, un diluvio de balas que le rasga el pecho, una ola de sangre, una punzada de dolor, su chillido de angustia, sus órganos perforados. Se hace la inútil promesa de que gritará el nombre de su mujer si es que le disparan. Se siente como si le estuviesen a punto de ceder las piernas.

«¿Por qué me está pasando esto a mí?» Todo su cuerpo se ve invadido por dudas y temores, pero Suzuki trata de desterrar esa sensación con el dicho preferido de su mujer. «Es lo que toca. Justo. Por ella.» Afianza las piernas y aprieta los dientes. «Estoy dando lo mejor de mí. Lo estoy haciendo por ti.»

La puerta termina de abrirse del todo. Está a punto de cerrar los ojos, pero combate ese impulso a base de tensar los músculos de las mejillas y la frente. Lo que suceda, sea lo que sea, él quiere verlo.

La planta baja se abre ante ellos, silenciosa y desierta. Todo está completamente inmóvil. No hay emboscada que valga.

—Es seguro —dice la Cigarra con ligereza.

Suzuki aprieta los labios y, acto seguido, exhala con alivio.

Se dirigen hacia la salida.

—Bueno, ¿y cómo es el Empujón?

A su espalda, la voz de la Cigarra le saca de quicio.

—Tiene familia. —Suzuki decide apelar a la empatía de la Cigarra y tratar de hacerle cambiar de opinión. Se imagina que si la Cigarra no le guarda ningún rencor en particular, tampoco se empeñará en matar a un padre de familia—. Dos hijos pequeños. Así que a lo mejor prefieres ser indulgente con él, ¿no?

La Cigarra suelta un chillido, al parecer de alegría. Es un sonido agudo como una flauta.

—¡Pero si esa es mi especialidad!

—¿Qu...?

—Yo soy el tío al que envían cuando alguien necesita que muera toda la familia. Ah, esto se pone cada vez mejor.

Sin saber muy bien qué tipo de broma se supone que es esta, Suzuki observa a la Cigarra. Por la expresión de su rostro, diría que el joven no está bromeando. Parece realmente emocionado. «Otra langosta. Todos ellos son langostas.»

La Cigarra tira de Suzuki, y él camina. Poco después giran a la izquierda por una calle más estrecha. Más adelante hay un SUV aparcado con dos ruedas subidas en la acera.

—Sube. —La Cigarra empuja a Suzuki por el hombro. La puerta del lado del acompañante no tiene echado el seguro, y Suzuki la abre—. No estarás pensando en escapar, ¿verdad?

Él se vuelve para mirar a la Cigarra y se encuentra de bruces con un puñetazo en pleno rostro. Se desmorona en el asiento el acompañante. Esto lo lleva de regreso a su experiencia en ese colchón, y vuelve a sentir náuseas. Pierde la noción de qué es arriba y qué es abajo, dónde está la izquierda y dónde la derecha.

Lo siguiente de lo que se percata es que tiene los brazos en la espalda, con el cuerpo en un escorzo contorsionista que le altera todavía más su sentido de la orientación. Tiene las manos atadas. Parece que la Cigarra se ha traído las correas de cuero, y vuelve a atar a Suzuki. Se cierra la puerta del coche.

La Cigarra rodea el vehículo hasta el asiento del conductor y dice:

—Vamos a dar un paseíto.

La Ballena

—Vamos a dar un paseíto —dice la Cigarra sentado al volante.

La Ballena está escondido bajo la manta en el asiento de atrás. Ha desarmado las cajas de cartón y las ha extendido por el asiento para poder meterse bajo la manta.

Tiene una pistola en la espalda, metida por el cinto, la que se llevó del apartamento de Iwanishi. Había sacado su propia pistola, esa que nunca llevaba cargada, y la había limpiado de huellas antes de arrojarla al río.

—¿Por qué quieres saber dónde está el Empujón? —pregunta el hombre del asiento del acompañante—. ¿Tú por qué lo estás buscando? Hasta donde yo puedo ver, no estás con Terahara. ¿Por qué andas tan empeñado en esto?

Este hombre del asiento del acompañante debe de ser el que conoce el paradero del Empujón.

—Yo no estoy empeñado en nada. Mira, tienes dos opciones. O me dices tú lo que quiero saber o te lo saco yo. Es probable que la segunda opción sea un pelín más dura. Dolerá, y el resultado será el mismo de la primera opción.

—Eso es justo por lo que acabo de pasar —se lamenta el hombre del asiento del acompañante—. La misma situación exacta en la que me ha colocado la gente de Terahara. Me estaban haciendo daño para tratar de obligarme a hablar. ¡Lo que me estás diciendo no es diferente de lo que hacían ellos!

—Vale, ¿y qué?

El del asiento del acompañante guarda silencio. Desde debajo de la manta, la Ballena no puede saber si el hombre aún está decidiendo cómo responder o si ya se ha decidido a no hablar.

—Mira, vamos a cambiar de escenario y podremos charlar un poco —dice la Cigarra al mismo tiempo que toquetea ruidoso aquí y allá—. ¿Dónde está la llave? ¿La has visto por algún lado?

A la Ballena le da la sensación de que esa pregunta va dirigida a él, aunque sabe que no es el caso. Lo cierto es que a él le viene mejor que el coche se quede donde está. Muy despacio, comienza a levantarse, preparándose para salir.

El coche empieza a temblar, y la Ballena se vuelve a caer sobre el asiento. Por un instante piensa que se ha puesto en marcha el motor, aunque no es eso. «No», piensa él, pero por supuesto que es un sí. Llega el vértigo. Le martillea la cabeza. El dolor casi lo parte por la mitad.

—Parece que me toca a mí pasar a saludar —dice una voz pegada a su oreja.

Abre los ojos y mira hacia la izquierda.

Junto a él hay un hombre que viste traje, con el cabello negro y la raya en medio. También está bajo la manta, y tiene el rostro justo al lado del de la Ballena. Dos hombres adultos metidos debajo de la misma manta no es algo muy cómodo, que digamos, pero la Ballena no lo puede espantar de allí. Al fin y al cabo, es un fantasma.

—Te has cargado a Kaji por mí —dice el hombre agradecido.

Es aquel hombre que se colgó anoche en la habitación del hotel, ese leal secretario que hizo el papel de cordero sacrificial. La víctima número treinta y tres.

—Cuánto me he alegrado al enterarme de que has obligado a Kaji a suicidarse. —Las palabras fluyen como la seda—. Ahora que está muerto, seguro que no tardará mucho en volver a contratarme como secretario aquí, en el otro lado.

La Ballena no dice nada. Se queda esperando con paciencia a que el hombre desaparezca, con la desesperada esperanza de que la Cigarra no lo descubra mientras tanto.

—Pero ¿no te entristece dedicarte a este tipo de trabajo?

La Ballena no responde. Se pinza el puente de la nariz con los dedos y cierra los ojos con fuerza.

—Parece que tienes todo tipo de problemas.

La Ballena continúa en silencio, pero tiene la firme sensación de que no va a poder aguantar más de dos o tres intervenciones más por parte del secretario antes de estallar de ira. «¿Desde cuándo he tenido yo problemas para controlarme?... Todo está escrito en el plan.» Recuerda las palabras de Tanaka. «¿Y esto también forma parte del plan? Porque si lo es —se dice la Ballena— entonces tengo que mover ficha. Con fantasma o sin él.» No percibe que haya nadie en el asiento del conductor ni en el del acompañante, pero él sabe que están ahí. No puede verlos, pero aun así puede actuar. «Tengo que saldar mis cuentas pendientes.» Ha tomado una decisión.

Muy despacio, dobla las rodillas. Tiene el rostro del secretario a una distancia inquietantemente corta del suyo. Puede sentir la exhalación de los orificios nasales del hombre. La Ballena está en condiciones de emerger de debajo de la manta como si estuviera saliendo de su alucinación, en un estallido. Le baila la cabeza. Oye la voz del secretario justo a su lado.

—Ha llegado la hora.

La Ballena salta como un rayo y lanza los brazos hacia el asiento del conductor. Su mano izquierda engancha a la Cigarra por la frente, desde detrás.

El fantasma ya no está. Puede ver a la Cigarra en el asiento de delante. Puede sentir lo que están tocando sus manos. La imagen de la Cigarra se ve reflejada en el retrovisor, rígido, como si estuviera petrificado.

La Ballena da un tirón de la cabeza de la Cigarra hacia atrás y la estampa contra el reposacabezas. El impacto resuena en todo el coche.

La Cigarra

No tiene la menor idea de lo que está pasando. En el instante en que se ve capaz de procesar algo, se lo están llevando a rastras, de espaldas. Tiene el trasero suspendido en el aire, y sus talones van rastrillando el suelo.

Lo tienen sujeto por la parte de atrás del cuello de la cazadora. Alguien va tirando de él, advierte. Alguien extremadamente fuerte. Tan fuerte que parece que lo vaya arrastrando un coche o una motocicleta.

Puede ver el asfalto que tiene debajo, y allí, delante de él, se encuentra el SUV donde él estaba sentado hace un momento. De repente su cuerpo no pesa. Lo levantan como a una maleta para subir el bordillo, parece. Bajo los pies, el suelo es ahora de tierra.

Hace apenas un minuto estaba sentado al volante del SUV. De eso sí está seguro. Después de amenazar al hombre al que había rescatado, estaba buscándose las llaves del coche por los bolsillos de los vaqueros. De pronto apareció una mano a su espalda. No se podía creer lo que estaba viendo. No hubo tiempo para reaccionar. En un simple abrir y cerrar de ojos, la mano le tenía agarrado por la frente. Entonces le taparon los ojos, y lo único que podía ver eran las líneas de la mano justo ahí delante, con alguna imagen fugaz en los huecos entre los dedos. Un segundo después le pegaron un tirón de la cabeza hacia atrás y se la estamparon contra el reposacabezas. Sintió un estallido de luz en la cabeza, la consciencia flotando en el aire. Debió de sufrir una sacudida en el cerebro, porque lo único que fue capaz de percibir fue un temblor desde lo más profundo de su ser y, a continuación, todo estaba neblinoso.

De la manera más vaga, tuvo la impresión de que se abría la puerta. Cuando recobró la más mínima consciencia, ya estaba fuera del coche, se lo llevaban a rastras.

Algo le pincha en la mejilla izquierda. Huele a hierba. Matas de vegetación le raspan por el cuerpo.

El bosque de cedros.

Los mismos cedros que había visto delante del edificio, lúgubres y opresivos, con un aire amenazador. Ahora se halla entre los árboles. No está lejos de la calle, en absoluto, pero ningún sonido del exterior penetra en ese bosque. Le están llevando a rastras a la espesura, pero se siente más bien como si le llevaran a las profundidades de una caverna.

«¿Quién es este tío?» Por primera vez, esa pregunta le surge flotando en el pensamiento. «Escondido en el puto asiento de atrás.» No se lo puede creer, es casi imposible. Intenta girar la cabeza, pero no puede verle con claridad.

Por la fuerza y la violencia del arrastre, la pura ferocidad, casi está dispuesto a creer que es un caballo desbocado el que está tirando de él, y no un ser humano.

A pesar de que le arrastran de espaldas y le zarandean como a un saco, logra llevarse la mano al bolsillo de detrás. Agarra con los dedos la empuñadura de su cuchillo y, acto seguido, lanza el brazo en un barrido en dirección a la espalda de su atacante.

Falla en su primer ataque. Tal vez ha calculado mal dónde se encuentra el hombre, o el ángulo de la cuchillada, pero lo único que corta la hoja es el aire.

—¿Cómo he podido fallar? —suelta airado la Cigarra, como si se hubiera jugado todos sus ahorros a la lotería y hubiese descubierto que no había ganado—. ¡Ni de coña he fallado!

Entonces cae al suelo. La mano le suelta el cuello, aterriza sobre la rabadilla y se cae hacia atrás. Tras una punzada de dolor, siente en la espalda la fría humedad de la tierra. Dobla el cuerpo de inmediato y rueda hacia un costado. La tierra y la hierba se le quedan pegadas. Se apresura a ponerse en pie con la ayuda de las manos.

Aún se tambalea.

—¿Quién cojones eres tú?

Cuchillo en mano, se enfrenta a su atacante. «Madre mía, este tío es inmenso.»

El hombre está de pie a una ligera distancia. Su cuerpo parece sólido y fuerte. La Cigarra ya puede verlo con la suficiente claridad, aun en la penumbra entre los árboles. Anchas espaldas. Pelo corto. Unos ojos muy hundidos bajo las cejas. La nariz bien formada, incluso guapo, pero esos ojos hundidos están llenos de sombras. Lleva puesto un abrigo. Los brazos descansan a ambos costados, sin rastro de ninguna pistola ni cuchillos. La Cigarra puede ver su respiración, interpretar el ritmo. Inhala, exhala. Adapta sus respiraciones a las de este grandullón.

—Tú eres la Cigarra —dice el grandullón.

Tiene una voz suave, pero a la vez intimidatoria. Es como si se ondulara por el aire entre ambos. Casi le ha parecido que eran los cedros los que habían hablado.

La Cigarra mira hacia arriba. Los árboles gigantescos impiden ver el cielo. Los troncos están separados unos metros entre sí. Unas líneas verticales descienden por la corteza de un tono rojizo apagado y hacen que parezca que resultaría sencillo arrancar una tira. Las ramas se curvan hacia arriba, cubiertas de espirales de agujas con el sonido de su roce al viento. Entre el follaje consiguen colarse las estrechas franjas de una luz de última hora de la tarde.

—¿Cómo es que conoces mi nombre?

Entre la tremenda facilidad con la que el grandullón le ha traído a rastras y el ademán impasible que este hombre luce en el rostro, la Cigarra sabe que no se trata de un criminal corriente. Nada que ver con Shiba y Tosa, eso se ve a la legua.

—Se suponía que tenías que matarme.

Los labios del hombre apenas se mueven. Su voz repta por el suelo hasta llegar a la Cigarra.

«Ahora caigo.»

—Entonces eres tú, ¿no? El tío enorme al que Kaji quería que quitasen de en medio.

—¿Por qué no has venido a hacer el trabajo?

La Cigarra comprueba su propia respiración. No parece que este hombre esté a punto de lanzarse al ataque. Da un paso para acercarse, aún relajado, pero siempre calculando las distancias. Controlar la distancia es la clave. La distancia de ataque con el cuchillo, el alcance de su brazo, la separación correcta para seccionar la carótida, o, si no, la suficiente proximidad para lanzar el cuchillo y dar en el blanco.

Sabe que un solo fallo será su fin. Así de seria es la amenaza que representa este grandullón. La Cigarra da otro paso, midiendo. El grandullón se mantiene absolutamente inmóvil. Se queda ahí, sin más, fulminándolo con la mirada.

«Como una estatua de piedra», se maravilla la Cigarra.

Dos pasos más. Uno más. Otro. Entonces se abalanza. Hay dos metros entre ellos. Carga a toda velocidad, navaja en mano.

La Cigarra confía en que el hombre no podrá esquivarlo. Su ataque llega desde demasiado cerca. Crujen bajo sus pies las ramitas que hay en el suelo.

El rostro del grandullón adopta una expresión tensa, y el hombre desplaza rápidamente el centro de gravedad a la izquierda.

—¡Demasiado lento! —La Cigarra suelta una cuchillada con la mano derecha y, al mismo tiempo, lanza una estocada con la izquierda: había estado ocultando un segundo cuchillo.

El grandullón se mueve con una agilidad mucho

mayor de lo que debería un hombre de su tamaño, pero estaría concentrado en la mano derecha, seguramente, porque lo hace apenas una décima de segundo tarde. La Cigarra apuntaba a la barriga. El grandullón se gira, y la Cigarra lo alcanza en el costado, como un boxeador que conecta un gancho. La hoja perfora el abrigo y el jersey de punto que lleva debajo. La Cigarra centra en ella toda su atención. Lo visualiza todo: la sensación de la hoja al clavarse en la carne, la presión de sus dedos en la empuñadura, el impacto en la palma de su mano y cómo asciende por el brazo y le llega hasta el cerebro. Comienza a sangrar la herida. La Cigarra la hunde más adentro.

El grandullón retrocede con un tambaleo. Se cae de culo, y el impacto reverbera entre los árboles. La cuchillada de la otra navaja corta el aire. El hombre se queda mirando hacia arriba, con las manos hacia atrás, apoyándose en el suelo. En el transcurso del siguiente segundo ya se encuentra en pie.

La Cigarra recoge los brazos tras el ataque y recupera el equilibrio.

—Eres grande, pero también eres rápido, ¿eh? —Conforme lo dice va pensando: «Esto no es nada bueno».

El grandullón está en pie y bien erguido, se sacude la tierra de las manos. Baja la mirada hacia el agujero en el costado derecho de su abrigo, lo presiona con la mano y se queda mirando la sangre en la palma. Observa con cara de curiosidad el fluido oscuro que ha salido del interior de su cuerpo, como si se tratara de algo nuevo para él.

—Yo diría que no te he hecho mucho, ¿no? —La

Cigarra siente el sudor en las palmas de sus propias manos—. Esta vez sí que te voy a pillar bien.

«Pero ¿voy a ser capaz?»

—Parece que estás disfrutando —dice el grandullón con voz queda, sin burla ni desprecio ninguno.

—Sí, bueno, a las Cigarras les gusta hacer mucho ruido.

—Y las ballenas son grandes.

La Cigarra baja la barbilla hacia el cuello.

—Oooh. Acabo de oír hablar de ti, a Iwanishi. Así que tú eres la Ballena. ¿Cómo dices que era ese rollo tuyo? Haces que la gente se suicide, ¿verdad?

—Quien se encuentra conmigo acaba muriendo.

—No lo dudo. —La Cigarra fuerza una sonrisa.

—Todo el mundo quiere morir.

—Siendo así, entonces tengo que pedirte un favor.

Mientras habla, la Cigarra va cambiando el peso del cuerpo de una pierna a otra. Está buscando un modo de acercarse más. Necesita situarse en su rango de alcance. Tiene que dar con una forma de acabar con este tío.

—¿De qué se trata?

—El tío para el que trabajo se llama Iwanishi... Bueno, en realidad no trabajo para él, ese tío solo es quien coge el teléfono. Quiero que te encuentres con él. Dices que todo el que se encuentra contigo acaba queriendo morir, ¿no? Iwanishi es un puto pesado, así que a lo mejor te cuesta más de lo normal, pero me encantaría que te libraras de él.

—No me ha costado en absoluto.

—¿Cómo? —A la Cigarra se le pone una voz tan aguda que suena disparatada.

—Iwanishi ha sido exactamente igual que el resto. Nos hemos encontrado. Ha muerto.

La Cigarra traga saliva. Casi se le cae el cuchillo.

—Entonces ya has tenido un encuentro con él.

—Antes de venir aquí.

—¿Y cómo ha muerto?

—¿Quieres saberlo?

—Claro que quiero saberlo. —Se encoge de hombros.

—Ha salido volando —dice el otro sin más. La Cigarra no sabe si la Ballena está tratando de suavizarlo o si es que no le importa lo más mínimo—. Ha salido volando por la ventana.

—Ah. —No sabe qué otra cosa decir.

—Ese tal Iwanishi —prosigue la Ballena, que parece estar acercándose, aunque la Cigarra no ve que se aproxime, sino que su figura se va agrandando y se cierne sobre él—. Quería lo mejor para ti.

—¿Para mí? ¿Él?... Ese no quería nada para mí, ni en un sentido ni en otro.

La Ballena parece aún más grande que antes, si cabe. La Cigarra no tiene ni idea de cómo: fijo que no ha visto a ese hombre acercarse lo más mínimo. Es como si ese cuerpo gigantesco le impidiese ver nada más. Como una cordillera montañosa. Infranqueable.

—Pues supongo que debería darte las gracias. No hay nada que deseara más que librarme de él.

—¿Lo dices en serio?

—Por supuesto que lo digo en serio. No podía

soportar a ese tío. ¿Qué? ¿Estás pensando que intento hacerme el duro para ocultar la tristeza que siento?

«Iwanishi está muerto. Eso significa que soy libre.» Es un final completamente distinto del de la película de Gabriel Casseau. «Iwanishi está muerto, y yo sigo vivo, lo que significa que yo jamás fui su títere.» Se imagina la última y lastimera escena de la película, cuando el joven gimotea: «Seré un buen títere, pero déjenme ser libre».

«No se parece a mí.»

En ese momento, la Cigarra estira el cuello para mirar directamente a los ojos a la Ballena. Y en el instante en que lo hace, siente un viento gélido en la espalda. Se le pone el vello de punta y le tiembla el pecho. De manera instintiva, sabe que no debería mirarle a los ojos bajo ninguna circunstancia, pero no puede apartar la mirada. Está anclado al suelo.

Es como si la Ballena tuviese dos agujeros negros en lugar de ojos. Tal vez no sean más que las sombras bajo los árboles, pero, en lugar de párpados y globos oculares, lo que hay es un vacío, como la negrura en la cuenca de los ojos de una calavera. La Cigarra entrecierra los suyos para forzar la vista y tan solo alcanza a distinguir el blanco de los ojos; el iris y la pupila solo son agujeros en el espacio.

Y esos agujeros lo están atrayendo. «¿Qué es esto?», piensa la Cigarra, pero cuando se ha terminado de formar en su mente ese pensamiento, él ya ha caído succionado por el abismo. Ha visto engullido su cuerpo, que se hunde cada vez más, hasta las más oscuras profundidades del mar. Agua por todas partes, más negra que la noche, que lo inunda, le llena la boca. No hay dolor. El agua lo está llenando, debilitando por dentro. Una sustancia extraña que entra en su cuerpo, que penetra voraz. Está saturado por completo de un fluido negro, y no se ha visto capaz de apartar la mirada de los ojos de la Ballena durante todo ese rato.

Una pesadumbre gelatinosa se le extiende por el pecho, después por la cabeza. Puede sentirla.

Unos sentimientos y pensamientos oscuros se apoderan de él, que se siente húmedo, pegajoso, pero al mismo tiempo completamente reseco. «¿Qué está pasando?», se pregunta con una cierta vaguedad.

Intenta poner a funcionar la cabeza, pero es como si estuviera luchando con el lodazal pegajoso de una ciénaga. Esta tristeza y esta confusión tan desconocidas para él lo aterrorizan. Está sufriendo el ataque de una especie de desilusión, una sensación de decepción consigo mismo. No es tristeza, en realidad, ni tampoco una falta de sentido en la vida.

De pronto da con algo. «¿Podría ser que...?» Se le ocurre: «¿Me siento culpable?».

Oye un coro de voces, demasiadas para contarlas. Susurros, chillidos, gritos de ira, súplicas de clemencia. Aparecen unos rostros, se agolpan a su alrededor. Caras y más caras, y todas sus voces. Aquella multitud de rostros y voces amenaza con abrumarlo. Acuciándole, inundándole los oídos y machacándole los ojos.

Es entonces cuando se da cuenta de que todos esos rostros, todas esas voces, pertenecen a las personas a las que él les ha arrebatado la vida. Sus maldiciones y sus lamentos aceleran la llegada de la negrura. «Yo no me siento culpable, eso es una chorrada», brama por dentro, pero eso no cambia absolutamente nada.

—Esto es culpa de Iwanishi —dice una voz. Parece haber salido de entre los labios de la Ballena, pero la Cigarra sabe que no es el caso—. Ahora que Iwanishi ya no está, todo se ha destapado —continúa la voz—. La única razón por la que has podido matar a toda esa gente sin sentir ninguna culpa es porque Iwanishi estaba ahí. Ahora que está muerto está saliendo todo, y tú te estás ahogando en ello.

La mirada de la Ballena sigue clavada en la Cigarra.

«Iwanishi no tiene ningún poder sobre mí, así que da igual que ya no esté, para mí no supone ninguna diferencia —insiste la Cigarra para sí—. Yo ya tenía mi propia vida antes de conocerle.» Sin embargo, en cuanto se dice esto, se queda horrorizado al percatarse de algo. Se le oscurece la vista, como si le hubiese impactado un pegote de barro justo en los ojos. Un instante después se encuentra de rodillas.

—No me acuerdo de nada de antes de Iwanishi.

Enfrentarse a este hecho le deja destrozado. «No puede ser», intenta decir, pero lo único que sale de su boca es una respiración entrecortada.

—¿Existo, siquiera?

«Todo el mundo quiere morir.»

Aquellas palabras se ciernen sobre él. «Ni de

puta coña.» Pero ahí tiene la mano derecha, extendida hacia el frente. La única parte de su ser con algún tipo de sensibilidad. El resto de su cuerpo está anestesiado. En esa mano tiene el cuchillo. La hoja apunta hacia él mismo.

«Un momento...»

La Cigarra se percata de que está a punto de apuñalarse él solo y le entra el pánico, pero su cuerpo no le escucha. «Todo el mundo quiere morir.» Esta vez sí que responde cuando lo oye:

—Sí, pues ¿sabes lo que te digo? Que sí quiero morir. Eso es justo lo que yo quiero.

Levanta la mano sin dejar de mirar a los ojos de la Ballena. Continúa de rodillas, arquea el vientre hacia fuera. «Yo jamás llegué a existir, siquiera.»

Alcanza a ver una tenue luz que llega entre las ramas de los cedros. No está seguro de si es el sol o si son las farolas. Unas finas franjas de luz, apenas un destello.

Los árboles comienzan a oscilar. Se habrá levantado el viento. El ruido de las fuertes sacudidas de las ramas y las agujas empuja a la Cigarra hacia delante. «Es la hora, la de morir», como si algo le estuviera empujando por detrás, hacia delante. «Cállate, cállate, si muero, ¿te importaría cerrar la boca, por favor?» Ya se ha decidido: ahora se siente en calma. Levanta la mano con el cuchillo, listo para golpear, y en ese instante parece que todo comienza a iluminarse. De buenas a primeras, se dispersa la niebla en la que estaba sumido.

Se siente confuso durante unos segundos, sin saber muy bien qué es lo que está sucediendo. Entonces ve.

La Ballena tiene un aspecto distinto. Allí de pie, justo en el mismo sitio donde estaba, pero con los ojos medio cerrados. Casi como si estuviera soñando.

Suzuki

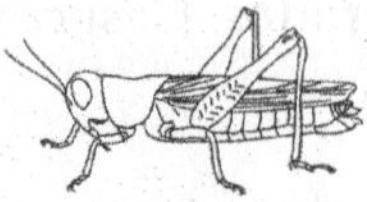

Suzuki no tiene la menor idea de lo que está pasando. De repente la puerta del conductor se ha abierto de golpe, y alguien ha sacado a rastras del vehículo a la Cigarra.

Lo dejan solo, y por un momento se queda allí sentado, sin más, absolutamente perplejo. Es como una oruga gigante, allí atado de pies y manos, pero consigue elevarse un poco en el asiento a base de balancear el cuerpo hacia delante y hacia atrás, de retorcerse asiento arriba, para poder ver un poco mejor por la ventanilla del lado del conductor.

Ve a la Cigarra en la distancia. Un hombre de aspecto imponente va tirando de él, agarrado del cuello de la camisa, y se dirige hacia el bosque, para adentrarse entre los cedros.

«Tengo que escapar», piensa mientras retuerce el tronco del cuerpo y las piernas de uno a otro lado en un intento por cambiar de postura. Trata de abrir la puerta del acompañante, pero no lo consigue. Da la espalda a la puerta para poder alcanzar el tirador con las manos atadas, estira los dedos hasta donde llegan, los extiende y procura agarrar algo, pero no logra abrirla. El corazón le late a martillazos. Mueve los brazos y gira el tronco. Es como si se le fuesen a acalambrar todos y cada uno de los músculos que van desde la punta del índice hasta el bíceps, pero no se puede permitir preocuparse por eso.

Piensa en su mujer. Puede verla, aplastada contra el poste del teléfono y sin esperanza de que vuelva a respirar. «No pienses ahora en ella.»

En ese preciso instante oye que la puerta se abre a su espalda. Sorprendido, vuelve la cabeza para mirar. «Y ahora ¿qué?», piensa él, tan frustrado como muerto de miedo.

—Parece que le vendría bien que le echaran una mano.

Allí, de pie, está Asagao.

La Ballena

Recorre la zona con la vista tratando de orientarse. La Cigarra debería estar ahí mismo, de rodillas, pero ya no está.

Hasta ahora, siempre que tenía una de sus visiones venía acompañada del vértigo y el dolor de cabeza. Esta vez no ha habido nada de eso, así que no ha recibido ningún aviso de que estaba a punto de suceder. De repente han sonado más alto las ramas de los cedros al agitarse y los suspiros del viento en sus oídos. Se ha percatado de que ya no lo tenía delante y ha pensado: «Esto no es nada bueno».

La Cigarra tenía el cuchillo apuntado hacia su propio vientre, y en sus ojos brillaba la oscura luz de alguien que está listo para la muerte. Tan solo faltaban unos segundos, pero ahora, gracias a este trastorno físico, todo se ha ido al traste. La Ballena percibe una intensa sensación de peligro.

Sus pensamientos vuelan de vuelta a lo sucedido en el apartamento de Iwanishi. El vértigo se había apoderado de él y, mientras se encontraba retenido por su alucinación, Iwanishi había ido gateando hacia la pistola. Volvió en sí justo a tiempo. De haber tardado un segundo más en regresar a la realidad, le habrían pegado un tiro. Sabe que esta vez es aún más peligrosa. No hay ni rastro de la Cigarra.

Como si sufriera un espasmo, da un paso al frente y lanza una patada en un barrido hacia el lugar donde estaba la Cigarra hace un instante. Teme que este joven se abalance sobre él en cualquier momento. A patada limpia, trata de disipar los oscuros nubarrones de la duda, pero, tal y como se imaginaba él, no acierta a impactar con nada.

—Parece que la Ballena tampoco es para tanto, al fin y al cabo.

Oye una voz y se da la vuelta. Es Iwanishi. Está allí de pie, lo tiene justo delante. El mismo Iwanishi que se ha tirado por la ventana hace no más de una hora. Viste la misma chaqueta de punto de color morado con la que la Ballena le ha visto y está enseñando los dientes torcidos.

—Con lo cerca que estabas de liquidar a la Cigarra...

—Lo habría hecho de no haber aparecido tú —le contesta la Ballena.

—¿Me estás diciendo, entonces, que le he salvado el pellejo a la Cigarra?

—Eso parece. —La Ballena vuelve la cabeza de un lado a otro, con urgencia, tratando de escrutar los trescientos sesenta grados a su alrededor—. Y ahora soy yo quien necesita que le salven el pellejo.

—Qué va, hombre. La Cigarra todavía está en las nubes. —De alguna manera, Iwanishi suena contento y triste a la vez. El fantasma echa a caminar sobre las ramas caídas grandes y pequeñas que hay en el suelo, pero no se oye ningún crujido, ni pisadas en la tierra—. La Cigarra es mucho más duro que yo —dice Iwanishi con una sonrisa, y acto seguido baja la mirada al suelo y hace un gesto forzado con la mandíbula—. Oye, se te ha caído ese libro tuyo.

Alarmado, la Ballena mira también al suelo. Debería tener el libro en el bolsillo, pero de alguna forma se le ha salido y ha aterrizado en el suelo. Ha caído del derecho. El viento sopla, lo abre y pasa las páginas entre el ruido del papel.

Está a punto de agacharse a recogerlo cuando Iwanishi le dice:

—Echa un vistazo a lo que dice esa página. ¿Lo ves? «Quien mejor se las arregle para engañarse a sí mismo es quien llevará una vida más feliz.» ¿Qué te parece? ¿Se te da bien a ti el autoengaño?

—Yo no me estoy engañando a mí mismo.

—No llevarás una vida feliz, pues.

La Ballena hace caso omiso de la pulla y alarga el brazo hacia el libro. Vuelve a soplar el viento, pero en sentido contrario, aunque la Ballena no sabe muy bien cómo, y pasa las páginas para retroceder en el libro. Cuando se detiene, hay otra frase que le llama la atención: «Pero ¿qué hace Dios por ti?».

Esas palabras le dan que pensar durante unos instantes. Intenta recordar quién las dice. ¿Raskólnikov o Sonia? ¿O es otro personaje? Es como si esa frase en esa página traspasara las lentes y las retinas de sus ojos y le llegara de forma directa al cerebro.

—¿Dios? ¿Qué, te refieres a Jack Crispin? —Iwanishi está diciendo algo que carece del menor sentido.

La Ballena cierra los ojos.

En lugar de pensar en qué hace Dios por ti, él piensa que la verdadera pregunta es si alguna vez Dios ha hecho algo por alguien. Olvidémonos de Dios, olvidémonos del prójimo: ¿hay alguien que de verdad haya hecho algo alguna vez por sí mismo? ¿Puede uno hacerlo, cuando menos? En cuanto la gente se percata de que es imposible, desea morir. La gente vive sin más, sin objetivos, sin un destino. Vive como si estuviera muerta. Cuando la gente se da cuenta de esto, se decide a morir.

«¿Dónde está la Cigarra?» La Ballena no tiene ni idea de lo que estará haciendo su oponente, si está en el suelo a cuatro patas, si está de rodillas con el tronco erguido o si continúa siquiera en el bosque de cedros.

Se queda quieto y escucha, fuerza el oído para percibir cualquier respiración, cualquier pisada, el roce de la ropa o el sonido al sorber por la nariz. Intenta percibir con el tacto esa respiración e incluso la humedad que despide la corteza de los cedros. La piel está alerta, el oído despierto. Abre los ojos para ver un fogonazo de luz.

Pasa un coche por la calle, a decenas de metros de distancia, y los faros recorren su campo de visión en una línea horizontal. Él sigue la luz blanca. En ese momento, la cabeza le da un bandazo, como si recibiera una ráfaga de viento. «¿De vuelta en la realidad?» Entrecierra los ojos.

Iba a coger el libro a sus pies y estaba agachado, con el brazo extendido.

Ahora ve dos cosas a la vez.

Una de ellas es una pistola, la que se ha llevado

del apartamento de Iwanishi, que está en el suelo, y él tiene la mano estirada hacia ella. No es un libro, es una pistola.

La otra es la Cigarra. Con ambos pies en el suelo, de espaldas a la Ballena pero con la cabeza girada por encima del hombro, mirándolo a él, cuchillo en mano.

Acaba de soltarle una cuchillada, pero solo ha cortado el aire, porque la Ballena se ha agachado. Por un solo segundo, su ataque fallido le ha dejado con cara de desconcierto. La Ballena coge la pistola y se yergue. Extiende el brazo, el dedo en el gatillo.

La Cigarra

Recupera la posición después de su ataque fallido y se da la vuelta para mirar de frente a la Ballena. En cuanto vuelve a levantar el cuchillo, siente un calor que se le extiende por el pecho.

—¿Qué...?

Sin fuerzas, su movimiento se detiene, y él se lleva la mano al pecho y presiona. «Está caliente», piensa, pero no sabe de dónde viene ese calor. Intenta coger aire, pero solo consigue hacerlo una única vez y se atraganta, y no puede exhalar. No puede respirar, nada. Levanta la mano para palparse la garganta. Cuando se da cuenta de que le han pegado un tiro, las rodillas le están empezando a ceder. Se desmorona hacia un lado y cae sobre una rama. El dolor le asciende por el costado. Tiene la oreja pegada a la tierra, húmeda y fría.

Alza la mirada. Allá lejos, en lo alto, los cedros son más negros que la noche, se balancean y lo observan desde arriba. Las ramas se agitan ruidosas a más no poder, y las agujas caen por el aire. En un lateral de su campo de visión, pero mucho más cerca que las copas de los árboles, flota el rostro de la Ballena. Él también mira a la Cigarra desde arriba, silencioso.

—Oye, tío, no irás a perder ahora, ¿verdad?

Está claro que esa voz no procedía de la Ballena. La Cigarra mira a la derecha. Ahí está Iwanishi, con una sonrisa de oreja a oreja en esa cara de mantis religiosa y con esos dientes torcidos como si te estuvieran contemplando fijamente.

—¿Y tú qué? Me han dicho que te has tirado por la ventana. —La Cigarra rechina los dientes por el dolor.

—Que te jodan.

—¿Y de qué va el grandullón este? Hace que la gente se suicide, ¿no? —Extiende un dedo para señalar a la Ballena, pero el dedo le tiembla de mala manera, y verlo así le hace temblar todavía más.

—Bueno, es que es el tío de los suicidios.

—Pues a mí no me ha hecho suicidarme. —La Cigarra consigue poner una sonrisa retorcida y se señala el pecho—. A mí me ha pegado un tiro, el muy cabrón. Algo completamente distinto.

—Porque tú eres fuerte.

De pronto Iwanishi parece algo más borroso, como si se estuviera fundiendo con el paisaje.

—Mmm, puf. No hay mucho que una cigarra pueda hacer contra una ballena. Un insecto contra el animal más grande del planeta.

—Pero tú sabes lo que está pasando, ¿verdad? —Iwanishi proyecta el mentón hacia delante.

—¿Qué?

—Te estás muriendo.

—Eso ya lo sé, joder.

La Cigarra gira la cabeza y escupe. Hay sangre

en la saliva. Un hilillo se le queda pegado a la comisura de la boca.

—¿Unas últimas palabras?

—No —responde la Cigarra y, acto seguido, suelta un gruñido de frustración—. ¡Las almejas!

—¿Las almejas?

—Me las dejé en el cuenco, para que soltaran la arena. —La voz de la Cigarra suena distante. Está pensando en esos pequeños moluscos, respirando en un cuenco sobre la encimera de su cocina, en las burbujitas que suben flotando cada vez que escupen un grano de arena—. Me pregunto si se podrán quedar ahí para siempre.

—¿Estás hablando de unas almejas?

—Sí, de unas almejas. ¿Quién crees tú que está más evolucionado, la gente o las almejas?

—La gente, por supuesto.

—Qué patán. Toda la ciencia y el conocimiento que tenemos nosotros solo sirven para ayudar al ser humano. ¿Entiendes? Salvo nosotros, no hay un solo ser vivo en este planeta que se alegre de que existan los humanos.

—A lo mejor te reencarnas en una almeja.

—Me encantaría.

La Cigarra se aprieta de nuevo con la mano en el pecho y se queda mirando la sangre en la mano.

—Eh, se te ha caído algo.

Iwanishi señala con el dedo, junto a la Cigarra. Hay un anillo pequeño, manchado de tierra.

—Ah, eso. Se lo he quitado antes al tío ese.

—¿Es valioso?

—Te lo puedes quedar, si lo quieres.

—No me hace ninguna falta. —Iwanishi sonríe con cinismo—. Pero oye.

—Pero oye, ¿qué?

—Mira que eras fuerte, de verdad. Estaba orgulloso de ti.

—No me hace ninguna falta que tú estés orgulloso de mí.

Suzuki

El sedán de Asagao rueda suave como la seda, como si se deslizara sobre la corriente de un río. Los faros iluminan la oscuridad de la carretera en el anochecer. Suzuki se frota las manos atadas sobre el regazo, observando las correas. Están hechas de cuero negro y se abrochan con hebillas. «Estas no son ninguna broma.» Intenta tirar de ellas y retorcerlas, pero no se sueltan.

Mira hacia el asiento del conductor, al rostro de Asagao. Le parece asombroso que este hombre se halle en el epicentro de un estallido que amenaza con reducir a cenizas la ciudad entera y, aun así, no parezca mostrar la más mínima preocupación.

—Señor Asagao —dice por fin, cuando se detienen en un cruce.

—Dígame.

—¿Cómo lo ha sabido?

—¿A qué se refiere?

—¿Cómo ha sabido dónde me encontraba, atado dentro de ese coche?

—Le he seguido.

—¿Me ha seguido?

—He tenido un presentimiento cuando le he dejado en Shinagawa, así que le he seguido.

—¿Hasta la cafetería?

—Claro. Encontré un sitio libre para aparcar y echar un ojo a la cafetería desde el exterior.

—¿Es porque... sospechaba algo sobre mí? —Si Asagao de verdad se hubiera creído que era un profesor particular, probablemente no le hubiese seguido.

—¿Pensaba usted que no estaba actuando de manera sospechosa? —Asagao habla en tono afable—. Un comercial de una empresa de clases particulares no habría sido tan insistente.

—Un vendedor no puede hacer su trabajo si no es insistente —responde Suzuki con obstinación, aunque apenas sirva como excusa y tampoco sea exactamente una refutación—. ¿Cuándo lo supo?

—En cuanto usted apareció.

Suzuki se desinfla. Sospechaba que Asagao lo tenía calado desde el principio, pero oírle decirlo de un modo tan directo sigue siendo descorazonador. Se siente como un mago que acaba de comenzar su espectáculo cuando alguien de entre el público le grita: «Yo sé cómo lo estás haciendo».

—¿Desde que me encontré con Kentaro?

—Desde el principio.

A Suzuki casi le da la sensación de que se refiere al instante de su nacimiento.

—¿Y Kentaro y los demás también lo han descubierto?

—También se dieron cuenta desde el principio.

—¿Tan obvio era? ¿Ya desde el principio?

—Por eso le he seguido. He visto que lo sacaban a rastras de la cafetería entre dos hombres. A usted se le veía sin conocimiento, como si estuviese absolutamente borracho. ¿Le han drogado? Acto seguido le han metido en un furgón que estaba aparcado en la glorieta. Esos dos hombres no parecían los más amables del mundo. No sé cómo decirle...

—¿Criminales?

—Pues claro —asiente Asagao, que levanta el pie del freno y hace avanzar el coche con suavidad—. Eso es. Lo que estaban haciendo no parecía legal.

«¿Y lo que hace usted no es también ilegal?»

—Estaba preocupado, por eso los he seguido. Me han llevado hasta una zona con un aspecto bastante turbio. He aparcado a una cierta distancia y he vuelto a pie. He visto el SUV, y, cuando he mirado en el interior, ahí estaba usted.

—Todo esto ha sido horrible.

Asagao baja la mirada hacia las correas que rodean las manos de Suzuki.

—¿Qué le han hecho?

—¿Ha oído alguna vez hablar de una compañía llamada Fräulein?... Significa «señorita» en alemán.

—¿Debería haber oído hablar de ellos?

—Yo diría que sí... —Suzuki va ganando confianza. Ya no hay necesidad de más farsas ni artimañas. Sus soldaditos valerosos se encuentran de nuevo en formación. «Allá va»—. Ya que ha sido usted quien ha matado al hijo de Terahara, señor Asagao.

—¿Eso he hecho? ¿Yo?

—Sí. Usted.

—Vaya, qué divertido. —Su expresión es la misma de siempre. No tiene pinta de que él lo considere divertido—. ¿Y cómo lo he matado?

—Le dio un empujón. —Asagao continúa sin reaccionar—. ¿Verdad que le dio un empujón? Él estaba de pie en la esquina del cruce, y usted le empujó por la espalda.

—No sé de qué me está hablando.

—Usted es el Empujón. Empuja a la gente. Y entonces la gente muere. Es decir, que vi cómo sucedía.

—¿Lo vio?

—Le vi darle un empujón.

Suzuki está esperando que Asagao lo niegue, pero tal cosa no sucede. El hombre guarda silencio un instante. El instante se alarga más allá del punto donde aún podría estar pensando en cómo responder, hasta que dice por fin:

—Usted no vio nada.

—¿Qué?

—Que estoy seguro de que nadie me vio hacer nada.

Esto desconcierta a Suzuki. Busca en la memoria su recuerdo de aquel instante.

—Bueno, ahora que lo menciona, supongo que no le vi empujarlo, exactamente, pero sí le vi abandonar la escena. De eso estoy seguro.

—De modo que abandonar la escena me convierte en culpable, ¿no?

Resulta bastante obvio que esto no es más que un ardid. El modo en que Asagao se niega a confirmarlo o a desmentirlo, su manera de desviar la conversación y responder con más preguntas. Parece que está pasando un buen rato.

—¿Adónde nos dirigimos ahora?

Suzuki mira por el parabrisas. Hace mucho que dejaron atrás Shinagawa, y deben de haber evitado la vía interprefectural, porque van por una calle estrecha de un solo sentido. Hay farolas situadas en intervalos regulares, pero todo sigue pareciendo oscuro.

—A Netozawa —responde Asagao—. Me voy a casa. ¿Quiere venir conmigo?

—Sí, pero no tengo claro que su casa sea un lugar seguro.

En el pensamiento de Suzuki se reproduce su visión, esa escena horripilante que se había imaginado cuando estaban tomándose un plato de pasta, tan solo unas horas antes.

Coches de importación de color negro azabache que entran a gran velocidad en Ciudad Jardín Netozawa, el personal de Fräulein que se baja e irrumpe en la casa, Kentaro y Kojiro escondidos debajo de una mesa, Sumire pálida del susto. Y otra escena después: los niños en el suelo de un almacén con escasa luz, y Sumire gritando. Los hijos se aferran a su madre. Un segundo más tarde, el rostro de Sumire se transforma en el de su mujer. No sabe por qué iba su mujer a aparecer allí, pero lo siente como una estaca en el pecho.

Trata de contener y de rebajar la ansiedad que le va subiendo por la garganta y le explica:

—Van a por usted, señor Asagao.

—¿A qué viene esto, así, de repente?

Asagao parece completamente tranquilo. Gira el volante a la derecha y acelera al trazar una curva. La fuerza centrífuga aplasta el cuerpo de Suzuki contra la ventanilla. Mientras tanto, Asagao se inclina un poco sobre el volante y se lleva la mano al bolsillo de atrás. Saca su cartera y se la entrega a Suzuki.

—¿Para qué es esto?

—Mire en el interior. Hay una tarjeta identificativa de empleado, del lugar donde trabajo como ingeniero de sistemas. ¿Le parece suficiente prueba?

—¡Eso no tiene nada que ver con nada de esto!

—Yo no soy ese tal «Empujón» del que me está hablando.

—¿Sigue sin querer reconocerlo? Bueno, de un modo u otro, está usted en peligro.

El sedán se detiene. Suzuki mira al frente y ve un semáforo en rojo.

—Es usted el que ha mentido diciendo que era un profesor particular, al que han sacado de una cafetería un par de tipos de aspecto desagradable, ¿y me dice ahora que soy yo quien corre peligro? Si no tuviera tanta paciencia, ya lo habría echado de mi coche.

—Usted no echa a la gente de su coche, la empuja delante de los coches.

Asagao suspira.

—Fräulein, la organización de Terahara que he mencionado antes, esa gente va a por usted.

Ahora, Asagao resopla por la nariz, se diría que complacido, incluso parece un tanto coqueto.

—Digamos por un minuto que eso es cierto. ¿Cómo van a saber dónde vivo?

Suzuki no dice nada.

—No parece que venga nadie siguiéndonos. ¿Les ha dado usted mi dirección?

—No les había contado nada todavía. —Tan pronto como esas palabras salen de su boca se siente invadido por la vergüenza.

Asagao lo ve y vuelve a resoplar con placidez.

—Qué bien que esté siendo sincero. ¿Significa eso que se lo habría contado?

—Si me hubieran torturado lo suficiente, quizá sí.

—Claro, lo entiendo. La tortura es uno de los inventos más eficaces de la humanidad.

—En cualquier caso, yo no he hablado. No les he dicho dónde vive. —Porque la Cigarra lo había salvado; de no haber sido así, lo más probable era que se hubiese rendido.

—Entonces no deberíamos correr ningún peligro en mi casa.

—Bueno, supongo que eso es cierto —dice Suzuki, pero de inmediato siente una incertidumbre que surge de un lugar desconocido—. ¿Y si me han puesto algo encima?

Esa idea le produce una descarga que le recorre el cuerpo y de inmediato se palpa de arriba abajo en busca de algún dispositivo que pudiera revelar su localización vía satélite. Parece del todo posible que le hubiesen puesto algo de ese estilo cuando estaba atado e impedido.

—Lo he comprobado antes, cuando le he sacado de ese SUV. No tenía nada en la ropa.

—¿Eso ha hecho? —«¿Lo ha hecho?»

—A menos que lo lleve metido en el culo, todo está bien.

Suzuki se concentra en su recto, pero no cree percibir nada fuera de lo normal.

«¿A qué ingeniero de sistemas se le ocurre ponerse a buscar dispositivos de rastreo?»

En este punto, Suzuki comienza a preocuparse por su móvil. Se le ocurre que el que le dieron en Fräulein podría tener también un rastreador minúsculo. Se lleva la mano al bolsillo trasero.

—¿Cómo...?

—¿Qué pasa?

—Mi móvil. No está.

—¿Lo ha perdido?

—Se me habrá caído. —En cuanto lo dice, cae en la cuenta de que tampoco tiene su abrigo—. Creo que mi abrigo se ha quedado en ese SUV, y lo más probable es que el aparato esté en el bolsillo.

—Una pena.

—Pero es mi móvil de empresa, así que tampoco es tanta pérdida.

La única persona que le había llamado alguna vez a ese número era Hiyoko.

En ese instante suena un teléfono. Un tono grave y seco. Es el de Asagao, que lo saca del bolsillo y se lo lleva al oído.

—Disculpa, me he retrasado porque estaba esperándole. Ya le llevo de vuelta —explica—. Eso es. Viene de vuelta a la casa —dice, y le ofrece el aparato a Suzuki—. Sumire quiere decirle algo.

Suzuki lo acepta mientras se pregunta qué podría ser.

—¡Hola, señor Suzuki! —suena contentísima—. Me alegro de que vuelva por aquí. Es muy gracioso, lo que ha pasado...

Debe de estar imaginándose las cosas, pero es como si el panorama que ve por el parabrisas se estuviera oscureciendo más. Por la cabeza se le pasa una premonición inquietante, como un fogonazo. Siente que lo envuelve una niebla espesa, ominosa y desagradable.

—En realidad, es nuestro Kojiro quien tiene su móvil.

—¿Qué?

—Ha salido a la puerta a despedirse cuando usted se marchaba, ¿lo recuerda? ¡Pues parece que se lo ha quitado a usted del bolsillo!

Se esfuerza por recordarlo, pero no puede. Tiene el claro recuerdo de Kojiro aferrado a sus piernas, pero ni idea de que el crío le hubiese afanado el móvil. De inmediato le pregunta:

—No habrá dado la casualidad de que llamara alguien a ese número, ¿no?

La Ballena

Ha pasado mucho tiempo desde la última vez que disparó un arma. No lo había hecho, quizá, desde que trabajaba como repartidor de periódicos cuando era un adolescente y se enfadó lo bastante con su jefe como para disparar a ese gordo cabrón.

Observa el cuerpo de la Cigarra hasta que deja de temblar y, acto seguido, se dirige hacia el límite de la arboleda.

Regresa a la calle. La acera opuesta es una hilera de edificios. Apenas hay ningún coche. En la oscuridad tiene menos pinta de calle y más de una zanja. Cruza y regresa al lugar donde está aparcado el SUV de la Cigarra.

Antes había un hombre en el asiento del acompañante; un hombre que sabía algo sobre el Empujón. Lo único que tiene que hacer es librarse del Empujón, y habrá saldado sus cuentas pendientes.

«Ajusta cuentas. Ya no tendrás más remordimientos y te podrás retirar.»

Dobla la esquina de un edificio y se aproxima al SUV. La puerta del lado del acompañante parece entreabierta. «¿Habrá huido?» No hay rastro por ninguna parte del hombre que estaba atado. La Ballena se queda mirando fijamente el interior del vehículo y acto seguido retrocede unos pasos.

Ha desaparecido la pista que tenía sobre el paradero del Empujón. Muertos la Cigarra e Iwanishi, no hay nada más que él pueda hacer. Mira a derecha e izquierda con la esperanza de localizar algún rastro del hombre. Las probabilidades de ver alguna pista o huella en la acera oscura son muy escasas. Ojalá hubiese dejado un rastro luminoso y pegajoso como el de una babosa.

Es entonces cuando oye la voz de una mujer.

—Voy de camino ahora mismo —dice la voz, apremiante y aguda, que llega desde algún lugar a su espalda.

Gira en redondo para ir en busca de la persona que está hablando.

Está apoyada en la pared de uno de los edificios. La Ballena camina con brío, a grandes zancadas, hasta llegar a ella y le agarra la muñeca. La mujer chilla y deja caer el teléfono. Con la otra mano, la Ballena la sujeta con fuerza por la frente, la levanta en vilo y la aprieta contra la pared. Desprende un aroma artificial —perfume, probablemente—, un olor a cítricos que se le antoja casi medicinal.

—¿Quién demonios eres tú? —La voz de la mujer es cortante, más enfadada que temerosa.

Ya se han visto antes. El recuerdo emerge nadando a la superficie.

—Tú trabajas para la organización de Terahara. Estabas en el lugar del accidente.

Anoche mismo la mujer le había ofrecido su tarjeta en el cruce de Fujisawa Kongocho.

Le cuelgan los pies en el aire y forcejea con él, le lanza un rodillazo hacia la entrepierna, pero la Ballena hace caso omiso de sus intentos y la mantiene sujeta contra la pared. Baja la mirada y ve que no lleva zapatos. Hay algo repulsivo en el hecho de que vaya paseándose solo con las medias por esta zona tan mugrienta.

—¿Qué estás haciendo tú aquí?

—¿Que qué estoy haciendo? —le dice ella con una mueca—. Un loco ha secuestrado a uno de nuestros empleados.

—¿Uno de vuestros empleados?

—He pedido refuerzos, pero el tipo se ha escapado.

—Y tú has sobrevivido.

—He salido corriendo, pero si vuelvo tan campante al cuartel general con las manos vacías, quién sabe qué será de mí —se queja—. Así que me he quedado por aquí, tratando de averiguar qué voy a hacer ahora.

Entonces, él le hace la pregunta clave:

—¿Dónde está el Empujón?

—¿Qu...? —Se pone furiosa—. ¿De qué estás hablando?

La Ballena aprieta la mano que tiene en la frente de la mujer, que le cabe a la perfección en la palma. Si apretara con todas sus fuerzas, no resultaría muy difícil reventarle el cráneo.

—¿Dónde está el Empujón? Sé que uno de tus empleados sabe dónde está.

La mujer palidece un tono más.

—Me basta con estamparte la cabeza contra la

pared, y no me importaría verla reventada como una simple fruta. Quizá lo haga. ¿Y bien?

—Vale, vale.

—Vale ¿qué?

—Te diré dónde está el Empujón.

Él afloja primero la mano y después la retira de la frente de la mujer, que cae desde el lugar donde estaba suspendida. Su equilibrio es inestable, y cae agazapada en una postura torpe. La Ballena se agacha a su altura y acerca el rostro. Tiene las manos listas en caso de que ella dé muestra de alguna clase de resistencia. La mujer recupera su móvil y lo limpia de polvo.

—¿De verdad sabes dónde está el Empujón?

—Pues da la casualidad —comienza diciendo mientras recupera el resuello, pero ya suena orgullosa de sí misma, y es como si se intensificara el aroma de su perfume y le dificultara la respiración a la Ballena— que he llamado a Suzuki.

—¿Suzuki?

—Mi empleado. El tontaina que ha seguido al Empujón pero no quiere hablar.

—Así que se llama Suzuki.

—Y lo ha cogido un niño.

—Un niño.

—El hijo del Empujón, creo yo. No es más que una corazonada. Es igual, he preguntado por Suzuki, y el crío me dice: ah, el amigo mayor Suzuki se ha dejado su móvil —se burla imitando la voz de un niño que habla en susurros—. Qué bobos son los niños. No puedo soportarlos.

—¿El Empujón tiene hijos?

—Se lo he pedido amablemente, y él me ha dado

la dirección. —Una sonrisa de satisfacción se extiende por su rostro, como la de un cazador que tiene a su presa acorralada—. Será bobo.

—Dime la dirección. —La Ballena la agarra por los hombros y la levanta para ponerla en pie y tirar ya de ella hacia el SUV—. Sube.

Suzuki

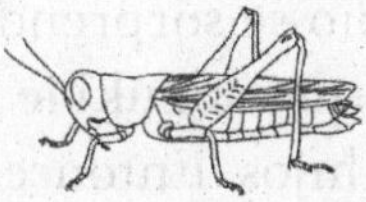

—Esto es malo —no deja de repetir Suzuki.

Aun así, Asagao no da muestra de tener ninguna clase de prisa. Está alterando a Suzuki lo indecible.

—Meterme prisa no va a conseguir que lleguemos antes a casa —dice sin alterarse.

—¡Pise el acelerador! —suelta Suzuki—. Uno de los pedales que tiene usted es el acelerador: si lo pisa hasta el fondo, el coche va más rápido. Así es como funciona un coche. Entonces sí que llegaremos antes.

Las farolas y las máquinas expendedoras lucen por la ventanilla al pasar. Por lo demás, todo está completamente a oscuras. Los detalles de los objetos se funden en la noche, los edificios se transforman en poco más que unas profundas sombras que van quedando atrás.

—Saben dónde vive —se queja Suzuki—. ¡La gente de Terahara está de camino!

La historia que le ha contado Sumire por teléfono ha bastado para helarle la sangre a Suzuki.

—Kojiro le quitó el móvil, y justo después entró una llamada, y el niño la cogió —le había dicho ella—. Yo estaba en la cocina, así que no me he dado cuenta de lo que estaba pasando, pero entonces le he oído hablar por teléfono.

La llamada solo podía ser de Hiyoko. Es probable que al principio se sorprendiera, pero seguramente recordaría que Suzuki le había contado que el Empujón tenía hijos. Entonces le hizo toda clase de preguntas: ¿está por allí un hombre que se llama Suzuki? ¿Dónde estás ahora? ¿Dónde está tu casa? ¿Te sabes tu dirección?

«¿Cómo es posible que esté pasando esto?» Suzuki se ha sentido perdido al oír a Sumire, sumido en la negrura. Le zumbaban los oídos.

—¿Y Kojiro ha respondido?

—Parece que sí —ha contestado Sumire tan alegre, y ese optimismo solo ha servido para que Suzuki se desesperase más—. Lo siento mucho. Quizá quiera disculparse con la persona que ha llamado.

—Esto es malísimo —ha dicho él casi a gritos.

—¿Qué tiene de malo darle a alguien nuestra dirección?

—Pues no puede ser peor.

—¿Cree que vienen porque piensan que usted está aquí? ¿Es su novia? ¿Alguien de quien su mujer no sabe nada?

—No, no es nada de eso. —Estaba que prácticamente saltaba del asiento—. Corren peligro. Por favor, salgan de allí. —Llegados a ese punto, Suzuki ya hablaba a gritos, pero Sumire sonaba tan despreocupada como siempre.

—¿Qué está tramando, señor Suzuki? —le ha preguntado ella entre risas.

Aquello no sirvió en absoluto para calmar sus nervios.

—Hable con su marido. Tome, explíqueselo usted, por favor.

Suzuki le devolvió el móvil de golpe a Asagao.

El hombre lo cogió, se quedó escuchando, soltó varios síes y varios «eso es», miró de soslayo a Suzuki y dijo con voz discreta:

—Está un poco enfadado ahora mismo.

—¡Dígale que tienen que salir de ahí!

Sin embargo, la actitud de Asagao no varió en lo más mínimo. Sonaba como si estuviera manteniendo una conversación cotidiana, de lo más común, con su mujer. Continuó con unas pocas palabras más y dijo:

—Luego hablamos —finalizó y colgó la llamada. A continuación se dirigió a Suzuki—: Supongo que es lo que hay.

—¿Y qué se supone que significa eso? —Suzuki estaba pero que muy enfadado—. No es momento para hacer como si no pasara nada. ¿Es que no entiende lo que está ocurriendo aquí?

—Usted es el único que se está alterando con esto.

—¡Se lo estoy diciendo, sus hijos corren peligro!

—Asumiendo que todo lo que usted dice sea realmente cierto, ¿verdad?

—¡Todo es cierto!

Suzuki ya no tenía motivos para ocultar nada ni tiempo para tratar de formular un relato de algún modo coherente. Sin más, le soltó todo de golpe, hablando alto y con una voz de apremio.

El coche que atropelló al hijo de Terahara, cómo le encargaron que siguiera a Asagao, la movilización que Terahara puso en marcha para localizar al culpable y, ahora que conocían la dirección de Asagao, lo más probable era que enviasen a un grupo hacia allá en aquel preciso momento. Lo explicó tan rápido como pudo, con las venas del cuello hinchadas.

—¡Por eso no dejo de decirle que corren peligro!

—¿Y espera usted que yo me crea todo esto? —Fue como si las palabras de Suzuki fuesen una estocada con una lanza y Asagao la hubiera esquivado sin esfuerzo.

—Por favor, créame. —Lleno de frustración, Suzuki miró el coche pequeño que tenían delante—. Debemos darnos prisa.

Asagao miró por el retrovisor lateral, giró el volante y cambió de carril sin decir nada. Adelantó al coche pequeño. Suzuki se llevó la mano a la frente, retorciéndose de pura impotencia, furioso por su incapacidad para dar con una solución.

—Dígame una cosa —comenzó diciendo Asagao.

—¿Qué?

—¿Tiene alguna prueba?

Suzuki era muy consciente de que ahí estaba el punto más débil de su argumento. Sintió una punzada de dolor físico.

—¿Quiere pruebas?

—Claro. Algo que me convenza.

—No, no las tengo. —La voz de Suzuki no sonó desafiante, pero sí dura—. Va a tener que creerme sin más. Usted los ha visto meterme en ese furgón, ¿no? Esos delincuentes, esa es la gente de la que estoy hablando. Esa gente es la que me ha atado —le había dicho mostrándole las correas de cuero.

—Podría ser que todo esto sea tan solo un montaje. Que usted esté en el ajo —ha sonreído Asagao.

Ahora, continúan el recorrido en silencio. Se oye el sonido del motor, el de los otros coches que pasan, y nada más. Sin radio. Suena el zumbido de las ruedas, pero todo lo demás parece guardar silencio.

—Hemos llegado —no tarda en decir Asagao.

Se detiene el sedán. Fuera del coche todo está muy oscuro. Suzuki no alcanza a ver nada que sirva para identificar el paisaje, pero la distribución de las calles sí que le recuerda a la urbanización Ciudad Jardín Netozawa. Asagao empieza a meter el vehículo en la cochera, girando el volante para dar marcha atrás, pero Suzuki protesta con los ojos como platos.

—Tenemos que largarnos de aquí. Tiene que dejar el coche fuera, en la calle, para que nos resulte más fácil.

—¿Todavía anda con eso? —Asagao suena como si estuviera viendo una película aburrida y tuviese ganas de pulsar el botón del avance rápido.

—Tiene que creerme. Le estoy diciendo la verdad. La gente de Terahara viene de camino ahora mismo.

Asagao abre las puertas y gira la cabeza para mirar a Suzuki.

—¿Y las pruebas? ¿Dónde están las pruebas que demuestran que es verdad cualquiera de esas cosas que dice? Pruebas de que yo soy el Empujón, de que mi casa es un objetivo, de que me tengo que preocupar por algo de esto.

Suzuki le mira a los ojos. Le recuerdan a las profundidades de un lago. Quiere salir de allí corriendo tan rápido como pueda. En cambio, manda al garete todo su valor. Se tira del pelo y respira hondo, pero cuando habla, lo hace con una voz contundente.

—Dan igual las pruebas. —Es un tono de voz que jamás llegó a usar siquiera con sus alumnos—. Las pruebas no tienen nada que ver aquí. Créame sin más. ¡Está usted preocupadísimo por las pruebas, pero las pruebas no cambian el hecho de que nadie recuerda siquiera que Brian Jones estuvo con los Rolling Stones!

El interior del coche se queda en silencio una vez más. Suzuki comienza a dudar de sí mismo y se pregunta qué demonios está diciendo, hasta que Asagao deja escapar una pequeña risa.

—Eso es interesante.

—¿Disculpe?

—No está mal.

—¿Disculpe?

—Voy a creerle.

Por un momento, lo único que Suzuki se ve capaz de hacer es parpadear con rapidez.

—¿Lo hará? —Casi se queda impresionado, como si cesara de repente una lluvia que ha estado cayendo siempre.

—Quería ver cómo respondería usted. Jamás se me ocurrió que lo haría con Brian Jones.

Suzuki piensa en su difunta esposa. «No estoy seguro de qué ha pasado, pero todo apunta a que tenías absolutamente toda la razón.»

La Ballena

Mientras conduce el SUV, no deja de lanzar miradas a la mujer que va en el asiento del acompañante. Su cuerpo tiene unas curvas atractivas, pero desprende un aire espinoso que sugiere que es difícil acercarse a ella. La misma sensación que le produjo la primera vez que la vio, en la calle.

Parece que se siente más cómoda desde que se subió al coche. Ya no tiene un aspecto tan cauteloso.

—Te contaré cómo llegar a la casa del Empujón —le dice, y le habla como si ya se conocieran—. Está en una urbanización. Ya he estado en esa zona: fue hace tiempo, pero creo que podré lograr que lleguemos ahora. Gira a la derecha en el siguiente semáforo.

La Ballena se incorpora al siguiente carril.

—Así que tu organización tiene algo en contra del Empujón, ¿no? ¿Qué tenéis pensado hacerle?

El cielo y el suelo tienen el mismo tono de añil oscuro. Las farolas flanquean la calle a ambos lados. Apenas hay tráfico, aunque sí divisa un grupo de faros más adelante, en el cruce. Parecen escarabajos, u hormigas.

—Ah, sí, eso. —Ahora suena ya relajada. Hace un pequeño mohín con los labios. Es una pose que no cuela con la Ballena. Está claro que la mujer está encubriendo su temor y su ansiedad. Probablemente busque una oportunidad para escapar—. Justo antes de toparme contigo he llamado a la oficina, así que imagino que los míos estarán ya de camino.

—A casa del Empujón.

—Haremos una visita a su dulce hogar familiar.

—Eso parece cruel.

—¿Qué hay en esta vida que no sea cruel? Estamos destinados a morir desde el instante en que nacemos. Todo es cruel, siempre, ya de por sí.

Le suena el móvil, un tono estridente. Lo coge de inmediato.

—Sí. Ahora mismo estoy yendo para allá. —Mira de soslayo a la Ballena—. Me lleva un hombretón muy amable. No debería tardar mucho en llegar allí. Estamos a punto de entrar en la vía interprefectural. ¿Dónde estáis vosotros, chicos?... Me da la sensación de que vais a llegar vosotros primero. Llamadme en cuanto estéis allí.

Cuando cuelga, la Ballena le pregunta:

—¿Quién era?

—Empleados de Fräulein. Tengo un puesto bastante alto en la compañía. Podría decirse que esos chicos son mi equipo, imagino.

—¿Cuántos van hacia allá ahora?

—¿Qué tiene eso que ver contigo?

—Qué no, más bien. —Tiene mucho que ver con él: para ajustar cuentas con el Empujón, tendrá que librarse de cualquier interferencia de terceros, y esto significa que, cuando ellos lleguen a la casa del Empujón, él va a tener que librarse de los subordinados de Terahara—. ¿Cuántos?

—Cuatro o cinco coches, así que casi unos veinte hombres, diría yo.

—Eso son muchos.

Enviar a tanta gente a encargarse de una familia parece algo casi infantil.

—Cuando apareces con una multitud, se vuelve más sencillo que la otra parte se rinda. Saben que por mucho que se resistan, aunque lo intenten con todas sus ganas, están en inferioridad. Y estos chicos que van de camino son duros. Gente cruel y violenta. Yo diría que nuestro común amigo el Empujón está metido en un problema bien gordo. —Esto lo dice con total frescura, como si no fuera ella quien lo está provocando—. Contra tanta gente, el Empujón no tendrá más remedio que hacer lo mejor para su familia.

—¿Qué pensáis hacerle?

Ve que la mujer se está inspeccionando las uñas —otro gesto con la pretensión de mostrar lo serena y tranquila que está, seguramente— y acto seguido abre esos labios carnosos.

—Pues lo más probable es que metamos a toda la familia en un coche y nos los llevemos al cuartel general.

—Entonces no tenéis previsto hacer nada allí, en la casa.

De ser así, quizá pueda llegar hasta el Empujón en el tiempo que tarden en regresar a su cuartel general. «Salda tus cuentas pendientes», reverbera la voz de Tanaka.

—Si no nos causan ningún problema, no les dispararemos ni nada por el estilo. Al fin y al cabo...

—Al fin y al cabo ¿qué?

—Es Terahara el que está que trina con esta historia. No se va a quedar satisfecho hasta que los vea morir.

—Así que Terahara está en el cuartel general esperando a que tú le lleves al asesino de su hijo.

—Debería. Estoy segura de que ahora mismo está allí solo, hiperventilando y extendiendo plásticos por todas partes.

—Plásticos.

—Para toda la sangre, el pis y la mierda. Cuando te pones a torturar a alguien, acaban metiéndose por todas partes. Imagino que está preparando el sitio. Preparativos para la tortura. Al jefe le van esas movidas. Gira a la izquierda allí delante.

La Ballena sigue sus instrucciones y conduce el SUV por el callejón estrecho.

—Menudo jefe, ¿no?

—Ah, pues hoy está de muy buen humor. Va a poder vengar a su hijo. Creo que nunca le he visto tan emocionado.

—¿Y qué pasa con la mujer y los niños?

—Seguro que matamos a los niños primero. Después a la mujer. A esas alturas, el Empujón ya se sentirá terriblemente mal por las decisiones que ha tomado. Entonces empezaremos con él. Cuando consigamos el nombre del que le contrató, ya podremos ponernos con lo feo de verdad. Tenemos montones de métodos diferentes. Y disponemos de tiempo de sobra.

—Ya veo —dice la Ballena, que no ha dejado de pensar ni un segundo en la manera de disponer él de un tiempo con el Empujón, sin interrupciones.

Llegan al final del callejón en el preciso instante en que el semáforo se pone verde y se incorporan a la vía interprefectural. En ese instante se le ocurre algo:

—¿Estás segura de que este tío es realmente el Empujón?

—¿Qué me quieres decir con eso?

—El hombre al que estáis a punto de hacer prisionero, ¿estás segura de que es el Empujón?

—Hemos hecho que le siguieran.

—Y estás segura de eso.

—Bueno. —Ladea la cabeza con elegancia—. No tenemos pruebas, pero aunque estemos equivocados y este hombre y su familia no tengan nada que ver con el Empujón...

—Que podría ser el caso.

—... ¿qué importancia tiene en realidad? —Y despliega una sonrisa serena.

Suzuki

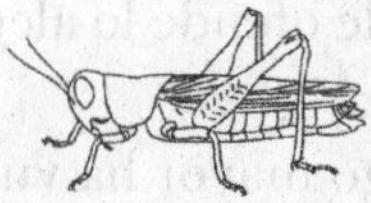

Entran en casa de Asagao, pero el hombre continúa sin dar ninguna muestra de estar preparándose para huir a pesar de haber dicho que iba a creer a Suzuki.

—Bienvenidos de vuelta —los saluda Sumire.

—Hola. —Asagao señala a Suzuki con un gesto—. Por fin ha confesado.

—¿Ha confesado? —Sumire mira a Suzuki y no hace el menor intento por ocultar su curiosidad—. ¿Qué ha confesado usted, señor Suzuki?

Él comienza a hablar sin saber muy bien cómo responder.

—En realidad, no soy un profesor particular.

—Aaaay, ¿ya se está rindiendo? —dice ella con una sonrisa de arrepentimiento.

Es como si la mujer estuviera viendo un concurso de la tele y se lamentara de que ya hubieran revelado las respuestas correctas, demasiado pronto.

Suzuki sigue a Asagao por el comedor.

—¿Lo sabía usted?

—Lo hemos sabido desde el principio —dice ella—. Me estaba divirtiendo con esto.

—En cualquier caso, lo más importante es que la situación se está volviendo peligrosa, muy rápido.

—Eso me decía usted por teléfono antes —responde ella con una sonrisa de oreja a oreja.

A Suzuki casi le ofende lo alegre que se muestra Sumire.

—¡Eh, el amigo mayor ha vuelto! —grita Kentaro desde el salón.

El sonido de la voz del niño provoca un pico de preocupación en Suzuki, que frunce el ceño. «¡No tenemos tiempo para esto!» El crío va directo hasta Suzuki y estira el cuello para mirarle.

—Ya sabía yo desde el principio que no eras un profesor particular —le dice.

Suzuki se ruboriza. Al mismo tiempo, el ambiente de relajación que hay en la casa le provoca una ansiedad cada vez mayor.

—Señor Asagao —exclama enfadado, porque cualquiera diría que es el único al que le importa la situación.

Asagao se ha sentado a la mesa y señala la silla de enfrente en una clara invitación a Suzuki para que también él tome asiento. Suzuki se da cuenta de que Asagao no va a hablar hasta que siga sus instrucciones, así que se acomoda en la silla a regañadientes.

—Tenemos que salir de aquí. Ahora mismo. Antes me ha dicho que me creía.

—Sí —asiente Asagao—, dice usted la verdad.

—Entonces, en ese caso...

Repara en la presencia de Kentaro y de Kojiro, que han aparecido de pronto en la mesa.

—Toma —susurra Kojiro, aún más bajo de lo normal. Se inclina hacia delante en su silla y le ofrece un móvil a Suzuki—. Lo siento.

Suzuki lo coge.

—Siento mucho habértelo quitado. —Kojiro baja la cabeza.

—No te preocupes, no pasa nada. —Sí que pasa, pero no iba a servir de nada mortificar al niño.

—No es culpa de Kojiro —dice Asagao. Suzuki vuelve a mirarlo a él—. Yo le pedí que lo hiciera. Quería echarle un vistazo a su móvil.

—P-pero por... —La confusión le traba la lengua a Suzuki—. ¿Por qué?

—Supe desde el principio que no era un profesor particular. Quería averiguar algo más sobre usted, así que le pedí a Kojiro que se lo quitara —dice con una calma absoluta.

Ahora, Sumire también está allí sentada. Tiene una expresión dulce, pero con toda la familia presente, Suzuki tiene la incómoda sensación de que lo están llamando a dar cuenta de sus crímenes. El corazón comienza a latirle con fuerza.

—Señor Asagao, de un modo u otro, tenemos que marcharnos tan rápido como podamos. Ya vienen.

—Tiene razón. —Pero Asagao no se mueve para ponerse en pie.

—¡Deberíamos llamar a la policía! —grita Suzuki su ocurrencia repentina—. Voy a llamar. Quizá usted prefiera que no lo haga, aunque será mejor vérselas con la policía que permitir que suceda algo terrible.

Va a llamar, pero ve que su móvil está apagado. «Por supuesto.» Le dan ganas de estamparlo contra el suelo.

Suzuki presiente cómo se les echan encima los empleados de Fräulein. Los coches que llegan a la casa y unos hombres violentos que irrumpen en ella. Juraría que ya oye los pasos, aunque no los haya. Se ve inmerso en un calor agobiante. Conoce con exactitud el desagradable lugar al que van a llevar a la familia entera.

«Bastará entonces con que haga todo el ruido que pueda —piensa—. Llamar la atención de los vecinos. Gritar, chillar, provocar un incendio si es necesario.» Si monta un buen número, es posible que los hombres de Fräulein lo cancelen.

«O quizá deberíamos subirnos al tejado y escapar a la casa de al lado.»

—Llamamos a la policía. Después subimos y escapamos por el tejado. ¿Puedo utilizar su teléfono? —Sin esperar una respuesta, Suzuki se levanta y se dirige de vuelta hacia el salón.

Se pasea por allí. Le tiemblan las piernas. Le da la sensación de que le van a ceder en cualquier momento. Quizá pueda coger a los niños y escapar. Desesperado, se frota las manos y de pronto se percata de que le falta el anillo.

—¿Qué? —«¿Dónde está?»

«Lo has perdido, ¿verdad que sí?», oye en sus oídos la acusación de su mujer.

—No tenemos teléfono.

Suzuki vuelve la cabeza y ve que Asagao está de pie en el umbral que separa el comedor del salón, y se encoge de hombros.

—Siento decírselo. No hay teléfono fijo en la casa.

—¿No hay?

Aquellas palabras suenan para Suzuki como el final definitivo de toda esperanza.

La Ballena

Cuando llegan a la urbanización, la mujer recibe otra llamada.

—No deberíamos tardar en llegar, pero no nos esperéis, podéis empezar. —Da las órdenes con confianza—. Meted también a los niños en un coche. Sí. Y si aparece algún vecino, decidles que no se encontraban bien y que los estáis llevando al hospital. Inventaos algo. Eso es. Muy bien. Terminad con esto. —Luego añade—: Ah, una cosa más. Las casas están muy cerca unas de otras. Podrían intentar escapar por un balcón o por el tejado. Echadle un ojo a eso. Vigilad también la parte de atrás. Rodead la casa. Sin meteduras de pata. El Empujón no es un tío corriente. Si bajáis la guardia, os puede ganar por la mano. —Va recitando las órdenes con autoridad. Finalmente, confirma el recorrido desde la entrada de la urbanización hasta la casa y cuelga la llamada. Se vuelve hacia la Ballena con cara de satisfacción—. Parece que ya estamos en ello.

—¿Van a entrar ya?

—Tiene pinta. Lo más probable es que todo acabe rápido. Solo tienen que sacar de ahí a la familia.

Rodearlos, amenazar a los niños, los padres lo acatarán enseguida.

—¿Crees que ese empleado tuyo está también en la casa?

—¿Quién, Suzuki? ¿Piensas que habrá vuelto? No creo que sea tan estúpido, pero sea lo que sea no supondrá ninguna diferencia. No hay mucho que pueda hacer él. No es que nos haya ayudado, la verdad, pero tampoco nos puede parar los pies.

—Mmm.

La mujer le dice que gire en la siguiente a la izquierda.

—Después solo hay que seguir todo recto hasta el final.

Aquella urbanización no tiene nada de particular. Unas casas de aspecto similar a ambos lados de una cuadrícula de calles. «Casi como una cárcel», piensa él.

—Allí delante —dice la Ballena.

Por el parabrisas, a un centenar de metros calle abajo, ve que hay una hilera de varios coches detenidos. Están pegados al lado izquierdo de la calle, como si estuvieran tratando de meterse todos en la casa. Todos tienen los faros apagados, pero puede distinguir las siluetas en la oscuridad.

Ella asiente.

—Allí, en efecto.

La Ballena reduce la velocidad y se prepara para detenerse, pensando en qué debería hacer al respecto del Empujón. De ser cierto lo que dice esta mujer, no lo van a matar aquí ni ahora.

«¿Qué debería hacer? ¿Dónde debería interceptarlo?» No dispone de mucho tiempo para aclararse.

—Ya te digo, no hay tiempo para andarse con gilipolleces.

Tiene esa voz repentina justo al lado de su cara. La Ballena pega un pisotón en el freno. Los neumáticos chillan y el coche patina y los envía a los dos hacia delante hasta el punto en que se les clava el cinturón de seguridad.

—¡Pero qué haces! —chilla la mujer.

—Esta tía es muy escandalosa. —Un hombre en el asiento de atrás asoma la cabeza hacia la zona del conductor y muestra los dientes. Es la Cigarra, que se supone que está muerto—. No le moló nada cuando yo le aticé un puñetazo. Oye, ¿es que va descalza?

—Tú. —La Ballena lanza una mirada fulminante a la Cigarra.

Después mira a la mujer, que claramente piensa que está hablando con ella.

—¿Qué? —dice desafiante—. En serio, ¿qué demonios haces parándote aquí? ¿Has atropellado a un gato? Se supone que hay que ser suave con los frenos. ¿Dónde aprendiste tú a conducir, inútil? Mira, está ahí mismo, así que ya hago el resto del camino andando. —La Ballena no sabe con certeza si la mujer ha advertido que se comporta de forma rara o si piensa que esta es su mejor oportunidad de escapar de él, pero lleva la mano al tirador de la puerta—. Nos vemos.

Dicho eso, se baja del coche con una expresión de alivio. El vehículo se sacude con el impacto del portazo que pega.

—¿Vas a dejar que se largue?

La Cigarra suena incrédulo. Ahora va en el asiento del acompañante.

La Ballena no tiene claro qué está pasando, ni mucho menos. No se cuestiona el hecho de que la Cigarra es un fantasma, pero no se ha producido ninguna de las reveladoras señales habituales, ni vértigo ni nada. Además, por lo general, deja de ver a las personas reales cuando sufre estos episodios, pero la mujer ha estado todo el rato en el asiento del acompañante.

—Te he asustado, ¿eh? Esta vez es diferente de lo habitual. ¿Sabes por qué? Porque la cosa empeora. Te has acostumbrado a esto, y a partir de ahora no dejará de ir de mal en peor, igual que este puñetero país. Es igual, tío, me alegro de haber tenido la oportunidad de volver a verte.

La Ballena se frota la comisura de los párpados.

—Acabas de morirte. Un pelín pronto para que vuelvas, me parece a mí —dice con suma frialdad.

—¿No deberías ponerte en marcha? —La Cigarra señala hacia delante, en la dirección en que la mujer ha salido corriendo—. Si te quedas aquí pasando el rato, tu querido Empujón se va a esfumar. —Parece sinceramente complacido—. Te lo quitan de las manos.

La Ballena no tiene intención de seguir las instrucciones de la Cigarra, pero se quita el cinturón de seguridad y sale del coche. Baja por la calle al acecho.

—Yo también estaba buscando al Empujón. —La Cigarra va caminando a su lado, muy airoso, palpándose el bolsillo de atrás de los vaqueros. Su zancada es bastante más corta que la de la Ballena, y aun así mantiene el paso a la perfección—. Pero yo quería matarlo. Para labrarme una reputación.

—Estás muerto. Quédate calladito.

Ahí delante está la hilera de coches aparcados. Son cuatro. Coches de importación con un aspecto robusto. Brillan como los caparazones de unos escarabajos negros, con unas antenas que rematan la imagen de unos insectos.

Hay un grupo de hombres trajeados delante de una casa que parece como si alguien hubiera colocado dos cubos perfectamente alineados, uno sobre otro. Eso tiene más pinta de edificio de oficinas que de una vivienda.

—Lamento decirte esto, colega. —Los labios de la Cigarra se curvan en una sonrisa. Parece que se está divirtiendo.

—Qué.

—Aquí no está el Empujón.

La Ballena estudia el rostro de la Cigarra, pero el fantasma del joven mira de frente a la casa con un aire de fingida importancia. La Ballena acelera el paso y llega a la altura de la mujer.

—¡Esto es increíble! —Está mirando a los hombres trajeados, dando pisotones de frustración. Repara en la presencia de la Ballena y se sobresalta, pero recobra la compostura y dice con un aire más relajado—: Esto no hay quien se lo crea.

—¿Qué ha pasado?

—Nos hemos venido hasta aquí, y resulta que este no es el sitio.

La histeria ya empieza a filtrarse de nuevo en su voz. Se tira del pelo.

La Ballena se da la vuelta hacia uno de los trajeados. Impasible, con pinta de duro. Le recuerda a un perro militar bien entrenado.

—¿Esta no es la casa?

Con una risita, el fantasma de la Cigarra le dice al oído:

—Aquí no está el Empujón. Esto es demasiado perfecto.

El hombre trajeado ha debido de tomar a la Ballena por un alto cargo de Fräulein y responde respetuoso.

—Así es, señor. Aquí no hay nadie. Ni siquiera es una vivienda, es una empresa.

—¿Una empresa?

La mujer esboza una sonrisa mordaz.

—Un pequeño negocio. Cromos de insectos, al parecer.

—Insectos.

—Eso es —confirma el hombre trajeado—. Hemos forzado la entrada, pero lo único que hemos encontrado ahí han sido adhesivos de insectos y unos suministros para criar bichos.

—¿Adónde demonios nos ha enviado ese crío? —suena estridente la voz de la mujer.

Salta a la vista que está desconcertada, y comienza a morderse las uñas.

La Ballena se fija en la placa con la dirección que hay en la verja que tiene delante. Número 3-2, Tsujioka, distrito de Bunkyo, Tokio.

—Asombroso. —La Cigarra se parte de risa

mientras la Ballena le fulmina con la mirada. Después de reírse durante un rato que se le antoja largo, prosigue—: Relájate, colega, que todavía tienes una oportunidad para conseguirlo.

Suzuki

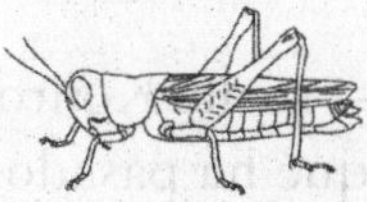

—Aquí no hay teléfono —dice Asagao—. Esta no es mi casa.

Esto no se lo esperaba. Suzuki no sabe qué decir a continuación. Se deja caer de nuevo en la silla ante la mesa del comedor, boquiabierto. Asagao se sienta enfrente de él, al lado de Sumire. Kentaro y Kojiro se sientan cada uno en un extremo.

«¿Se trata de alguna clase de broma?» La confusión le nubla el pensamiento a Suzuki, que intenta calmarse con la esperanza de que eso disipe la niebla.

—Parece que no se ha presentado esa gente tan peligrosa que tanto le preocupaba —dice Asagao después de prestar el oído a ver qué está sucediendo en el exterior.

Habían oído el sonido de un coche, pero ni mucho menos cerca de la casa. No había el menor indicio de que llegara una hilera de vehículos ante la verja ni de que entrara en la casa una banda de criminales.

—Eso parece —responde Suzuki. Se siente ridículo por haber montado semejante escena y haberse equivocado, aunque, más que eso, está intentando averiguar qué está pasando—. Pero aun así...

—Lleva usted ya un buen rato perdiendo los nervios por ese «aun así» —señala Asagao.

—Amigo mayor, qué serio te has puesto. —Kentaro hace un gesto como si le pinchara con el dedo índice.

—Es gracioso —suelta Kojiro una carcajada.

—Entonces, ¿qué ha pasado? ¿No les ha dado Kojiro la dirección?

—Les hemos dado una dirección distinta —responde Asagao, y Kojiro menea la cabeza en un gesto de asentimiento.

—¿Una... dirección distinta?

—Yo le dije que le quitara el móvil, y también le dije que, en el remoto caso de que llamase alguien y le preguntara la dirección, debía inventarse una.

—¿Cuándo? ¿Cuándo le ha dicho que hiciera todo eso?

—Ayer.

—¿Ayer? —contesta Suzuki con un grito—. ¡Eso fue incluso antes de que yo llegara aquí!

Suzuki había entrado en la casa aquel mismo día.

—Usted sí que estaba aquí. —Asagao le mira directamente a los ojos. Una vez más, Suzuki tiene la sensación de que trata de ver algo bajo la superficie de un lago—. Usted me siguió ayer hasta esta casa. ¿No es así?

—Ah, se refiere a ese momento —asiente Suzuki. No se le ocurre ninguna razón para ocultar nada—. Es cierto, le seguí hasta aquí. Al hijo de Terahara le atropelló un coche, así que...

—Así que me siguió usted hasta aquí. Pensé que

usted podría intentar algo entonces, pero me equivoqué.

—¿Qué habría pasado si lo hubiese hecho?

—Quién sabe. —Asagao le quita importancia, como si no fuese para tanto—. Me imaginé que volvería, así que tuve una pequeña conversación con Kojiro.

—¿Qué tipo de conversación?

—Cómo actuar si aparecía usted. En términos de posibilidades y consecuencias.

—¿A qué se refiere, exactamente?

—Quería saber qué era lo que buscaba usted. ¿Venía a matarme, o estaba en una misión de recopilación de datos? O quizá fuese usted alguien que nada tenía que ver con esto y que, de algún modo, se había visto envuelto en esta historia. Al fin y al cabo, el objetivo era el hijo de Terahara. Ninguna precaución que tomara yo sería excesiva.

—De modo que, aun cuando le he dicho que era un profesor particular, ¿ha decidido abrirme la puerta de la casa?

—Desde luego. Le he creído.

—Querrá decir que ha fingido que me creía.

—Pero jugar al fútbol sí que ha sido divertido —refunfuña Kentaro, que parece venir a rescatar a Suzuki de esa sensación de abatimiento.

—¿Por qué me ha dejado entrar?

—Lo cierto es —interviene Sumire— que hemos pensado que al averiguar más sobre usted quizá pudiésemos aproximarnos más a Terahara.

Suzuki jamás se imaginaba que oiría el nombre de Terahara de labios de Sumire. «Supongo que la mujer del Empujón lo sabe todo sobre los bajos fondos.»

—A la organización conocida como Fräulein —dice Asagao, que suena casi aburrido—. También conocida como la Señorita.

—¿Qué... está pasando aquí, exactamente? —pregunta Suzuki—. ¿Qué relación tiene su familia con todo esto? ¿Sumire? ¿Kentaro y Kojiro?

Asagao frunce levemente el ceño cuando mira a Suzuki. Hay algo en la expresión de su rostro: tal vez lástima, tal vez remordimiento. Su cara parece de lo más sincera cuando responde, sin actuaciones ni artificios.

—Ellos no son mi familia.

Esto es demasiado para Suzuki. Se queda allí sentado unos instantes, incapaz de hablar. Se mueven sus labios, se le abre y se le cierra la boca, pero no acierta a dar con las palabras.

—Me contrataron —dice Asagao sin más—. ¿Alguna vez ha oído hablar de los Intérpretes?

Suzuki asiente. Fue Hiyoko quien le habló de ellos.

—Sumire está con ellos. Desconozco los detalles. Al parecer, los niños también forman parte de eso.

Asagao mira a Kentaro y a Kojiro, pero no lo hace con los ojos de un padre, sino como uno podría mirar a un miembro de su equipo o a un compañero de trabajo. O a un patrón.

—Antes trabajábamos con Terahara, pero ahora mismo nos hemos distanciado —le explica Sumire, que aprieta los párpados y tiene el aspecto de una estudiante universitaria que está cotilleando sobre una de sus amigas—. Queríamos que sucediese algo, así que contratamos a este señor de aquí. Lo contratamos para que diese un empujoncito. Nosotros somos buenos actores, pero en lo referente al asesinato, no somos más que unos aficionados.

Suzuki está a punto de soltar un grito al oír a Sumire hablar de asesinatos.

—Pero la organización de Terahara es enorme —dice Asagao, inexpresivo—. Inmensa.

—Sí —reconoce Suzuki con un movimiento de la cabeza que se encuentra en algún lugar entre un gesto de asentimiento y un calambre—. Grande y horrible.

—Y violenta, ¿verdad? Así que imaginábamos que habría repercusiones después de que yo liquidara al hijo de Terahara. Era imposible que lo dejaran pasar como si nada. Yo empujé a una persona, pero ellos estarían dispuestos a destrozar una ciudad entera. Se vería envuelta gente que no tenía nada que ver. Terahara iba a soltar su ataque, alguien tendría que pagarlo.

—Algo así parece probable.

Entre la neblina del pensamiento, Suzuki recuerda lo que le había dicho Hiyoko, aquello de que Terahara había perdido la cabeza de ira cuando mataron a su hijo.

—Así que hice que vinieran detrás de mí.

—Usted... ¿lo hizo?

—La gente se vuelve peligrosa cuando se siente acorralada. Sabía que tenía que ofrecerles una vía. Dejarles una pista que los pusiera sobre mi rastro, y ellos han seguido ese rastro. Mientras fueran detrás de mí, uno diría que no iban a hacer nada excesivamente inesperado.

A Suzuki le entran ganas de esconderse y taparse la cara en cuanto se percata del papel que ha desempeñado él en todo aquello.

—¿Yo era el cebo, entonces?

—No tenía por qué ser usted, pero supuse que alguien me seguiría. Y le traje a usted hasta aquí. A esta urbanización, a esta casa. Yo no vivo aquí. Esto estaba vacío. Un alquiler para este trabajo.

—Nosotros lo organizamos todo —dice Sumire—. Y por «nosotros» me refiero a los Intérpretes.

—Después, ellos tres —prosigue Asagao, que mira a Sumire, Kentaro y Kojiro— han interpretado el papel de mi familia.

—No íbamos solo a por el hijo de Terahara, también queríamos acabar con el propio Terahara —le cuenta Sumire—. Pensamos que esto nos podía ofrecer una oportunidad.

—¿Ustedes pretenden matar a Terahara?

Suzuki no tenía intención de decirlo, pero ha debido de dar voz a sus pensamientos sin darse cuenta.

Sumire continúa explicándose:

—El objetivo era el hijo, pero en general estamos descontentos con toda la organización de Terahara. Si liquidamos al jefe, eso nos facilitará las cosas, así que estábamos buscando una vía para entrar, y entonces apareció usted. Por eso queríamos averiguar todo lo que pudiésemos a través de usted.

—Por eso me han utilizado.

—Esa es una forma demasiado fuerte de decirlo

—interviene Asagao, que se encoge de hombros—. Le sacamos partido.

—¿Cuál es la diferencia? —Suzuki suena como si estuviera al borde de las lágrimas.

A Sumire y Kentaro les parece hilarante, y ambos se echan a reír.

—Pero, un momento —dice Suzuki, que no ha terminado aún con sus preguntas—. ¿Y si yo se lo hubiera contado todo a la gente de Terahara, de inmediato, en cuanto vine por aquí la primera vez? ¿Qué habrían hecho ustedes, entonces?

Había dado la casualidad de que él tenía miedo y había sido muy cauteloso, de modo que las cosas no fueron por ese camino, pero si se lo hubiera contado, los soldados de Fräulein empeñados en su venganza habrían llegado esa misma noche. O cuando él estaba allí haciéndose pasar por un profesor particular.

—La primera vez que vino usted por aquí ya había unos cuantos miembros de mi grupo escondidos por los alrededores —dice Sumire con toda naturalidad—. Lo vieron a usted, y si Fräulein hubiese enviado a más gente, mi grupo habría lanzado un ataque y habría aprovechado la oportunidad para obligar a Terahara a salir al descubierto.

Suzuki parpadea varias veces en su intento por retornar mentalmente a la noche anterior. Había seguido a Asagao hasta esta casa. Todo estaba en silencio y tenía el aspecto de una zona residencial absolutamente típica. Al parecer había miembros de los Intérpretes ocultos por todas partes, vigilándolo, pero él no había visto ni el menor rastro de ellos.

«Uno nunca se fija en los detalles más importantes», puede oír la voz de su mujer, soltándole una reprimenda.

—Pero vino usted, y se marchó en la misma noche, así que le seguí.

—¿Me siguió? —Suzuki se queda mirando a Asagao: «El perseguidor perseguido».

—No regresó a su apartamento, sino que fue a un hotel. Vi cómo informaba usted, y no parecía muy contento con su tarea.

Asagao se lo está explicando con paciencia, pero sus palabras apenas traspasan los oídos de Suzuki, que le mira sin parpadear. El rostro de ese hombre irradia tranquilidad, como un campo nevado en el que nadie ha puesto un pie, con los rayos del sol que bañan la nieve. Casi puede sentirla. No hay ninguna amabilidad en la expresión de Asagao y, aun así, tiene una especie de calidez muy curiosa. Se sorprende sumido en una profunda perplejidad.

—Asagao se imaginó que usted no revelaría de inmediato la situación de esta casa, señor Suzuki —dice Sumire—. Si se hubiera equivocado y Fräulein hubiese acabado viniendo aquí, yo habría llamado a mi equipo. Además, esta casa tiene una vía secreta de escape.

Suzuki hace un lento y amplio gesto negativo con la cabeza, de un lado a otro, se le hunden los hombros y se desinfla con un profundo resoplido.

—Pero —insiste él, ya que sigue teniendo preguntas, interminables preguntas— ¿por qué me están contando todo esto ahora? ¿Es que han renunciado a intentar matar a Terahara? ¿Han terminado ya conmigo?

—Bueno, ahora que sabe todo esto, no podemos

permitir que salga usted vivo de aquí, precisamente —murmura Asagao.

Suzuki tiene la sensación de que una mano gélida le acaricia el cuello. «Ahora me matarán a mí.»

—Es broma —dice Asagao con ligereza, arqueando las cejas.

Suzuki siente un fogonazo de ira. «Si eso ha sido una broma, es la que menos gracia tiene en toda la historia de la humanidad.»

—En cualquier caso —prosigue Asagao—, parece que Terahara ya está muerto.

—¿Qué? —Suzuki no tiene claro si será capaz de soportar más sorpresas, pero no puede evitar que su voz suene más aguda—. ¿Cuándo?

—Hace unos momentos —responde Sumire, que observa el perfil de Asagao mientras prosigue—. He recibido un mensaje de mi equipo. Terahara está muerto. Creen que ha sido asesinado.

—¿Por... por quién?

—Buena pregunta. —No parece que Sumire esté ocultando nada—. No estamos muy seguros.

—Ha sido mientras estábamos en el coche, en el camino de regreso hacia aquí. Me ha llamado ella, ¿lo recuerda? —Asagao mira a Sumire—. Ahí es cuando me he enterado. Ya no tenemos necesidad de seguir utilizándole.

—Querrá usted decir «sacándome partido» —consigue responder Suzuki.

—No pensábamos contarle nada de esto. No tenía ningún sentido, la verdad. Mi plan era llevarle a su casa, despedirnos y ponerle punto final a esta situación.

—Entonces, ¿por qué me lo están contando?

—He pensado que se lo merecía. Me parece usted un buen hombre.

—Es cierto, lo parece —coincide Sumire.

—Sí —salta Kentaro con una sonrisa—. Y parece dispuesto a hacer lo que le digan que haga.

—Además, me ha gustado mucho su referencia a Brian Jones —dice Asagao.

Suzuki se dirige hacia la puerta principal y se siente como si estuviese flotando en el aire. Ha perdido la noción de la realidad, pero ha decidido que se marcha a su casa. En cuanto lo piensa le surgen más preguntas, todas a la vez: adónde debería ir, si su apartamento será un lugar seguro, si habrá alguna habitación disponible en el hotel.

—Es la segunda vez que salimos a despedirle hoy —le dice Sumire a Suzuki, ya en el vestíbulo.

Kentaro y Kojiro también están allí. Los dos parecen un poco tristes, pero a Suzuki no le queda más remedio que preguntarse si no será también una actuación.

—Amigo mayor, ¿de verdad te marchas? —le pregunta Kentaro.

—Tampoco es que esta sea vuestra auténtica casa. —«Nos marchamos todos».

—Bueno, claro, eso es cierto. —Kentaro suena tristón.

Kojiro va de la mano del otro niño.

—¿Te vas? —le pregunta en un suspiro.

Viéndolos allí juntos, sí que se parecen mucho.

Las mismas cejas gruesas, las mismas orejas. «Es probable que ellos sí sean hermanos —piensa Suzuki—. ¿Y están metidos en un grupo como los Intérpretes, a su edad?» Esa idea le disgusta. Deben de llevar una vida muy distinta de una infancia normal: extraña y desordenada, quizá infeliz, quizá extenuante, pero en cualquier caso muy alejada de lo normal. «¿Dónde están sus padres? ¿Tienen la oportunidad de ir al colegio?» Recuerda a Kentaro cuando se pusieron a darle patadas al balón. La alegría que vio en el rostro del niño parecía genuina. «¿Juegas al fútbol en el colegio?», le había preguntado Suzuki, y Kentaro había negado con la cabeza, cabizbajo.

Kojiro se acerca a Suzuki, allí de pie justo delante de él. Extiende la mano.

Suzuki se inclina y acerca su rostro al del niño.

—¿Qué me cuentas?

Kojiro responde con su susurro marca de la casa.

—Quiero darte esto.

—Oh. —Suzuki observa la mano de Kojiro y ve un adhesivo. Lo acepta muy ceremonioso y lo sostiene en alto para verlo mejor. Una imagen de un escarabajo longicornio, de un precioso color verde—. ¿Me lo puedo quedar? —le pregunta, y Kojiro asiente con entusiasmo. Suzuki lo contempla con aire reverencial y es consciente de lo importante que debe de ser para el crío—. ¿Estás seguro de que me lo puedo quedar? Este debe de ser de los más difíciles, ¿no?

Ante esto, Kojiro hace un solemne gesto negativo con la cabeza.

—Ese lo tengo repetido. Es del que más tengo.

Antes de llegar a sentir ninguna decepción, Suzuki se echa a reír.

—Seguro que sí.

—Le llevo en coche —dice Asagao.

—Ah, no. No se preocupe por eso. —Suzuki declina la oferta con un gesto de la mano.

Está a punto de añadir que tiene el convencimiento de que si se vuelve a subir al coche de Asagao vivirá otro episodio rocambolesco, y en ese instante se fija en los dedos de la mano que acaba de mover. Baja la cabeza en un gesto de frustración.

—¿Qué ha pasado? —pregunta Sumire.

—Mire, sí que le agradeceré que me lleve —dice Suzuki, aún cabizbajo—. Quiero encontrar mi anillo.

—¿Su anillo?

—Tengo que encontrarlo.

«Mi héroe», dice su mujer, que aplaude. «¿Pensabas que se me iba a olvidar? —responde él—. ¿Lo ves? Estoy dando lo mejor de mí, solo por ti.»

La Ballena

Se da la vuelta hacia la Cigarra, o, para ser más exactos, hacia el fantasma de la Cigarra, y le pregunta:

—¿A qué te refieres con que aún tengo una oportunidad?

—La tienes. Una excelente oportunidad, muy buena.

—¿Dónde?

A esas alturas, la Ballena tiene la sensación de que la Cigarra está de verdad ahí, justo delante de él, que forma parte de la realidad. El fantasma le parece más sólido que el poste del teléfono que tiene a su lado.

—Donde estábamos antes.

—¿Dónde es eso?

—Donde me has matado, tío. Para John Lennon fue el Dakota House, para Oda Nobunaga el templo Honnoji, y para mí ha sido ese bosque de cedros. —La Cigarra se rasca la cabeza, algo avergonzado, al parecer, por haber muerto—. Vuelve allí.

—Vuelvo allí y qué hago.

—Debería haber un anillo justo al lado de donde he caído yo. Pertenece a ese tío, Suzuki. Se lo quité y después se me cayó.

«Ahora que lo menciona...», recuerda la Ballena. Después de que le pegara un tiro, cuando estaba tirado en el suelo desangrándose por el pecho, la Cigarra mascullaba algo mientras se atragantaba al tratar de respirar. Lo que decía no tenía sentido, apenas era coherente, pero la Ballena tuvo la impresión de que estaba hablando con el fantasma de Iwanishi, que también se encontraba allí, y recuerda haber oído algo sobre un anillo.

—Suzuki va de camino para recuperarlo.

—¿Por qué estás tan seguro de que va a regresar al bosque de cedros?

—A ver, no sé si será el bosque de cedros, exactamente, pero estoy seguro de que sabe que ha perdido el anillo en alguna parte de esa zona. Quizá piense que ha sido en el coche, o en ese edificio, donde sea, pero sí que va a regresar allí.

A la Ballena no le gusta aceptar las sugerencias de un fantasma, pero tal vez merezca la pena comprobarlo.

La presencia de la gente de Fräulein en el barrio residencial está empezando a llamar la atención. Además de esa hilera de coches importados, hay una mujer que está dando gritos y chillidos como si hubiera perdido la cabeza. Los vecinos comienzan a asomar en sus casas. Los hombres de traje están allí parados como peleles, como si no tuviesen claro qué deberían estar haciendo.

La Ballena no tiene ya ningún motivo para quedarse allí. Sin el Empujón, de nada le sirve esa mujer, ni Fräulein, ni aquel barrio. Echa a andar de regreso hacia el SUV.

La mujer vuelve a alzar la voz.

—Me llaman de la oficina —se queja y levanta el teléfono—. ¿Y si es el jefe? ¿Qué se supone que tengo que decirle?

«Es duro ver esto», piensa la Ballena mientras la ve responder a la llamada.

Después de escuchar por un momento, vuelve a chillar.

—¿Qué me estás diciendo? —Acto seguido, acribilla a preguntas a su interlocutor, sea quien sea, una detrás de otra, y su voz suena cada vez más desesperada. La Ballena no alcanza a oír lo que dice hasta el final, cuando la mujer grita—: ¿Cómo ha podido pasar? ¿Quiénes cojones son «ellos»?

Los hombres de traje se arremolinan a su alrededor y, en cuanto ella guarda el móvil, le preguntan qué ha sucedido. La Ballena también da unos pasos hacia la mujer, sin prisa alguna.

—El jefe está muerto.

No se la ve aturdida, pero sí agotada. Como si la piel se le hubiera puesto verdosa más allá de la palidez, con las venas azuladas bajo la superficie.

El fantasma de la Cigarra suelta un silbido de alegría.

—¿Terahara está muerto? Esto es demasiado bueno.

Alguien le pregunta cómo ha muerto, y el cuerpo de la mujer se balancea conforme murmura:

—Le han asesinado. Envenenado. Me han dicho

que le han envenenado. —No deja de repetir la palabra «veneno», como si fuera el ensalmo de una pesadilla—. En la oficina. El té estaba envenenado. Está muerto.

—¿Quién lo ha hecho? —pregunta la Ballena, que vuelve a estar delante de ella, y ve su propia sombra de la luz de la farola, cómo se alarga hacia la calle—. ¿Quién lo ha envenenado?

—Han sido esos dos —dice, y levanta la cabeza con la mirada perdida en la noche—. Esa pareja a la que hemos cogido. Ya se han largado. Un chico y una chica, esos a los que debía matar Suzuki.

La Ballena no tiene ni idea de qué está hablando. Los subordinados de la mujer también parecen confundidos, todos esos hombres musculosos y trajeados parpadeando sin entender nada.

La mujer abre los brazos y se pone a dar vueltas, como una actriz en un musical.

—Un chico y una chica que se hacían llamar Negro y Amarillo. Esos dos han matado al jefe. Quizá fuera su plan en todo momento. Quizá fuera eso lo que tramaban desde el principio.

—Negro y Amarillo, ¿eh? —dice la Cigarra con aire despreocupado al oído de la Ballena—. Me pregunto si serían el Avispón: sus colores son el negro y el amarillo, esas franjas tan espeluznantes.

—El Avispón —dice la Ballena en voz alta. Ahora que lo piensa, ya ha oído antes ese nombre. Está en el negocio, asesinatos por encargo, trabaja con veneno—. ¿Quién los ha contratado? —pregunta a la Cigarra.

Por supuesto, sabe que es ridículo pedirle a un

fantasma surgido de su mente que le dé la respuesta a algo que él mismo desconoce, pero tampoco puede evitarlo.

—Quién sabe, pero todo el mundo quería muerto a Terahara, eso es seguro. —La Cigarra parece muy animado—. Olvídate de esta panda de gilipollas. Larguémonos de aquí y vamos a adelantarnos a Suzuki. Ajusta cuentas con el Empujón.

La Ballena gira en redondo y sube por la calle. Las farolas proyectan varias repeticiones de su sombra por las paredes de cemento que bordean los jardines. Cuando abre la puerta del conductor del SUV, la Cigarra ha desaparecido sin dejar rastro.

Suzuki

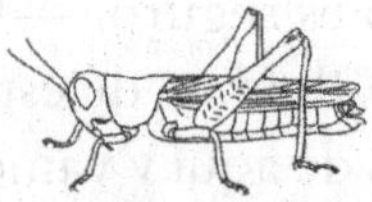

Apenas hablan mientras conduce Asagao. Hay infinidad de cosas que Suzuki quiere decir, pero al mismo tiempo le da la sensación de que no hay nada que merezca la pena mencionar.

Desde el asiento del acompañante, contempla la noche por la ventanilla. Es la segunda vez que va en coche a Shinagawa en el mismo día, pero, ahora que ha caído el sol, todo tiene un aspecto desconocido, como si estuviera atravesando un territorio inexplorado. Lo que ve, fundamentalmente, son los faros del tráfico que viene en dirección contraria, unos haces de luz blanca que se alargan en la oscuridad.

No deja de dar cabezadas, y se percata de que está a punto de quedarse dormido.

—¿Se encuentra bien? —le pregunta Asagao.

—Estoy bien —responde Suzuki, pero siente un dolor sordo en la cabeza, seguramente un efecto residual de las drogas que le ha administrado Hiyoko.

—¿Por qué estaba trabajando usted para la organización de Terahara?

No sabe cómo responder en un principio.

—No sé mucho sobre ellos —prosigue Asagao—, pero usted no da la impresión de ser el tipo de persona que trabaja en un sitio como ese.

—Bueno, lo cierto es que... —comienza a decir Suzuki, aunque lo deja en el aire.

«Lo cierto es que el hijo de Terahara mató a mi mujer porque le dio por ahí, cuando estaba dándose una vuelta en un coche robado, así que me infiltré en su organización para vengarme. Hablar de "infiltrarme" suena infantil, pero estaba empeñado en conseguirlo. Le di la espalda a mi vida ética, de sensatez, y me uní a Fräulein.» Tiene la sensación de que si empieza a hablar ya no será capaz de impedir que las palabras le salgan de los labios a borbotones, sin parar, así que prefiere quedarse allí sentado en silencio. Siente un revoloteo en el corazón, como el de una hoja de papel sobre el asfalto en un día ventoso. Parece que se le pasa esa sensación, respira hondo, pero el viento vuelve a soplar, y sus sentimientos comienzan a arremolinarse de nuevo. Y así se queda, allí sentado, a la espera de que se detenga el viento.

Asagao debe de haber percibido el estado de ánimo de Suzuki, porque no le presiona.

—Quería vengarme —dice Suzuki en voz baja y se siente satisfecho con esa respuesta.

—¿De Terahara?

—De su hijo. Lo hice por mí. Necesitaba esa venganza. Al hablar ahora de ello me doy cuenta de que estaba dispuesto a hacerlo, más allá de las consecuencias que aquello tuviese para ninguna otra persona. Por eso, aun cuando se me ocurrió que los productos que estaba vendiendo para ellos podrían ser drogas, me dije que eso no importaba.

—Parece un poco egoísta.

—Siempre le restaba importancia, una y otra vez.

Lo cierto es que ni siquiera se sintió tan mal por vender aquellas sustancias ilegales. Solo comenzó a asustarse cuando le dieron una pistola y le dijeron que matase a esos dos chavales que se hacían llamar Negro y Amarillo, y no antes. «Ahora que lo pienso, ¿qué ha pasado con esos dos?» Se imagina la cara del chico, que tanto se parece a uno de sus antiguos alumnos. «¿Estarán bien?» Si Terahara de verdad estaba muerto, entonces las oficinas de Fräulein serían un caos, sin duda. «Esperemos que hayan salido bien de allí.»

Suzuki va siguiendo el paisaje nocturno por la ventanilla.

—Señor Asagao, eso que me ha contado esta tarde, sobre la langosta, ¿realmente cree que es cierto?

Conforme lo pregunta, Suzuki se sorprende de que eso hubiera sucedido un rato antes, aquel mismo día. Le parecía algo que hubiese ocurrido mucho tiempo atrás. La conversación con su profesor hace diez años le parece más reciente.

—¿Qué sobre la langosta?

—Que hay demasiada gente y que nos hemos convertido en algo similar a una nube de langosta, oscura y violenta. Eso dijo usted.

—¿Y usted no lo piensa?

—Sí que me enfado cuando me quedo atascado en el tráfico sin poder hacer nada.

—Somos muchísimos.

—¿Y por ese motivo hace el trabajo que hace?

—Tal vez por las drogas que no ha eliminado aún, el temor al Empujón ha perdido en él un considerable fuelle—. ¿Por eso mata a la gente empujándola?

En lugar de responder a esa pregunta, Asagao le ofrece un dato estadístico.

—En este país mueren miles de personas en accidentes de coche todos los años.

—Sí, yo también he oído eso.

—Los terroristas no matan a tanta gente. No existe un tipo de terrorista que mate a casi diez mil personas al azar. Y si contamos a todas las personas que solo salen heridas de los accidentes, los números se disparan.

—Cierto.

—Pero nadie dice que debamos dejar de conducir ni de subirnos en los coches. Es curioso. Al final, la vida humana queda en segundo plano. Lo más importante es la comodidad, que vale más que la propia vida.

—Usted va conduciendo ahora mismo.

—Así es, sin duda.

—Imagino que podría decirse que los coches son como las alas que desarrolla la langosta.

—Podría ser algo así.

No es una conversación llana y directa. No están hablando del tiempo, que se diga, pero tampoco es un intercambio de opiniones propiamente dicho. No genera ninguna sensación de cercanía ni tampoco de entendimiento, y aun así, de alguna manera, Suzuki se queda satisfecho.

Algo le viene a la cabeza cuando se detienen en un cruce.

—Imagino que no volveré a ver nunca a Sumire ni a los niños.

—Es probable que no. Estoy seguro de que ya se han marchado de esa casa. Imagino que yo tampoco volveré a verlos nunca. Ha dado la casualidad de que hemos coincidido todos en el mismo trabajo. Yo suelo trabajar solo.

—Ya veo...

—No me diga que eso le entristece.

No hay ninguna burla en la voz de Asagao, tan solo es una afirmación neutra.

No obstante, Suzuki se sorprende al reparar en que sí, está triste. Querría decírselo, pero no se ve capaz de hacerlo. Es demasiado vergonzoso. Él había creído que eran una familia de verdad y que le habían recibido con los brazos abiertos. Se siente de lo más ridículo.

El semáforo se pone verde, Asagao pisa con suavidad el acelerador, y el sedán gana velocidad con mucha calma. Pasan por la estación de Shinagawa y entran en un callejón lateral y oscuro. No hay tráfico, probablemente por lo tarde que es ya. Suzuki tiene la sensación de que estos dos días tan extraños por fin llegan a su conclusión.

—Quizá sea un poco tarde para mencionarle esto —dice Asagao, que mira al frente en el momento en que aparece a la izquierda el edificio donde habían retenido a Suzuki—, pero ¿de verdad piensa que va a encontrar aquí su anillo?

—Estoy bastante seguro de que es aquí donde lo

he perdido. O bien en la furgoneta o bien en el edificio.

—¿Y no le parece peligroso volver por aquí?

—La verdad es que no me he detenido mucho a pensarlo —responde Suzuki de forma honesta, sonrojado—. Es lo que toca. Hasta ahí he llegado, no más.

La Ballena

El bosque de cedros encierra las profundidades más oscuras de la noche. En cuanto pone un pie dentro, se ve envuelto en el aire tenebroso, y, con cada paso que avanza, su cuerpo ahonda en las sombras. Le acaricia la oscuridad. Puede sentirla.

El fantasma de la Cigarra no está. Tampoco aparecen otros fantasmas. En el suelo está el cuerpo de la Cigarra, que no se ha movido del lugar donde la Ballena lo ha matado de un disparo. No tiene ningún aspecto truculento, ni siquiera brusco. Parece completamente natural allí, como si aquel fuera su sitio, entre las ramas caídas, los insectos muertos, las cagadas de los pájaros y las agujas de los cedros.

Baja la mirada hacia el cuerpo. No hay luz, pero de alguna manera es capaz de distinguir con claridad los detalles del rostro de la Cigarra, hasta la pelusa en las mejillas. Tiene los ojos abiertos. Los brazos separados del cuerpo, aunque el derecho lo tiene doblado por el codo, con el índice extendido.

Parece estar señalando. La Ballena mira en la dirección que indica: ahí está el anillo. No brilla, y está medio enterrado, pero está claro que es un anillo. Se agacha para recogerlo y lo limpia de tierra.

«¿De verdad vendrá Suzuki?» No hay ningún motivo para pensar que lo hará. La Ballena se apoya en un tronco nudoso y cierra los ojos. Se concentra en su oído, siente el aire frío, sigue el ritmo de su propia respiración.

Después de un rato echa a caminar. Se lleva la mano al bolsillo de la chaqueta y aprieta el libro tan desgastado.

Cuando sale del bosque, se encuentra en una calle: dos carriles, una sola dirección. Ningún coche a la vista.

Hay una luz encendida en la quinta planta del edificio al otro lado de la calle, el resto está oscuro. Se imagina que los subordinados de Terahara estarán haciendo alguna clase de trabajo ahí arriba; se acerca a una farola y se apoya en ella, una lámpara inclinada sobre él como un helecho gigante. Saca el libro. Es la mejor manera de calmar el espíritu.

Pasado un tiempo, la luz de la quinta planta se apaga, como si el edificio estuviera cerrando los ojos.

La Ballena coloca el marcapáginas en su sitio, cierra el libro y vuelve a guardárselo en el bolsillo. Se aparta un paso de la farola y observa con mucha atención la entrada del edificio. Ha perdido la noción de cuánto tiempo lleva así, esperando, pero muy poco después se abre la puerta del edificio del otro lado de la calle y sale un hombre. Se oye una voz.

—Es él.

Al principio, la Ballena da por sentado que es la voz de la Cigarra, pero entonces suena como si fuera más de una voz, como un coro entero de gente que no grita, sino que susurra al oído de la Ballena.

—Es él.

El secretario que no gozaba de ningún reconocimiento, la mujer traicionada por su amante, la presentadora del telediario que había mezclado la justicia con la superioridad moral, el político que cargaba a otros con sus propias fechorías, el joven nacido de una infidelidad cuyo padre no quería verle por allí danzando, el miembro de una banda de malhechores que había cometido el error de atacar a la hija de un político, el hombre que aceptaba asesinatos por encargo y daba trabajo a un joven asesino de gran talento, y más, muchos más, todos ellos hablando al mismo tiempo desde el interior de la Ballena, desde el exterior.

—Es él.

El hombre del edificio se hace más visible a cada paso. Es delgado. Es difícil calcular su edad exacta, pero rondará entre los veintimuchos y los treintaipocos. Es Suzuki. «Justo como tú decías», piensa la Ballena en agradecimiento a la Cigarra, que no está allí. «Al final, Suzuki sí ha venido.» Arranca hacia su izquierda, hasta que se sitúa justo enfrente de Suzuki con la calle de por medio.

«Ajusta cuentas.»

Oye la voz de Tanaka.

«Lo haré —asiente la Ballena—. Tengo que ajustar cuentas con el Empujón. —Y, acto seguido, vuelve a pensar—: Suzuki no es el Empujón. No tengo nada contra él.» De inmediato, otra voz acalla esa idea: «¿Quién dice que no es el Empujón?».

Es cierto. Este hombre bien podría ser el Empujón. Es más, es bastante probable que lo sea. «Ahora es cuando esto termina», se dice.

Aun en la oscuridad, desde el otro lado de la calle puede distinguir la expresión en la cara de Suzuki, que alza la mirada hacia él. Indiferente en un principio, pero entonces se le ponen los ojos como platos. Un fogonazo de temor y de duda asoma a ese rostro.

«Se acabó», piensa la Ballena. Da un paso al frente.

Suzuki

Se baja del sedán a una cierta distancia del edificio. Sin saber con seguridad si Terahara está realmente muerto, tendrá que estar en guardia. Decide recorrer a pie el último centenar de metros.

—¿Cómo piensa regresar a casa desde aquí? —le pregunta Asagao.

—Ya se me ocurrirá algo.

Dicho aquello, se separan. No cruzan ninguna clase de despedida propiamente dicha, ni siquiera un gesto con la mano.

Suzuki va caminando muy despacio hacia el edificio y tiene la sensación de que no hay nadie más en los alrededores. En primer lugar busca la furgoneta en la que lo trajeron Hiyoko y los torturadores, pero no la encuentra por ningún lado. Pensaba que podría estar aparcada en algún sitio cercano, aunque no ve nada después de darse un pequeño paseo por la zona.

Entonces entra en el edificio. No está cerrado con llave, pero tampoco funcionan las puertas automáticas, así que las tiene que forzar. La electricidad está desconectada, y todo es oscuridad allí dentro. Aun así avanza. Allí no hay nadie. No siente ningún temor mientras sube las escaleras hasta la quinta planta. El deseo de encontrar su anillo es demasiado fuerte para que haya ningún temor.

No sabe cómo, pero las luces de la quinta planta sí funcionan, y escruta con detenimiento la zona donde lo habían retenido. Va mirando muy agachado, casi a gatas por toda la extensión de aquella sala, con los ojos muy abiertos. Se queda impresionado por un momento cuando ve los cadáveres, pero no tiene miedo. Busca por el pasillo e incluso comprueba la salida de incendios sin mucha convicción, y lo único que está haciendo es consumir energías: no hay ni rastro del anillo. Está seguro de que tiene que estar por allí, en alguna parte, siempre que se le haya caído. Recorre de nuevo sus pasos hasta el ascensor. Nada.

Sigue percibiendo el martilleo del dolor de cabeza, que va a peor. Le pesan los ojos. «Solo quiero irme a dormir», piensa sumido en la flojera, que se sacude de inmediato. Tal vez no sepa aún dónde está el anillo, pero si se va a dormir no lo encontrará jamás.

Si no está en el edificio, estará fuera, cerca de la entrada. Vuelve a descender a la planta baja.

Sucede en cuanto sale del edificio. Siente una extraña emanación de fuerza, como si llegara de frente una ráfaga de aire cargadísimo que hubiera surgido de alguna parte.

Al principio piensa que es de los cedros que hay al otro lado de la calle, que rezuman su oscuridad ominosa, pero casi de inmediato se percata de que el origen no es ese.

Hay un hombre de pie al otro lado de la calle.

Allí plantado como un árbol enorme. Un par de ojos vacíos, dos cuencas de oscuridad impenetrable con la negrura de los cedros de fondo.

Es aquel hombre tan grande que se llevó a la Cigarra. Unas horas antes, había abierto de golpe la puerta del SUV y se había llevado a rastras a la Cigarra hacia los árboles.

«¿Ha estado en esos cedros todo este rato?» No se ve a la Cigarra por ninguna parte. «A lo mejor este gigante forma parte del bosque de cedros», piensa Suzuki. Como si fuera una extremidad de esos árboles, con una garra para atrapar a sus presas y llevarlas hacia allá. Cazando Cigarras.

El hombre pone un pie en la calzada.

La fuerza de ese paso hace que Suzuki se quede rígido. No puede moverse. No puede dar un paso a un lado, no puede darle la espalda, ni siquiera puede pestañear. «¿De dónde ha salido?»

El hombre se acerca otro paso más. Una sombra le oscurece el rostro. Suzuki no alcanza a distinguir su expresión. En el instante en que piensa en eso, una voz le suena en el oído, aunque no llega del todo a ser una voz ni tampoco es el viento, exactamente, ni el roce de su propia ropa.

—Todo el mundo quiere morir —parece decirle.

Cuando el hombre vuelve a avanzar otro paso, Suzuki siente un peso en el pecho. Una profunda pesadumbre se apodera de él. No le funcionan los pulmones: da igual lo mucho que exhale, que no puede expulsar el aire. «Es él lo que me está llenando por dentro», piensa al observar al hombre, y se le está nublando el pensamiento.

La oscuridad se extiende por su cuerpo. Vuelve a ver las escenas de la época que ha pasado con Fräulein. Cómo llama a una chica que pasa por allí y que no va nada bien vestida, claramente recién llegada a Tokio de alguna localidad en el quinto pino. Se la ve dubitativa y tímida, pero le acompaña a una cafetería. Los grandes sueños de su vida en la gran ciudad. Él despliega los panfletos, saca las muestras, suelta su charla. Ella se lleva el contrato tan contenta. Dos semanas después, la vuelve a ver en la misma galería comercial: la chica ha perdido esa sonrisa esperanzada y tiene unos círculos oscuros bajo los ojos. Ha caído en las redes de un reclutador de trabajadoras sexuales. Parece inestable allí de pie, consumida su vitalidad. Suzuki se pregunta si se debe a los productos que él le ha vendido. Quizá tengan algún efecto secundario negativo. Quizá sean drogas adictivas, en realidad, que la están devorando por dentro.

De inmediato destierra esa idea de su pensamiento. Si parece enferma, será porque el miasma de la ciudad es demasiado para ella. No tiene nada que ver con él, se dice Suzuki antes de captar la atención de la siguiente chica.

«Tenía que vengar a mi mujer.»

Nadie está acusando a Suzuki, pero él ya está exponiendo su defensa. «Tenía que trabajar para ellos, ganarme su confianza para poder acercarme al hijo de Terahara.»

«Pero ¿no es egoísta eso, por tu parte? ¿No viste ningún problema en aceptar un empleo en una compañía turbia y en hacerles el trabajo sucio?»

Insiste en que no pasaba nada e intenta convencerse a la desesperada. Un humo negro le surge del pecho y se le extiende a la garganta, la cabeza, las tripas.

Entonces, una voz lacerante le suelta una estocada:

—Pero si ni siquiera vengaste a tu mujer.

La mortificante verdad de aquello reverbera con un eco tétrico. No sabe de dónde viene esa voz, pero está claro que va dirigida hacia él.

Sin darse cuenta de lo que hace, pone el pie en la calzada. En el mismo momento aparece una lucecilla, calle abajo y a la derecha, que destella en la oscuridad. Se dirige hacia él. «Una bendición», piensa. Da otro paso hacia el centro de la calzada, y otro más. «Tengo que ponerme delante de ese coche.» Es un sentimiento profundo, urgente. «Tengo que morir.»

Se le ocurre una idea repentina: quizá su mujer se sintiera igual. Tal vez su mujer deseara la muerte justo en el instante previo a que el hijo de Terahara estampara el coche contra ella. Era sensible a todo el dolor en este mundo trágico y desastroso. «Tal vez ella solo quisiera acabar con esto, igual que yo ahora. Mi mujer tuvo que sentirse así, y ahora puedo unirme a ella.»

Suzuki echa a caminar hacia los faros que se aproximan. Es un monovolumen.

«Tengo que tirarme delante de él —se dice—. Mi mujer se alegrará muchísimo», asiente.

Está a punto de dar otro paso cuando, justo al levantar el pie del suelo, oye otra voz:

—¿Crees que eso me va a alegrar?

No se trata de una voz real, física, pero puede sentir a su mujer a su lado, su boca junto a la suya.

—¿Quién dice que yo quería morir? —Suelta una de sus carcajadas de toda la vida, tan íntimas para él, tan deliciosas.

Al menos, él cree oírla.

Se detiene en seco, de pronto. El monovolumen pasa justo por delante de sus ojos y no impacta con él por un pelo. Suzuki no oye el motor, ni el chirrido de los neumáticos contra el suelo ni nada.

Entonces sucede.

Aquel hombre tan grande, el que estaba de pie al otro lado de la calle, se tropieza hacia delante y cae ante el monovolumen. En la caída, su largo brazo derecho hace aspavientos en el aire.

El monovolumen impacta contra él. Parece que Suzuki sigue sin poder oír nada, ni el chirrido de los frenos ni el sonido del cuerpo del hombretón machacado, ni el impacto con el coche ni el grito del conductor. Todo se desarrolla como en una película a cámara lenta: el faro que se hace añicos, el capó del monovolumen que cede en una abolladura, el brazo del hombre que se dobla en un ángulo imposible, el tronco hecho trizas.

El monovolumen derrapa varias decenas de metros hacia la izquierda y se detiene en diagonal.

Todo cuanto puede hacer Suzuki es quedarse allí, aturdido. Cuando vuelve a ser capaz de caminar, se acerca al cuerpo de aquel gigante. Hay un libro en el suelo, una edición de bolsillo con pinta de que la han leído muchas veces. Se agacha para recoger el libro, pero entonces se fija en algo que hay al lado: un anillo. Tirado en la calzada. Baja la cabeza y acerca el rostro.

«Mira, ya está, lo has encontrado», dice su mujer.

Suzuki mira a la izquierda, después a la derecha. Está buscando a Asagao. Tal y como ha caído este hombre, parece que lo hayan empujado. No obstante, lo único que ve Suzuki es el negror de los cedros, sus ramas que se sacuden como si tuvieran algo que decir. Permanece allí de pie en el silencio de la noche, observando un líquido que se extiende por la superficie de la calzada, quizá gasolina, quizá sangre. Le da la sensación de que está a punto de desmayarse, envuelto en la presión del agotamiento y el alivio. Le ceden las rodillas. Sin darse cuenta siquiera, se ha sentado en el asfalto. Siente que le pesa la cabeza y que se le aflojan los músculos del cuello. Se le cierran los ojos. El negro de los cedros se mezcla con el añil del cielo, que después se funde con el frío color gris de la calzada, y tira de él, lo absorbe. «Duerme.»

Suzuki

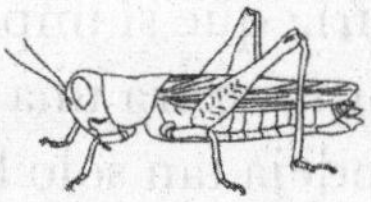

Sentado en el restaurante de un hotel, Suzuki no levanta los ojos del plato. En la última planta de la torre de un hotel en Hiroshima, en una mesa junto a la ventana bañada en el sol de la mañana, pincha unos fritos con el tenedor y se llena los carrillos. Mastica con vigor y se lo traga.

—A eso lo llamo yo un plato cargado hasta arriba.

Suzuki alza la mirada hacia la voz y se encuentra a un hombre más mayor, delgado, que está de pie junto a su mesa. No es alguien a quien conozca. Pasaría por allí y habrá pensado que tenía que decirle algo. Por su tono de voz, resulta difícil saber si está impresionado o si únicamente se ríe de él.

—Menudo apetito debe de tener. Bueno, supongo que aún es joven.

—No es eso —dice Suzuki, que relaja las mejillas en una sonrisa—. Un bufé es una competición de uno contra uno.

—No tengo nada claro qué significa eso.

—Es un duelo, uno contra la comida. Se coge el plato, se valora cada tipo de comida y se pregunta: «¿Quiero comer de esto o no?».

—¿A quién se lo pregunta?

—Se lo pregunta uno mismo. Y si lo quiere, se lo sirve. En realidad, no importa si acaba con demasiada comida.

—Mmm, yo diría que sí importa. —La sonrisa del hombre mayor muestra una hilera desigual de dientes. En su bandeja tan solo lleva un cuenco de sopa de miso, un poco de arroz blanco y una rodaja de salmón a la plancha—. Yo tengo de sobra con esto.

«No se está tomando en serio este bufé», le dan ganas de decir a Suzuki, pero en cambio se ríe y se mete más comida en la boca. El aroma de la carne en salsa dulce se extiende por todo su ser.

Mientras se trabaja ese plato de comida, Suzuki piensa en lo sucedido el pasado otoño, hace ya más de seis meses. «¿Qué significaba todo aquello?»

Todo aquel episodio disparatado que arrancó con la muerte del hijo de Terahara y la caza del Empujón.

Cuando terminó, se despertó con un sobresalto y se sorprendió en la estación de Shinagawa, sentado en un banco en el andén. Miró a su alrededor en un instante de ansiedad, pero no parecía haber nada fuera de lo común. No tenía ni idea de lo que había pasado con el cuerpo de aquel tipo enorme, ni con el monovolumen que lo atropelló. Todo cuanto pudo hacer fue quedarse allí sentado y sumido en un letargo. En cuanto a si había ido caminando hasta la estación o si lo habían llevado en un coche, no tenía ningún recuerdo.

No le pareció seguro regresar a su apartamento,

y tampoco sabía si había alguien que anduviese detrás de él o no, de modo que se buscó un hotel barato. Así acabó pasando un mes en un hotel de negocios de Ochanomizu. No volvió a cargar la batería de aquel móvil, de manera que, como es natural, Hiyoko no pudo contactar con él. Buscó la pegatina del escarabajo longicornio que le había regalado Kojiro, pero no fue capaz de encontrarla.

Transcurrido un mes, regresó a su apartamento con una cierta aprensión, pero tenía pinta de estar intacto. Fue dando pequeños pasos para ir recuperando su vida. Mientras tanto, se paseaba por las zonas de ocio con los oídos muy atentos, y se enteró de que la organización Fräulein había desaparecido de la faz de la tierra. Nunca llegó a conocer los detalles, pero parecía que se habían ido para siempre.

Unos meses atrás había ido a Ciudad Jardín Netozawa, solo una vez. Se fio de su memoria y de su instinto y anduvo cerca de una hora paseándose por aquellas construcciones tan similares unas a otras, pero no logró localizar aquella casa concreta. Y, mientras paseaba, iba buscando su pegatina del escarabajo y pensando que se le tenía que haber caído en alguna parte, pero tampoco dio con ella jamás.

De manera más reciente vio un artículo en el periódico sobre una mujer de veintitantos años que se había arrojado a las vías del metro, justo al paso del tren. Al parecer, había mostrado un comportamiento extraño, balbuciendo algo en repetidas ocasiones. Era una historia lo bastante rara como para que llegasen a darle una amplia cobertura en un periódico deportivo. Suzuki pensó que debía de tratarse de

Hiyoko. En el periódico había una foto de unos zapatos de tacón tirados en el andén, y parecían los suyos. Por supuesto, no podía tener la certeza.

Lo único que sabía con seguridad era que él había perdido a su mujer y que nunca consiguió vengarse.

Pasó varios meses languideciendo en un estado de ánimo bastante siniestro.

—¿Por qué estás tan deprimido? —la oía reprenderle, pero no se veía capaz de reunir la energía necesaria para hacer algo al respecto.

Se quedaba encerrado en su apartamento preguntándose si la humedad que él mismo exhalaba a la habitación podía provocar que le saliera moho en el cuerpo.

Hace poco tiempo que decidió sacudirse todo aquello gracias a la inspiración de algo bastante fortuito.

Encendió la televisión y dio la casualidad de que estaban emitiendo un programa con toda una manada de perros comiendo apelotonados alrededor de sus comederos. Estaban completamente concentrados en masticar su comida para perros, sin ninguna clase de pretensión. Aquello cambió algo en su interior.

De repente le entraron las prisas, salió a comprar una revista llena de ofertas de trabajo y comenzó a buscar un empleo. «Tengo que trabajar», había decidido. Aquellos perros eran adorables, tan concentrados en su comida, pero asimismo había en ello una especie de absurda vitalidad y le hizo sentir que él también tenía que vivir.

Encontró un empleo en una academia de estudios preparatorios. Se trataba de un contrato temporal, y había algo en aquel anuncio que no parecía muy de fiar, pero tampoco le importó. La academia se hallaba en un callejón justo a las afueras de Shinjuku.

El día antes de empezar a trabajar cogió un tren Shinkansen hasta Hiroshima. Le apeteció iniciar aquel nuevo capítulo de su vida yendo a comer al restaurante del hotel donde conoció a su mujer. Para situarse en la mentalidad correcta, tomaría un solemne desayuno y regresaría a Tokio esa noche como profesor de academia.

A modo de preparación para la gran comida, se saltó el almuerzo y la cena del día anterior, y mantuvo el hambre a raya a base de regresar sobre los recuerdos de su mujer y yendo a ver el Monumento de la Paz en la Cúpula de la Bomba Atómica por primera vez en años.

Ahora, sentado delante del plato hasta arriba de comida, mastica, trabaja con la mandíbula y mueve la lengua de un lado a otro, paladea los sabores, empuja la comida por el gaznate.

—Pues sí que parece que está librando usted alguna clase de batalla, amigo mío. —Ahora, el señor mayor sí que está impresionado.

—Estoy digiriendo —responde Suzuki con la boca llena de huevos revueltos.

—Yo diría que la digestión comienza cuando uno termina de comer, eso seguro.

—Estoy digiriendo todo tipo de cosas. —Ha tomado la decisión de asimilar por fin la muerte de su mujer—. Quiero vivir.

—Pero, mmm, ¿qué quiere decir con eso?

—He pensado mucho en ello. En un montón de cosas. Supongo que tengo la sensación de que si estoy vivo, pero vivo como si estuviera muerto, entonces mi mujer no estará contenta.

—Oh, ¿está casado?

—Si voy a vivir, tengo que comer mucho, así que voy a comer. Mucho.

Atiborrarse, masticar, tragar. Repetir. No tiene ninguna intención de reconocer que está lleno. Eso sería rajarse.

«Si voy a vivir, tengo que comer.» Quiere decirlo otra vez, pero tiene la boca llena de comida. Siente a su mujer sentada a la mesa frente a él. Ella también tiene el plato lleno. Parece un poco pálida, y se agarra la tripa. «No puedo comérmelo todo», se queja.

«Yo me lo termino por ti —afirma él—. Yo viviré por ti, ya verás. Viviré como si estuviese realmente vivo.»

—Bueno, tengo que reconocerle el mérito —dice el hombre con un aire comprensivo y una mirada de amabilidad en el rostro—, pero ya sabe que si sigue comiendo de esa manera, quizá no viva usted tanto.

Más adelante esa misma tarde, después de tomar el Shinkansen de regreso a la estación de Tokio, se encuentra de pie en el andén para coger el tren que atraviesa la ciudad. Se aproxima la hora punta, y hay mucha gente a su alrededor. Personas mayores con la espalda encorvada, personas jóvenes con el pelo teñido. Todos ellos con un aire cabizbajo mientras esperan allí de pie con sus maletas. El andén está salpicado de cagadas de pájaro.

Estamos a mediados de julio, casi el momento más cálido del verano. Suzuki tiene empapada en sudor la zona donde su cuerpo entra en contacto con el cuello de la camisa. La estación se cuece bajo el sol de poniente, que se refleja en los cristales de las oficinas de la compañía eléctrica, allí cerca.

Suzuki mira hacia las vías. Al otro lado está el andén de los trenes de salida de la ciudad. Allí también hay una hilera de gente.

Mira a la izquierda y a la derecha, vía arriba y vía abajo. No parece que el tren esté muy por la labor de llegar. Comienza a estudiar a la gente del otro andén y, de pronto...

Justo enfrente de él hay dos niños. Visten la misma camiseta, en colores distintos, y unos pantalones cortos que les dan un aire desenfadado.

Parece que ellos también han visto a Suzuki. El más alto está señalando hacia él. Es Kentaro. A su lado, el más pequeño sonríe de oreja a oreja. Kojiro.

Suzuki advierte que él mismo también sonríe y, a la vez, tiene la sensación de que se le deshace un nudo en el pecho.

—Son ellos —dice en voz alta sin pretenderlo siquiera—. Ahí están.

No se ve a Sumire por ninguna parte. Tampoco está Asagao. En cambio, detrás de los niños hay un hombre con gafas al que Suzuki no ha visto jamás. «Están en alguna clase de trabajo nuevo», piensa Suzuki. Un nuevo papel que encarnar en su vida con los Intérpretes.

Kojiro lleva un álbum grande metido debajo del brazo, que será su álbum de pegatinas de insectos. «Supongo que sí que será su posesión más preciada.» Al menos eso sí era cierto.

«He perdido la pegatina que me regalaste», quiere gritar Suzuki, pero en ese preciso instante reverbera un anuncio por toda la estación. Aquella voz sorda informa a la multitud de que va a pasar por la estación un tren que está fuera de servicio.

Suzuki sonríe y mira a Kentaro. De repente no sabe cómo actuar. Los niños también se quedan ahí, sonriendo. Levanta la mano para saludarlos justo cuando el tren irrumpe a toda velocidad por la izquierda y pasa disparado por delante del andén opuesto.

Entra con violencia, como un río que revienta su presa, y el torrente ruge a su paso y le impide por completo ver el otro lado.

Parece que el tren pasa y sigue pasando, y esto hace que Suzuki se inquiete un tanto. Le preocupa que los niños se hayan ido para cuando el tren acabe de pasar.

Termina por fin, pero en ese mismo instante entra otro por la derecha, que pasa por delante de Suzuki.

Es atronador, y le arrebata la imagen del resto del mundo ante sus ojos.

Sin embargo, Suzuki oye una voz: «¿Cómo es posible?», piensa. Llega desde el otro andén, como si una voz aguda lograra alzarse por encima del estruendo.

—¡Quéééé tontería!

Es la voz de un niño, pero suena con fuerza, y llega hasta él incluso a través del clamor del paso del tren.

—¡Quééé tonteríííía! —oye otra voz diferente.

Es inconfundible, la de Kojiro. «Así que eras capaz de gritar, desde el principio», se maravilla Suzuki.

Se apodera de él un fortísimo impulso, la necesidad de ir al otro lado de las vías, de estar con ellos.

Pero se queda allí mirando el paso del tren.

—Sí que es largo este tren —susurra a su mujer.

Y continúa pasando por delante de él.

También en Booket:

booket